講談社文庫

「ABC」殺人事件

有栖川有栖|恩田 陸|加納朋子|貫井徳郎|法月綸太郎

講談社

目次

「ＡＢＣ」殺人事件

THE "ABC" MURDERS

ABCキラー

有栖川有栖

有栖川有栖
ありすがわ・ありす

一九五九年大阪市生まれ。同志社大学法学部卒業。在学中に同大推理小説研究会に所属。八九年に『月光ゲーム』でデビュー。『ロシア紅茶の謎』に始まる国名シリーズも人気シリーズに。臨床犯罪学者・火村英生とミステリ作家・有栖川有栖の名コンビが活躍。

主な著作
（☆印は講談社ノベルスと講談社文庫両方に収録）
マジックミラー☆
46番目の密室☆
ロシア紅茶の謎☆
スウェーデン館の謎☆
ブラジル蝶の謎☆
英国庭園の謎☆
幻想運河☆
ペルシャ猫の謎　（講談社ノベルス）
幽霊刑事　（講談社）

1

十一月七日、午後十時四十五分。

尼崎《あまがさき》市安遠《あんどう》町の路上。

この季節にしては、生暖かいほどの風が吹く中、ほろ酔いの浅倉一輝《あさくらかずき》は暗い家路をたどっていた。両側には運送会社の車庫や倉庫が続き、野良犬の姿すら見ない淋《さび》しい道で、女性ならば間違っても夜更けに一人で歩かないようなところだった。

彼は死の直前に、携帯から電話を二本かけている。最初の電話は、二十分前まで梅田《うめだ》で一緒に飲んでいた上司にあてたものだった。

「もしもし、浅倉です。先ほどはご馳走《ちそう》さまでした。……ああ、いえ、そんなことは。……はい。主任にそう言っていただくと、がんばった甲斐《かい》があります。ほっとなさってるところへお電話してすみません。明日の午後の会議の件で、お聞きするのを忘れていたことがありまして」

翌日の会議で行なうプレゼンテーションの段取りを確認したかったのだ。通話状態はあまりよくなかったというから、携帯電話から聞こえてくる主任の声に、浅倉は神経を集中させていたであろう。そのせいで、自分のものでない靴音が背後から近づいてくるのが耳に入っていなかったのかもしれない。

「判《わか》りました。じゃあ、私がサンプルを用意しておきますので。……はい。……はい、そうします。では、失礼いたします」

通話を終えると同時に、親指はすぐさま別の短縮ダイヤルを押す。その手許《てもと》が広い肩に隠れていたため、彼がもう一本の電話をかけたことに、背後から忍び寄った男は気がつかなかったのだろう。

電話はすぐにつながった。しかし、浅倉が「もしもし」を言うよりも、男が彼を呼び止める方が早かった。

「浅倉さん？」

まるで人通りのない夜道で不意に声を掛けられ、浅倉はどきりとしたはずだ。はっとして振り向いただろう。そして彼は、「はい」と反射的に答えている。

「浅倉ですけど――」

二本目の電話の相手は、同僚の巻島清隆《まきしまきよたか》という男だった。彼は帰宅の電車を待つ天王寺《てんのうじ》駅のプラットホームで、ちょうどメールをチェックしようとしているところだった。だから、ほとんど間髪を入れず、浅倉からかかってきた電話に出られたのだ。

巻島は「浅倉さん？」という呼び掛けと、「浅倉ですけど」と応《こた》える同僚の声を聞いている。それに続いて耳にしたのは——

パン！

何かが弾《はじ》けるような大きな音だった。液晶画面のディスプレイで浅倉からの電話だということは判っていた。あの野郎、子供じみた悪戯《いたずら》をしやがって、と思った巻島は、「びっくりさせるな」と苦笑まじりに言った。

「もしもし、浅倉やろ？　しょうもないことしやがって。今の音は何なんや？」

返事はなかった。

「まさか銃声だとは思わなかった、と巻島は証言しています。再び電話がかかってくることもなく、悪戯にしてはオチがないので、どうもしっくりこなかった。そこで、こちらからかけ直そうか、とも思ったんですけど、ちょうどその時に電車が入ってきたんですよ。そんなわけで、車内では携帯の電源を切る、というルールを遵守《じゅんしゅ》している彼は電話をかけ直せなくなりました。自宅のある駅に着いた時にはもう十一時半を過ぎていた。着信記録を見ても浅倉からの電話もメールも入っていなかったし、時間も遅いので、『昨日の電話は何だったんだ?』と翌日に会社で尋ねればいいだろう、と思ったそうです」

兵庫県警捜査一課の樺田《かばた》警部は、いつもながらの渋い美声で話す。犯罪社会学者の火村英生《ひむらひでお》と私、有栖川有栖《ありすがわありす》は、質問を挟《はさ》むことなく耳を傾けていた。

「銃声であることに彼が気づかないまでも、浅倉一輝の身にアクシデントが起きたのではと疑い、警察に電話をしてくれていれば、遺体の発見はずっと早くなったでしょう。しかし、そんなふうでしたので、遺体の発見は大きく遅れ、翌朝の五時二十三分になってからです。発見者はジョギングをしていた会社員。遺体は道の真ん中に横たわっていたのではなく、幅約四十センチ深さ約六十センチの側溝に投げ落とされていました。溝の手前に雑草が茂っていたために見過ごしてしまいかねない状況ではありましたが、積極的に遺体を隠そうという犯人の意思は感じられません。いたって無造作な様子でした」

「五時二十三分だと夜が明けていなかったと思いますが、よく見つかりましたね」

火村は細かなことを気にした。

「路上に血痕が遺《のこ》っていたからですよ。それが側溝まで点々と続いていたので、発見者は溝を覗《のぞ》いてみたわけです」

まだ安遠町に足を運んではいないが、机の上に広げられた写真は生々しく現場の模様を伝えていた。被害者は左の体側を下にして横向きに転がっており、右のこめかみに弾痕があった。その写真を指先でとんとんと叩《たた》いて、火村が尋ねる。

「発射されたのは一発だけですか？」

「はい」樺田は頷《うなず》く。「ほとんど接射だったので、即死です。被害者は、自分に何が起きたのか理解する暇《いとま》もなかったでしょう。……もっとも、即死でなかったとしても、どうして自分が殺されるのか理解できなかったかもしれませんけれど」

「金品が盗られた形跡はないんですね？」

「現金一万六千円とクレジットカード二枚が入った財布は手つかずでした。側溝に携帯電話も遺っていましたが、それは踏《ふ》み潰《つぶ》されています」

現場写真はもちろん朝になってから撮影されたものだが、夜間はひどく淋しげな場所だというのは察せられる。しかし、だとしたら銃声を聞いた者がいてもおかしくないだろう。不審に思った人間はいないのか、と私が質問すると——

「それが難しいんですよ、有栖川さん。犯行現場はＪＲ尼崎駅から徒歩十分ばかりのところなんですが、半径五十メートル以内にはほとんど民家がありません。運送会社の車庫と鋼材メーカーの倉庫、借り手がつかないままの貸し工場といったものが多く、夜間は完全に無人なんです。百メートル近く離れた十階建てのマンション——そこに被害者の部屋がありました——に聞き込みをかけたところ、いくつかの証言を得ることはできましたが、いずれも頼りないものでした。『十一時より前にパーンという音を聞いたような気がするが、自動車のバックファイアだろうとしか思わなかった』というものです。国道が近いので、そのような音を聞くことも多いらしい。はっきりと『音がしたのは十時四十五分頃だった』という証人もいましたよ。しかし、誰もそれを不審に思ったりはしなかったんですよ。ホシは、そんな付近の状況を把握した上でこの犯行に及んだのかもしれません」

「それも、うちの事件と似ています」

樺田の右隣りに座った船曳《ふなびき》警部が言う。こちらは大阪府警捜査一課の班長である。

これまで何度となく両警部と会ってきたが、二人を一緒に見るのは初めてだった。彼ら自身も初対面で、合同捜査本部で会った際には「お噂《うわさ》は火村先生や有栖川さんから伺《うかが》っています」と挨拶《あいさつ》を交《か》わしたらしい。大阪府警と兵庫県警は仲が悪く、県境の神崎《かんざき》川に死体が浮かんだ場合は、それぞれの警察官が川岸から「あっちに行け」と念じながら対峙《たいじ》する、と言われているが、目の前の両警部の間には険悪な雰囲気はない。

「近ごろは日本も物騒《ぶっそう》になってきたとはいえ、発砲の音を実際に聞いたことがある人間は稀《まれ》ですから、無理もないことでしょう。ヤクザの組事務所でも近所にあったら、びくっときた者もおったんやろうけどな」

〈海坊主〉の渾名《あだな》がある警部は、残念そうに言って禿《は》げ上がった頭を撫《な》でている。

「そちらの事件は午前一時過ぎに起きたんでしたね」

火村は見終わった写真を片づけ、机上に積んであった別の山の写真を並べる。

「はい。被害者が電話中に襲われたことから、安遠町の事件は発生時刻が正確に判っていますけれど、私が担当してる事件はそうはいきません。およそ一時過ぎであろう、と推測できるだけです。しかし、誤差はごく小さいでしょうな」

「一時だとすると、安遠町で浅倉一輝が殺害されたおよそ二時間十五分後か。第一の現場から第二の現場に急いで直行したのではなさそうですね」

ホワイトボードに貼《は》られた地図を見て、私が言った。尼崎市と隣接する豊中《とよなか》市の地図が貼り合わせてある。第二の犯行現場は大阪空港や園田《そのだ》競馬場にほど近いところで、直線距離にすれば六キロ弱しか離れていなかった。車なら、ゆっくり走っても十五分とはかからないだろう。それればかりの距離だが、警察にとってはありがたくないことに、その間に大阪府と兵庫県の境界線が通っているのだ。

「十時四十五分に安遠町で第一の犯行をすませた犯人は、何らかの方法で第二の犯行現場に向かった」船曳も地図を見ながら「これだけの距離を二時間以上かけて移動するのは不自然ですから、途中、どこかで時間をつぶしたのか、あるいは第二の現場付近で被害者を待ち伏せするのに時間を要したものと思われます。歩いて移動したから二時間以上もかかった、ということもないでしょうから」

「二つの現場近辺のみならず、それを結ぶ道路に沿《そ》っても聞き込みをかけていますが、まだこれという情報は得られていません」

　第二の事件が発生したのは、十一月八日の午前一時過ぎと推定される。場所は豊中市別院《べついん》町にある被害者の自宅前。仕事帰りを襲われたらしい、という点が第一の犯行と共通していた。

　私は、現場写真を見ながら船曳の説明を聞く。

「番藤《ばんどう》ロミは年齢三十七歳。大手家電メーカーのマーケティング部に勤務するキャリア・ウーマンで、独り暮らしの独身です。写真で見ると、古いながらも大きな家に住んでいるでしょう。親譲りのものです。住み勝手がよくないし、府道の大阪池田線と阪神高速池田線がそばを通っていてやかましいので、駅から近くてもっと静かなマンションに引っ越したい、と同僚に洩《も》らしていたそうですな。早くそうしておったら殺されずにすんだかもしれません」

　彼女は、終業時間の六時がきたらすぐに帰宅する、という規則的な生活を送ってはいなかった。仕事の虫だと揶揄《やゆ》されるぐらいのワーカホリックだったのだ。アフター・シックスも社の内外の人間と忙しく会うのが常で、一週間のうち三回はタクシーで帰宅していた。もっとも、そう頻繁にタクシーを利用したのは、自宅が駅から遠くて淋しい場所にあるせいでもあった。

「現場は府道から十メートルほど入ったところにあります。向かいは更地《さらち》、右隣りが空き家、左隣りが自動車整備工場ですから、夜ともなればほとんど一軒家です。タクシーで帰宅する際、彼女は家の前まで乗りつけずに、府道で降りるようにしていた、という同僚の証言があります。たとえタクシーの運転手であろうと、自分の家を知られることに抵抗があったんだそうで。かなり用心深い女性だったんですな。当夜、彼女を乗せた車を突き止めて運転手に訊《き》いたところ、やはり府道の脇で降ろした、ということです。乗務日誌と車のレコーダーによると、その時間が午前一時。運転手はすぐに車を発車させたので、彼女が自宅の方に向かって歩きだす姿すら目撃していませんが、常識的に考えれば十メートル先の家に帰ろうとしたはずです。そして、玄関の前でハンドバッグから鍵を取り出そうとしたところを——射たれた」

番藤ロミもまた、至近から右のこめかみに銃弾を射ち込まれていた。状況は、あまりにも第一の犯行に酷似している。

遺体を発見したのは、出勤してきた整備工場の社員だった。警察に通報したのは、午前六時二十分である。浅倉一輝の遺体が見つかった約一時間後だ。

「現金もカードも盗られていません。いきなりズドンで、犯人はすぐに逃走したらしい。この状況だけを見ても、同一犯のしわざと判断できたでしょう」

同一人物の犯行であることは、科学的に立証されている。遺体から摘出された弾丸を調べたところ、線状痕——銃筒を通る際に弾丸につく瑕《きず》——が完全に一致したからだ。

いや、言葉の正確さを期すならば、同一人物の犯行であることが立証されたのではなく、同一の拳銃が使用されたことに疑問の余地がなくなった、というべきか。しかし、樺田も同一犯だと見ていた。

「二つの弾丸は、間違いなく同じ拳銃から発射されています。犯行の時間も場所も近いし、手口も非常に似通っています。別々の人間の犯行とは考えにくい」

「そして、トドメはこの手紙ですか」

火村は一枚のコピーを引き寄せた。罫線《けいせん》が入っていない便箋《びんせん》に、ワープロで印字された奇怪なメッセージ。

> アルファベットは26文字。
> 手元の弾丸は26発。
> やってみよう、ためしてみよう。
> どこまで続くかは警察しだい。
> なるだけ早く止めてくれ。
> 自分で自分が止められないから。
> まずはA、そしてB。
> いったい何人イケるだろう。

朗読向きに語調を整えてあるかのようだった。

「これは遺体が見つかった翌日、つまり今日九日の午前中に兵庫県警と大阪府警の本部警務課宛てで届きました。消印によると、昨日の正午から午後四時の間に、大阪中央郵便局の管内で投函《とうかん》されています。封筒は安物の茶封筒で、宛名もワープロで書いてありました。犯人のものと覚しき指紋は検出できません」

船曳は苦々しそうに言う。それを受けて樺田が、

「この手紙が真犯人からのものである、と断定する根拠はありません。もしかすると、あの事実に気づいた人間が面白がって悪戯を仕掛けてきたのかもしれない。二十六発の弾丸があるから二十六人を殺してみよう、でしょう。正気とは思えない内容ですからね。まず悪戯だろうと――」

彼は悪戯だと信じたがってるようだ。しかし、船曳の見解は違った。

「樺田さん。半年とたたない前に大阪で起きた〈ナイト・プローラー〉による無差別連続殺人をお忘れやないでしょう？　あの事件の犯人は、『絶叫城《ぜっきょうじょう》』という残酷なゲームを模倣して若い女性を次々に殺害した。あらたなナイト・プローラーが出現したのかもしれません」

樺田は反論しなかった。そして、私たちをじっと見る。

「ナイト・プローラーを追い詰めたのは、火村先生と有栖川さんでしたね。今回の事件について、どんな印象を？」

私は返答を火村に譲る。彼はキャメルをくわえて、肩をすくめた。

「これだけでは何とも。――推理作家のご意見は？」

　こちらに振られてしまった。

「そうやな」と少しもったいぶってから「あの事実に気がついた人間の悪戯という可能性も否定できませんが……そもそもあれが偶然なのかどうかがポイントになりますね」

「そんなことは判断できません」船曳が言う。「確証を得ようとしたら、あと何人殺されるのを待つ必要があるやら」

　あの事実、あれとは――犯行現場の町名と被害者の苗字のイニシャルが一致していることだ。しかも、その順番はアルファベットに従っているようにとれる。安遠町で浅倉が、別院町で番藤が殺された。何やら意味ありげではある。だが、これだけでは単なる偶然なのか、犯人の意思なのか、船曳が言うとおり断定することはできない。

「こんな趣向の連続殺人を描いた推理小説があるそうですね。しかも、かなり有名な作品だ、と言っている者がいましたが」

　樺田が言う。もちろん、私はとっくにそれを連想していた。

「アガサ・クリスティの『ABC殺人事件』ですね。とても有名な小説です。児童向けにリライトされたりもしていますし、たいていのミステリのファンならどんな内容か知っているでしょう」

　アンドーヴァーでアリス・アッシャーが。

ベクスヒルでベティー・バーナードが。

そのように殺人事件が続く。それぞれの被害者には何の関連もなく、無差別殺人だとしか思えないのだが、実は事件の根底にある企みがひそんでいるのだ。

「小説の中の被害者は、有栖川有栖や火村英生のように姓名のイニシャルがダブった人間ばかりでした。この事件の犯人がＡＢＣ殺人を実行したのだとしても、原作ほど凝《こ》るつもりはないようです」

溜《た》め息をつきながら、船曳は背もたれに倒れ込んだ。ゲームを真似《まね》た連続殺人の次は推理小説の模倣か、と忌々《いまいま》しく思っているのだろう。彼は太鼓腹《たいこばら》の上でサスペンダーを弾いて、私に訊く。

「ところで、参考までに有栖川さんにお伺いしますが、その小説の中では何人が殺されるんですか？　まさかＺまではいかんでしょうね」

2

別院町へと車を走らせながら、私は助手席の火村に話しかける。

「あの手紙が悪戯やなかったとしたら、書いたのはどんな人間やろうな」

助教授は、そんなことに興味がなさそうだった。

「どんな奴かって？　さぁな」

「あれしきの文章でも、誰でもが書けるわけやない。まんざら馬鹿でもなさそうに思えるんやけど」

「賢くもないさ」

それで終わりかよ。

話を変えてみる。

「浅倉一輝と番藤ロミには何の接点もないらしい。としたら、犯人はどうやって被害者を選び出したんやろう？　どこかで被害者の名前と住所をチェックしたわけやから……電話帳かな」

「二人の接点がない、と断定するのは早計だし、まだＡＢＣ殺人と決まったわけでもない。けれど、そうだと仮定したら犯人は電話帳をめくって犠牲者をピックアップしたのかもな。二人は世帯主で電話を持っていたそうだから」

阪急園田駅を過ぎてしばらく進み、右折して猪名《いな》川を渡る。ここからが大阪府だ。大阪空港への着陸態勢に入った飛行機が、キーンという音とともに下降してきていた。夕暮が迫っているので、翼の先の灯が鮮やかだ。

「本当に殺したかったのは被害者のうちの一人で、他の人間はカムフラージュのために殺された、というのが推理小説におけるＡＢＣ殺人の定石《じょうせき》や」

これは質問ではなかったためか、何の返事もなかった。火村は車窓を流れていく町並みをちらちらと観察しているらしい。

「ほお」かなり遅れて反応があった。「カムフラージュね。だとしたら、ＡＢＣの順に人を殺していくというのは随分なはったりだな。本当の狙いである一人を殺すために二十五人も巻き添えにするつもりか。馬鹿げてる」

もちろん、犯人はそこまでのことを計画してはいまい。おそらく、適当なところで切り上げるだろう。そう言うと、火村はつまらなそうに首を振る。

「ＡＢＣ殺人という狂気に見せかけた正気の殺人だとしたら、もっとうまい筋書きがあるんじゃないのか。適当なところで切り上げるって、どこだよ？　仮に真のターゲットが番藤ミだったとしよう。犯人は現時点ですでに目的を達成しているわけだ。それでも狂気のＡＢＣ殺人を装ったからには、もうしばらく犯行を続けないことには恰好《かっこう》がつかないよな。せめてＣは殺さなくっちゃ。Ｄあたりも必要だろう。がんばってＥまでいったとして、Ｆはどうする？　そろそろ勘弁してくれって泣き言をこぼしたくなる頃だぜ。ええい、ここが正念場だ、とばかりにＦも始末したとしても先ははてしなく遠い。

まだ真のターゲットを殺害していないとしても、事情は大して変わらない。本当の殺意の矛先《ほこさき》が向いているのがＤあたりだとしよう。だとすると、それまでにＡＢＣと三人の無関係な人間を殺さなくてはならない。キツすぎる。それに精神的な負荷を感じないほど犯人の人格が破綻《はたん》しているのだとしても、合理的な判断ができるのなら、警察に尻尾《しっぽ》を摑《つか》まれるリスクが過大であることが判りそうなもんだ」

安直に『ABC殺人事件』の追随をした作品に対して、都筑道夫《つづきみちお》もそのような批評を加えていた。たしかに、それが理屈というものだろう。

「あまりにも不合理だ、というわけか。つまり、この事件の犯人は合理的な行動がとれない人間である、と?」

火村は咳払《せきばら》いをした。

「もし犯人が充分に合理的であったら、殺意の矛先をカムフラージュするためのABC殺人なんてものを実行するとは考えにくい。そんなすぐに破綻する大風呂敷を広げなくても、他のもっと適当なストーリーが見つかるはずだ。たとえば、若い女ばかりを襲うだとか、同じイニシャルの男ばかりを襲うだとか。狂気を強調するために推理小説もどきに凝りたければ、二人よけいに殺してその死体を〈三匹の子豚〉にでも見立てて転がしておけばすむ、てなもんだ」

「見立てって……お前、推理小説を読まんくせに専門用語を使うやないか」

「見立てのどこが専門用語なんだ。普通の日本語だろうが」

それはそうだ。——しかし、三人殺して死体を〈三匹の子豚〉に見立てるなんて発想は、犯罪社会学者のものではない。良いのか悪いのか判らないけれど、この男も私の影響を受けている。

「とにかく、だ。カムフラージュのためのＡＢＣ殺人という仮説に俺は納得しかねる。そもそも、最初から実行不可能だ。十二人目はどうする？　舞台がイギリスならばいざ知らず、Ｌは日本では人名にも地名にも使われない」

「外国人なら探せばいるし、町名にはないとしても、リリー・パークてな公園を現場にする手がある」

われながら苦しい。

「そして、パク・ジョンヨン氏をポートアイランドで殺し、ミス・ジャネット・クインをクエーカー寺院で殺すのか？　ＶやＸにも苦労するぜ」

「判った。先生の言うとおりや。──で、何の話やった？」

「つまり、犯人が本気でＡＢＣ殺人を企《たくら》んでいるとしたら、あまりにも非合理的だということ」

「せやから俺はそれを訊いたんやないか。犯人は合理的な行動がとれない人間なんやな、と」

「まだ無差別殺人と断定はできない。浅倉一輝と番藤ロミは、どこかで犯人とつながるかもしれない。たとえば、犯人が満員電車で番藤に痴漢扱いされたことがあって、その時、浅倉が彼女に加勢した、といった小事件がなかったとも言えない」

「……ふむ」

電車と聞いて、思いついたことがある。

「浅倉は、梅田で上司や巻島らと飲んだ後、安遠町の自宅に帰るところやったな。下車駅は尼崎。番藤はタクシーで帰宅したそうやが、最寄り駅はどこなんや?」

火村は資料を見ながら「阪急宝《たからづか》塚線の曽根《そね》駅だとさ」と答えた。

「JR神戸線を使ってた浅倉とは通勤ルートが違うわけか。——二人の勤務先は?」

「浅倉は堂島《どうじま》だから、大阪駅から歩いていたんだろう。番藤の方は梅田で阪急からJRに乗り換え、吹田《すいた》に通っていた」

「つまり、二人ともJRの大阪駅を利用していたという共通点があるんやな」

「ああ。しかし、とても漠然《ばくぜん》とした接点だ。その程度のつながりでいいのなら、同じ電話会社と契約していたとか、同じ清涼飲料水の懸賞に応募していたとか、ぞろぞろと出てくると思うぜ」

そんなか細い糸を手繰《たぐ》るのはかなり難しい。警察は厄介《やっかい》な事件を抱えたものだ。

「被害者らの身辺をこつこつと調べ上げるしかないな」火村は言う。「どちらかにひっかかった人物を丹念に洗って、もう一人の被害者と接触した痕跡がないか精査する。その際、凶器の出所を突き止められたら有力な手掛かりになるだろう」

　とはいえ、その凶器が特定されていない。被害者の頭蓋《とうがい》内に遺されていた弾丸と現場に落ちていた薬莢《やっきょう》から、三十口径の自動式拳銃が用いられたことが判明しているだけだ。折しも、東南アジアからの密輸が急増しているトカレフが使われたのでは、と両警察は見ている。

　大阪府警では摘発の強化に乗り出したところだった。

「番藤に関しては、人から恨みを買っていた様子はない、と警部らが言うてたな。周囲にトラブルはなかったし、唯一の肉親の兄との関係も良好やったそうやし」

　しかも、その兄は文部科学省に勤める官僚で、事件のあった日は深夜まで霞《かすみ》が関《せき》の職場に居残り、翌日に開かれるある委員会の準備に追われていたことが確認されている。

「やや問題があるとしたら浅倉かな。同棲していた女性との仲がおかしくなりかけてたらしいし、反《そ》りの合わん同僚もおったというから」

　だが、どちらも殺人の動機としてはいかにも弱かった。それに、被害者が殺される直前にかけてきた電話を受けた巻島は、「浅倉さん？」と呼びかけた声は間違いなく男のもので、かつ問題の同僚の声には聞こえなかったと証言している。――ならば拳銃を扱う危険なプロに殺人を委託したのでは、と疑うこともできなくはないが、そう断じる根拠はない。

「同棲相手が菱井穂奈美《ひしいほなみ》。不仲だった同僚の名前が衛藤善人《えとうよしひと》」

　合同捜査本部でもらった資料のコピーを見ながら、火村がぶつぶつと呟《つぶや》いていた。私は、はっとする。

「菱井穂奈美のイニシャルはH・Hやないか。それにどんな意味が……」あるわけないか。

「偶然か」

「だろうな。ここで隣り合って座っている二人組もA・AとH・Hなんだし。それに、この事件の犯人がクリスティに倣《なら》ってABC殺人を開始したのだとしても、本家の『ABC殺人事件』と違って、苗字のイニシャルだけに注目するという手抜きをしているみたいだから」

この事件の犯人がABC殺人を開始したのだとして——か。本当のところ、どうなのだろう？　船曳警部の言葉が頭に浮かぶ。

——確証を得ようとしたら、あと何人殺されるのを待つ必要があるやら。

当然ながら、そんなものを待つわけにはいかない。だが、せっかちな私は、今ある材料からだけで確証が得られないものか、と考えてしまうのだった。

ABC殺人をめぐる考察をしているうちに、第二の犯行現場に到着した。安遠町の現場から移動にかかったのは十六分。夜間ならば、これほど要したはずがない。そして、午前一時ともなれば、このあたりを歩く人影はぱたりと途絶《とだ》えることだろう。

現場保存のために駐在していた巡査にも本部から連絡が届いており、私たちは黄色いテープの内側に入る。主人のいなくなった家は、古びた二階建てで、庭はなかった。道路から三歩で玄関だ。

被害者が倒れていた場所が白線で描かれているのを見て、胸が痛んだ。ここまで帰ってきて、わが家のドアの前に立ちながら、凶漢の手に掛かって命を断たれるとは、あまりにも残酷だ。

　そこに立って、何が閃《ひらめ》いたわけでもない。私にできたのは、手を合わせて黙禱《もくとう》することだけだった。

3

　正午前に電話で起こされた。もう一時間眠っていたかったな、と瞼《まぶた》を擦《こす》りながらリビングで電話を取る。

「有栖川先生のお宅ですか？」

　少しだけ年下の声だな、と思う。三十歳前後か。私を先生扱いしてくれるあなたは誰、と訝《いぶか》りつつ「そうですが」と答える。

「突然のお電話で失礼します。私、東方《とうほう》新聞社会部の因幡丈一郎《いなばじょういちろう》と申します。少しお時間を拝借して、尼崎と豊中で起きた連続殺人事件についてお話を伺いたいのですが」

　こんな電話は初めてだ。もっとメジャーな作家にコメントを求めるよう忠告してあげようか。

「お話と言われても、私は推理小説を書いているだけですから特に意見などは――」

断わろうとするのに相手の声がかぶさる。

「犯人らしき人物から、アルファベットの順に人を殺す、という挑戦状めいた手紙が警察に届いているようなんです。これはアガサ・クリスティの『ABC殺人事件』の模倣だとお考えになりますか？」

例の手紙については、まだ公表しないと警部から聞いていた。どこから漏れたのだろうか？

「手紙の件は正式に発表されたものではありません。われわれが摑んだところによると、およそ次のような文面らしいんです。ちょっとお聞きください」

因幡と名乗った記者は、私がすでに知っている文面の一部を電話口で読み上げた。〈アルファベットは26文字。手元の弾丸は26発。まずはA、そしてB。〉といったあたりだ。とりあえず黙って聞く。

「──というわけで、これが本物だと仮定すると、犯人はさらに頭文字Cの町でCの人間を、Dの町でDの人間を襲おうとしているようなんですね。これについて、推理作家として何かお考えになることはありますか？」

えらく曖昧《あいまい》な訊き方で、どう答えたらいいのか判らない。

「つまりですね、あたかも推理小説をなぞったような事件を起こした人物像はどんなものか。また、推理小説をなぞったような事件が起きたのかもしれないことについてもご感想があれば伺いたいんです」

〈推理小説をなぞった事件〉と決めつけないだけ救いがあるか。私は電話を手にしたままソファに移動した。

「その挑戦状もどきは犯人から送りつけられたものである、と警察は見ているんですか？」

そうではない、と知っているのに訊く。

「いいえ。判断を保留しているみたいです。しかし、クリスティの真似だという可能性はありますよね？」

「どうでしょう。真似て愉快な趣向でもないと思いますけれどね。だって、そうでしょ。ABC殺人を実行しようとしたら、まずAの町のAさん、Bの町のBさんという犠牲者を選び出さなくてはならない。これは面倒な作業ですよ。そのわりに……言葉は悪いかもしれませんが、挙《あ》げられる効果はけっこう地味です」

しゃべりながら自分の見方に、そうだよ、と納得していた。昨日、火村と話している時はABC殺人という図式を頭から拭《ぬぐ》い去れなかったが、冷静に考えるとそれは不自然すぎる。犯行現場と被害者のイニシャルがA、Bと続いたのは偶然の産物にすぎず、手紙は悪戯なのだ。

「地味ですか。ふーん、そうかもしれません。これがマザー・グースの童謡をなぞった連続殺人とでもいうのならインパクトがありますけれどね」

この記者、ミステリが好きなのかもしれない。まさか面白半分で私に電話をしてきたのではないだろうが。

「つまり有栖川先生は、この事件はクリスティの『ABC殺人事件』とは無関係であり、挑戦状は悪戯であろう、と見ているわけですね。では、どんな犯人像を描いていますか？　半年近く前に大阪を震撼《しんかん》させた通り魔殺人犯はナイフを凶器にしていましたが、今度の犯人は拳銃を使用しています。その分だけ、市民の不安もさらに大きくなっていると思うんですよ」

顔を合わせたこともないのに、思うんですよ、という語尾がちょっと馴々《なれなれ》しい。

「私の見解なんか聞いても仕方がありませんよ。最初にも言ったとおり、私は推理小説を書いているだけですから」

「おや、そうですか？」

その声は、面白くもおかしくもないこの会話を、何故か楽しんでいるようだった。

「推理小説をお書きになっているだけではないでしょう。隠さなくても知っていますよ。有栖川先生と英都《えいと》大学の火村先生が、今回の事件の捜査に加わっていることを」

バレていたのか。報道関係者からずばり指摘されたのは初めてだが、別に驚くこともない。火村はフィールドワークのために警察の捜査に協力していることを公にしないよう努めており、助手もどきの私もそれに従っていたが、覆面をかぶったり変装をして現場に出入りしていているわけでもない。だから、私たちを何度か目撃して、「あいつら、殺しの現場で時々見かけるけど何者だ？」と怪訝《けげん》に思っている事件記者もいるかもしれない、と以前から想像はしていたのだ。

寸時、黙っていると、

「お二人は警察官にうまくガードされながら黄色いテープを跨《また》いでいくので、現場で目立ってはいません。しかし、回数が重なると私のように気がつく人間も出てくるわけですよ。私、去年まで文化部に所属していましてね。その頃、英都大学にちょくちょくお邪魔する用事があって、そこで火村先生のお顔を覚えたんです。あ、有栖川さんのお顔はご著書の写真で拝見しています」

因幡記者は得意げだった。だから、どうした？　現場に出入りする謎の男二人の正体を詮索するより、事件を追うのを優先させるべきだろう。――と、彼は声を落として、

「そこでご相談なんですが、警察は例の手紙についてどう見ているんでしょうか？　さっきはおとぼけになりましたけれど、先生方は全文をご覧になっているんでしょ。私たちに洩れ聞こえている以上の情報をお持ちのはずです。その中に、犯人を示唆《しさ》する文章や言葉などは含まれていないんでしょうか？」

そういうことか。ならば、与えられるものはない。

「そうおっしゃらずに。もしよろしければ、これからお話を伺いに参ろうかと思うんです

が、ご都合はいかがでしょう?」

まさか、これからは刑事のように夜討ちや朝駆けの対象にされるのではあるまいな、と心配になった。冗談じゃない。

「私はリークするような情報を持っていませんので、いらしても無駄です。昼食をとりたいので、もうよろしいですか?」

「はい、はい。もちろんです。——じゃ、一つだけお願いします。火村先生はどんな推理を組み立てていらっしゃるんでしょうか? ナイト・プローラーの時のように真相に迫れそうですか?」

「ノーコメントです。失礼します」

電話を切った。

しん、と静かになった部屋に、自分の溜め息の音。

新聞記者に面が割れたからといって、どうということもない。しかし、こういう電話があったと火村に伝えておいた方がいいだろう。今でなくていいが。

私はゆっくり立ち上がり、窓に向かった。カーテンを開いて、眼下に広がる灰色の街を眺《なが》める。この視界の中に、犯人がいるのかもしれない。銃弾で二人の命を奪った人間は、どこで何をしているのだろう? 何を考えている?

それを考えると、激しい胸騒ぎを覚える。ナイト・プローラーの時も、それ以前に社会を戦慄《せんりつ》させた連続通り魔殺人の時もそうだった。あまりにも重い秘密を抱え込んだ殺人者は、早く犯人を捕まえろ、という声が渦巻く中で、徹底的に孤独であるはずだ。それはどんな世界なのか？　恐ろしく、不安な日々ではあるだろう。と同時に、世界中で最も特別な存在になったかの錯覚と戯《たわむ》れ、魂は発情したように高揚しているのではあるまいか？　想像しただけで、私は顫《ふる》えそうになるのだが――

その魔物じみた刻《とき》に、常に思いを巡らせているのが火村なのだろう。心の平安の対極ばかりを見つめる犯罪の探求者。そんな彼の気持ちもまた、私から遠い。

今朝の新聞は、通り魔事件をどう報じているのか。ドアポケットから朝刊を取る。一面に〈犯人からの挑戦状か？〉という見出しがあった。警察からのリークは、朝刊の締切に間に合ったらしい。ざっと読んでみると、〈あたかもＡＢＣの順に二十六人を殺害することを予告するような手紙〉と書かれていたが、〈真犯人のものかどうかについて警察は懐疑的〉ともあった。

テレビ欄に目をやると、こんな番組の案内が載《の》っている。〈今夜、明らかにされる霊視のすべて！　信じられない的中にスタジオ騒然！〉。まだこんな野蛮で恥知らずな番組を流しているのか。〈ゲスト全員のオーラを診断！〉とも。オーラ？　あるか、そんなもん。そんな与太《よた》を信じる人間が、日蝕《にっしょく》や雷を恐れないのが不思議だ。

もしも、生物が放射するオーラなるものが視えるのなら、通り魔殺人犯は誰かを教えてくれ。特別な存在であるそいつは今、圧倒的に強烈なオーラをまとっているはずだから、どれだけ遠くから目にしても異状だと判るだろう。霊的なものが視られると吹く人間にそれが指摘できるか？——彼らに問いかけるのも虚《むな》しい。インチキ野郎。ペテン師。

……何を熱くなってるんだ。

きっと腹がへっているからだ。ああ、そうに違いない。蕎麦《そば》でも食べて、リラックスしよう。

冷蔵庫を開けると、蕎麦を買い忘れていた。

夜になると、数日前までの陽気が嘘《うそ》のように冷え込んだ。

「はたして、この事件の犯人は本当にＡＢＣ殺人を実行しようとしているのでしょうか？」

ニュースショーで、キャスターは力んでいた。私はソファに横になり、ぼんやりとそれを聞いている。今日は何をするでもなく、だらだらと過ぎてしまった。抜けられない公務があって火村は大学にご出勤で、フィールドワークは休みだった。そして私には三日後までに送稿しなくてはならないエッセイが一本あるのに、テーマが決まらないので書き始められずにいた。

まもなく今日が終わる。

人生から、一日が奪われたような気分。

しかし、私が無為《むい》に過ごしていた時間に、あの拳銃が火を噴《ふ》いていた。

4

明けて十一月十日。

また正午前に電話が鳴った。その朝は早い時間に起床していたので、無礼な機械に叩き起こされずにすんだ。

火村が挨拶も抜きで、いきなり告げる。

「また殺されたぞ。今度はＣだ」

幸せな電話というものは、なかなか掛かってこないものだ。

「いつ、どこで？」

「今度は京都府警の出番だ。八幡《やわた》市の千曲《ちくま》町で、茶谷滋也《ちゃたにしげや》という三十一歳の男がやられた。右のこめかみを射たれている」

尼崎市、豊中市ときて八幡市か。事件は三府県に跨がった。石清水八幡宮《いわしみずはちまんぐう》で有名な八幡市は京都府の西の端に位置し、大阪府の枚方《ひらかた》市と隣接している。前の二件の現場からは三十キロ近く離れているだろう。舞台が急に飛んだ。

「お前はもう現場に入ってるのか？」

「ああ。遺体が発見されたのが今朝の九時前で、俺のところに府警の柳井《やない》さんから電話がきたのが十時を回ってからだった。有栖川先生はまだ夢の中だろうと思って、お知らせするのを遠慮していたんだ」

それはご親切なことで。

「柳井さんがお前に会いたがってるぞ。どんどんアガサ・クリスティが考えた筋書きに似ていくので、専門家の意見をヒアリングしたいらしい」

「ご冗談を」

「あの人は本気だ」

AとBだけなら驚くほどのこともない偶然と言えた。しかし、事態がCまで進んだとなると、偶然では片づけられないだろう。被害者の名前のみならず、犯行現場もアルファベット順なのだ。こんなことが発生する確率はどれぐらいになるのか、私には計算できないが。

「都合がつくのなら、伏見《ふしみ》署まで顔を出してくれ。急がなくていい」

「柳井さんに講釈をぶつつもりはないけど、行くわ。——今度はどんな状況だったんや？」

「これまでの被害者は仕事を終えて帰宅途上で襲われていたけれど、今回は少し様子が違う」

被害者の茶谷滋也は、今年の春まで勤めていた音響機器メーカーが倒産して、失業の憂《う》き目にあっていた。一時は知人が経営する警備会社でアルバイトをしていたが、その仕事も九月にはなくなり、保険で食いつなぐ日々だったという。

「現場は人気《ひとけ》のない木津《きづ》川の川べりなんだ。茶谷滋也の自宅からは二キロ離れている。被害者の行動半径内ではあるから、散歩でもしていたのかもしれない。よく退屈そうに築堤をぶらついていた、という証言があるからな。しかし、今回は不審人物の目撃者はおろか銃声を聞いた者も現われていない」

なるほど、様子が違う。しかし――

「昨日はかなり冷えたぞ。日が暮れてから川原を散歩なんかするかな。それに、被害者は胸に名札をつけて散歩してたわけやないやろう。なのにＡＢＣ殺人が成立しているということは、犯人は周到なリサーチをした上、茶谷滋也をつけ狙い、人気のない場所で犯行に及んだ、ということになりそうやな」

凶行の直前、拳銃を片手に「茶谷さん？」と呼びかける黒い影を思い描いた。ＡＢＣ殺人だとしたら、犯人にとって被害者の名前はしごく重要だったであろうから。

「線状痕は一致したのか？　挑戦状は？」

私は質問を重ねてしまう。

「まだ弾丸を摘出したところだろう。線状痕の鑑定はそれからだ。挑戦状も届いていない」

火村の声にまじって、現場の騒然とした空気が伝わってきていた。兵庫県警、大阪府警ときて、今度はうちか、と京都府警も大慌《おおあわ》てなのだろう。思わぬ広域犯罪になったが、それでもクリスティの『ABC殺人事件』ほどではない。あの作中の犯人はイギリス全土を駆け巡って犯行を重ねている。

だとすると――この事件の犯人がそれに倣っているなら、次の事件は関西で起きるとはかぎらず、滋賀県や和歌山県どころか、一足飛びに北海道や九州に舞台が移ることも考えられるのではないか？　ありうる。犯行現場を狭い地域に限定してしまうと、D町のDさんたちの警戒が厳重になることは容易に予測できるから、犯人としては日本全土を対象にするのが望ましいだろう。

「そうや」と思い出して「昨日、東方新聞の因幡という記者から電話があった。お前のフィールドワークに興味を示してたぞ」

「俺の素性《すじよう》がバレてお前のところに電話があったということは――」

「こっちもバレてる」

「お互い、有名になったもんだな。――気にするようなことじゃないさ。彼らも、俺のような地味な研究者の話を聞きたがったりしないだろう」

どこが地味なんだ。お前がやってきたことをマスコミが嗅《か》ぎつけたら、テレビや雑誌にひっぱり出され、シャーロック・ホームズの扮装をさせられかねないぞ、と心配をしているのに。――まぁ、それは杞憂《きゆう》だろうが。

私は今日こそ蕎麦で昼食をすませ、本棚から『ABC殺人事件』を取り出してから家を出た。電車の中でざっと目を通してみるために。何しろ二十年ほども前に読んだきりだから、細部をよく覚えていないのだ。柳井警部の質問に答えられるよう準備しておくに越したことはない。

地下鉄で北浜《きたはま》まで出て、京阪《けいはん》電車で京都に向かった。ゆったりと空いた車中で文庫本を開く。と、たちまち発見があった。物語の冒頭、語り手のヘイスティングズ大尉は、友人の名探偵エルキュール・ポワロから怪しい手紙を見せられる。〈エルキュール・ポワロ氏よ――君は、うぬぼれているのじゃないか〉で始まるそれは、警察と彼の明敏さに疑義を呈した後、こう結んでいる。

〈今月二十一日、アンドーヴァーを警戒せよ〉

差出人はＡＢＣ。

この手紙をポワロが受け取った日付は、はっきりしないのだが、二十一日の数日前だったようだ。犯行の何日前に着いたのだろう？　ページをめくって、ＡＢＣからの第二の手紙を見てみる。第一の事件の捜査は難航し、物語は七月に入っていた。さて、〈こんどはベクスヒル海岸に注意を向けてもらいたい。日時は来る二十五日〉と書かれた挑戦状は――二十三日にポワロの許に配達されている。つまり、犯行の二日前。

何日前であっても同じことなのだが、小説の事件と現実の事件の間には、大きな違いがあることが確認できた。小説の犯人は、犯行より前に挑戦状を送りつけているのに対して、現実の犯人は犯行の翌日に投函している。

つまり——

現実の犯人は臆病《おくびょう》だ。クリスティ作品に倣って書いた挑戦状ならば、もっと早くに出せよ。それに、小説の犯人ABCは、どこで犯行を行なうのか町の名前まで明示しているのに対して、現実の犯人は現場の地名に言及していない。違いすぎる。手紙の送り主は『ABC殺人事件』をちゃんと読んではいないのかもしれない。

小説と現実の相違点は、他にもあった。

色々と発見がある。捜査には関係がないが、ポワロの非情さにも驚かされた。無辜《むこ》の人間を無差別に殺害していく犯人に憤《いきどお》る友人ヘイスティングズ大尉に対して、ベルギー人の名探偵は冷徹に言い放つ。

〈これが格別並の犯罪より悪いということはない〉

〈より悪いということはないよ。ただよりむつかしいというだけだ〉

また、ポワロの態度を悠長《ゆうちょう》に感じた大尉が、あちこちで人々が殺されていく、と嘆くと

——

〈三人だけだ。しかも毎週交通事故で、ええと——約百四十人が死んでいるじゃないか〉

〈死んでいくものにとっては、たぶんまったく同じだね〉

すごいよ、エルキュール・ポワロ。そして、アガサ・クリスティ。

言っていることは理解できるが、私にはやはり、〈並の犯罪より悪い〉と感じられてならない。無差別殺人による死は、交通事故よりも無残に思える。しかし、名探偵とは、そんな不条理を乗り越えた地平に立っているのだろう。

ならば、火村英生はどうか？　人を殺したいという強烈な思いに捉《とら》われたことがある、と言うあの男に、「無差別殺人と交通事故の犠牲者は同じか？」と尋ねたら、どんな答えが返ってくるだろう？

問わずとも判る。

5

「なるほど。虚構と現実の間には、色々と食い違いがあるわけですね」

鉢の開いた頭をした柳井警部は、ふんふんと頷きながら耳を傾けてくれた。そして、座ったまま体をひねって、ホワイトボードの余白に板書する。

①挑戦状が犯行後に投函されている。
②挑戦状に犯行現場が明示されていない。
③犯行の間隔がごく短い。

④現場が関西圏に限られている（現状）。
⑤現場に鉄道地図が遺されていない。

頬《ほ》っぺたを人差し指で叩きながら、火村も神妙な顔でボードに見入っていた。

伏見署に設けられた捜査本部に出向いた私は、京阪の車中で気づいたことを、とりあえず吐き出すことができた。福助のような額の警部は、慇懃《いんぎん》に言う。

「これらの事実が意味するところはまだ不明ですが、重要なヒントを含んでいるのかもしれません。ありがとうございます、有栖川さん」

「お礼を言っていただくような情報でもありません。文庫本を拾い読みすれば判ることですから」

謙遜《けんそん》でもなく、事実だ。おそらく、兵庫県警や大阪府警の捜査員たちの何人かは、すでに本を参照して指摘ずみなのかもしれない。

「前の二つの事件の際に届いた手紙は、たしかに小説に比べて大胆さを欠きますね」警部は言う。「犯行の間隔も、小説はほぼ一ヵ月のインターバルがあるのに対して、現実の事件は非常にせっかちだ。第一、第二の犯行の間はたった二時間余りしかなかったし、それから第三の事件までの間隔は二日。全然、違いますね」

茶谷滋也の死亡推定時刻は、九日の午後十一時から十日の午前二時にかけてだった。

「小説の犯人は、いつも現場にＡＢＣ鉄道案内なるものを遺していたということですが、それもない。——ＡＢＣ鉄道案内というのは、日本でいうと何にあたるんでしょうね。駅の名前をアルファベット順に並べた本ということですが……」

私も実物を見たことはない。

「汽車の時間を調べるものだそうですから、時刻表でしょう。とにかく、アルファベットを強く意識させる本なんですよ。そういう意味合いの本は日本にはありません」

「ふむ。しかし、現場には時刻表も英和辞典も遺っていませんでした。どうも……何というか……」

「手抜きですね」

不謹慎を承知で言った。

「そう。そうですね。本気で小説をなぞる意思は感じられない。有栖川さんがおっしゃったとおり、犯人は『ＡＢＣ殺人事件』なんて読んでいないのかもしれません。——いかがですか、火村先生？」

犯罪学者はボールペンを玩《もてあそ》びながら、

「微妙ですね。小説を現実に重ね合わせる執拗《しつよう》な意思が感じられる点もある。たとえば今回の事件。犯人はＡＢＣ殺人のルールに忠実に、茶谷滋也という名の男性を千曲町で殺害している。わざわざ被害者が千曲町に足を踏み入れるのを待って殺したかのように」

火村は立ち、ボードに描かれた付近の略図を手で示した。遺体が見つかった地点には×の印がついている。

その川べりは人通りも少なく、民家からも離れていて、拳銃を使用した犯行に及ぶのに好都合な条件が揃《そろ》っていた。しかし、何も×地点で射つ必要はなかったのだ。

「被害者がどちらの方向から歩いてきたのかは目撃者がいないので判っていませんが、この×地点が犯行に最適のポイントだったとも思えません。もっと東、あるいは西のこのあたり」と火村は指差す。「そこで殺害する方が、より安全性が高かったと思われます。何故、×地点だったのか？　それは、このあたりだけが千曲町だからでしょう」

私が見た写真には、〈きけんな水あそびはやめよう　千曲町〉という立て札が写っていた。それは、あたかも犯人に「間違わないで。Cはここだよ」と唆《そそのか》しているかのように思えた。また、この本部にきて初めて知ったのだが、茶谷滋也の住所は千曲町内ではなく、隣りの町だった。彼が木津川べりに散歩に出かけると犯人は尾行を開始し、千曲町に差し掛かるまで、じっと待っていた――のだとしたら、これは相当に執拗である。

「まだ挑戦状は届かないんですね？」

私の問いに、警部は「はい」と答える。

「ブンヤさんたちも、それを気にしているようですね。犯人が前回と同じパターンで行動していたら、手紙が着くのは明日でしょう。しかし、兵庫と大阪の合同捜査本部の話によると、何の証拠にもならないそうですから……」

あまり期待できそうにない、か。

「茶谷氏を殺害する動機のある人物などは浮上していないんですか？」

「調べている最中です。被害者は孤独な生活をしていたようで、関係者は多くありません。かつて結婚していましたけれど、今年の三月に離婚していて独り身でした。別れた奥さんが門真《かどま》市内にいるので、あれこれ話を聞いているところなんですが……あまり前夫のことをしゃべりたがらないんですよ。性格が合わず、大喧嘩《げんか》を繰り返した果てに別れたらしい。おまけに、離婚した後もちょくちょく現われて、猫撫《ねこな》で声で復縁を迫られたりしたとかで、かなりの嫌悪感を抱いています。元奥さんの方は、離婚してまもなくバンドマンだった父親の離れがある家や遺産を相続して、午後だけのパート勤めで悠々自適の暮らしをしているので、茶谷としてはよけい未練たらたらだったんでしょう。『甘えたがり』というのが彼女の被害者に対するコメントです」

その元妻——花井《はない》唯子《ゆいこ》には動機があるのでは、と疑いかけたのだが、警部は否定的だった。動機が薄弱なだけでなく、元は平凡な主婦で、現在は法律事務所でパートの事務員をしている彼女と凶器の拳銃が結びつかない、と言う。

「未練がましい様子だったとはいえ、茶谷がストーカー行為をしていたわけではありませんしね。花井唯子という女性は勝気で、家までのこのこやってきた元夫を一喝して追い返していたほどです。一昨日も別れた妻の勤務先に二度ほど電話をかけて、『職場に電話はやめて』と叱られたとか」

死者の悪口は慎むべきだが、どうも情けない男だ。

「彼の親兄弟や友人は？」

「母親が健在で、彼の兄と東京で暮らしています。他に兄弟はいません。友人はごく少なくて、警備会社の仕事を世話した榎本《えのもと》という男ぐらいだったようです。誰かと深刻にもめていた、という話は出てきていません。近所の評判は普通です。トラブルを起こすようなこともなく、隣人などには道で会えば挨拶をしていたとか。『ちょっと陰気くさい人』『淋しそうな人』という声も拾いましたが、悪口ということでもない。失職中で経済的には苦しかったものと思われます。でも、金で誰かに迷惑をかけていた形跡もなし。貯金を取り崩して生活できていました」

卓上の電話が鳴った。ベルを二回と鳴らさせずに警部は受話器を取る。「判った」と言っただけで、通話は短かった。

「線状痕の一致が確認されました。間違いなくこれまでと同じ拳銃が使用されています。三府県の合同捜査本部が設置されることになるでしょう。初めての経験ですよ。やれやれ」

それは大事《おおごと》だ。しかし、警部はいたってクールなので、その「やれやれ」にはあまり感情がこもっていない。

「そんなわけですから、茶谷の身辺で動機を洗っても無駄かもしれません。それにしても、失業して妻に逃げられて無差別殺人の被害者になってしまうとは、運に見離された男ですね」

私は、あらためて悲運の男の顔写真を見る。鼻の穴が特徴的に大きい以外は無個性な顔だ。隣人らからは「陰気くさい」「淋しそう」と評されていたらしいが、写真ではいたって呑気《のんき》な表情をしていた。

「これまでの被害者との接点は見つかっていますか？」

せっかちな質問をしてしまった。「今のところは、まだ」とだけ警部は言った。茶谷は八幡市生まれで市内の高校を卒業し、京都市伏見区にある音響機器メーカーに勤めていたという。浅倉や番藤とは生育歴も生活圏もまるで異なる。やはり、またしても無差別殺人であったか。そうだとしても、犯人はまるでアト・ランダムに犠牲者を選んでいるとも思えない。凶行の現場が尼崎、豊中から八幡に飛んだ理由があるのではないか。

「あのぅ、京阪電車でここにくる途中、ふと思ったんですけれど……」

「何でもおっしゃってください」

本当に、思いつきの次元なのだが。

「現場の近くに淀《よど》競馬場がありますね。淀駅を通過する際、それがひっかかったんです。第一と第二の現場の間には、園田競馬場がありました。今度も競馬場の近く。これが何かを暗示している、ということはないんでしょうか？」

柳井は腕組みをした。その眼差しが真剣そのものなので、いらぬ情報をインプットしてしまったかな、とかえって心配になった。

「そういえば、被害者は競馬好きだった、と友人の榎本が話していましたね。——それが事件に関係してくるんですか？」

「そういうことではなく、犯人が競馬マニアだったという線を考えてみたんです。競馬場の近くに土地勘があるのではないか、と」

火村の反応は鈍かった。

「どうだかな。競馬場によく足を運ぶからって、安遠町、別院町、千曲町に土地勘があるとは考えにくいんじゃないか。いずれの競馬場も現場とかなり離れているし、タイガースファンのお前だって、甲子園球場がある隣りの町については無知だろう？」

まことに、ごもっともである。

深く納得してから、私はホワイトボードに柳井が書いた①から⑤までの覚え書きを見る。寒風が吹く京都までやってきて、これしきのことしか話せなかった。

6

私が柳井警部に語ったことなど、その夜には日本人の何割かが知るところとなった。抜群の視聴率を誇るニュースショーで、フリップを片手にした人気キャスターが丁寧《ていねい》に解説してくれたからだ。彼は、こんな言葉をテレビから放った。

「決して皆様の不安を煽《あお》るわけではありませんが、頭文字がDの方は、念のため、Dで始まる土地にご注意なさってください。もちろん、無用の心配をする必要はありません。夜間、人気がない場所に限って警戒すればよいと思います。ちなみに、先ほどのフリップでお伝えしたとおり、次の犯行がもしあるとするならば、それは日本中のどこになるかは予測できません」

おやおや。中段まではいいとして、最後の方は充分に扇情的《せんじょうてき》ではないか。だが、彼が忠告せずとも、全国のDさんたちはしばらく不快な緊張を強いられることだろう。大阪の大国町《だいこくちょう》に住んで堂島の会社に通っている出久根《でくね》さんなんて人がいたら、その心労はいかばかりか。俺は有栖川でよかった、と安堵《あんど》しかけるが、いやいや、そんなことではいけない。

そう。私のように、すでにアガった人間がいる。相川《あいかわ》さんも、秋山《あきやま》さんも、安部《あべ》さんも、雨宮《あまみや》さんも、倍賞《ばいしょう》さんも、馬場《ばば》さんも、別当《べっとう》さんも、坊城《ぼうじょう》さんも、近田《ちかだ》さんも、千葉《ちば》さんも、中馬《ちゅうま》さんも、クリスティさんも、ＡＢＣ殺人の標的になることはない。大袈裟《おおげさ》かもしれないが、そんなアガった人々と、そうでない人々の間に、一種の断絶ができてしまうのではないか、と気になった。

その気配が濃くなったのは、第三の事件の翌日からである。京都府警本部に手紙が届いたのだ。火村を経由して聞いたその文面は次のとおり。

アルファベットは26文字。
手元の弾丸は26発
3発使って、なくなった。
まだまだやろう。ためしてみよう。
刑事がうちにこないから。
だから、いやいや続けてる。
そろそろボクを止めてくれ。
まずはA、B。そしてC。
いったい、何人イケるやら。

内容と体裁が、最初の手紙と酷似している。封筒、便箋、大阪中央郵便局の消印も前回と同じだった。警察は詳細な文面さえ公表していないのだから、前の手紙と同一人物が差出人であることは明らかだ。

犯人は本気でＡＢＣ殺人を完遂しようとしているのかもしれない、という見方が広まった。イニシャルがＤの人間は警戒を怠るなかれ、は市民のスローガンになりつつある。日本中の不安は真夏の寒暖計のごとく上昇を始めたが、同じ地域で同じように暮らしながらも、アガった組は平静を保つことができた。それどころか、一部の人間は安全地帯から静かにパニックを観察するという仄《ほの》暗い興味さえ感じていたかもしれない。誰もが初めて経験する異常事態である。

これに対して、さしもの臨床犯罪学者もなす術《すべ》がない。大学の講義を休んで――理解ある教え子たちに幸いあれ――これまでの事件の関係者らを回り、三人の被害者につながりがなかったかを探ることにしたらしいが、彼一人でできることは限られており、無差別通り魔殺人犯を個人が突き止められるものではない。真相にたどり着けたナイト・プローラー事件は僥倖《ぎょうこう》なのだ。

ましてや助手もどきの私が出る幕はない。ひょこひょこ捜査の現場に首を突っ込んでも邪魔になるだけと判断して、私は事態の推移を見守ることにした。もとより、片づけなくてはならない仕事もある。

エッセイの締切が明日に迫っていた。私は本棚から〈見解が常に食い違う某エッセイスト〉の本を取り出し、ざっと斜め読みをした。意見が合わない人のエッセイを読めばいくらでも書きたいことができる、というセオリーに基づく取材活動だ。たちまち書かずにはいられないテーマが見つかった。こうなったら四割方できたも同然である。私は、頭の中の雑考をさくさくと文章に写していった。

あらかた完成したところで電話が鳴る。もしや火村では。何か捜査に進展があったのだろうか、と期待しながら出てみると、聞き覚えのある声がした。

「東方新聞社会部の因幡です。少々、お時間をいただいてよろしいでしょうか?」

またあの記者か。話すことなどなかったが、いいタイミングでかかってきたので、お相手することにした。

「ありがとうございます。——火村先生はずっと捜査で駈け回っていらっしゃるようですが、有栖川さんはお仕事ですか?」

「あまりサボると食べていけませんから。今は手を止めて一服していたところです」

「そうですか。実は、お宅のすぐ近くまできてるんです」

いつか会わなくてはならない相手なら、殺人現場で肩を叩かれるよりも気持ちにゆとりがある時の方がいい。ただ、部屋がちらかっているので外で会うことにする。

五分後にマンションのエントランスに下りていくと、色白で、肩幅の広い、がっちりとした男が立っていた。年下だろうと声から想像していたが、そうでもなくて、頭髪が薄くなりかけている。荷物でふくらんだショルダーバッグを掛けていた。

「突然に押しかけて申し訳ありません」

記者は、垂れた目を細めて名刺を差し出した。柔和《にゅうわ》な表情が、かえって曲者《くせもの》っぽい。近くの喫茶店に行きましょうか、と提案すると、すまなそうに、

「あちこち歩き回って、今日はもうコーヒーやら紅茶やら五杯も飲んでいるんです。寒波が去って春を思わせる陽気ですし、どこかそのへんの公園ででも」

それでは、と私は四天王寺《してんのうじ》に案内した。真っ青な空を背景に、今日の五重塔は誇らしげに聳《そび》えている。私たちは境内の片隅のベンチに腰を降ろした。

「有栖川さんと火村先生は、随分と前から警察の捜査にタッチなさっているみたいですね」

愛想《あいそう》よく微笑《ほほえ》みながら、因幡はあれこれ尋ねてくる。しばらく話しているうちに、作り笑いをこしらえているのではなく、それが彼のふだんの顔だと判った。火村のフィールドワークについて強い関心を持っているらしかったが、私は適当に答えをぼかす。それでも相手は満足そうだった。

「犯罪の研究者が犯罪の現場に出向くのは、当然であるとも言えますね。それを警察に迷惑がらせないのが素晴らしい。捜査官としての才能を発揮して、向こうから協力の要請がくるというんですから。いや、捜査官というより探偵か。実にユニークな研究者だ。そして、有栖川さんはユニークなミステリ作家です。名探偵のアシスタントを務めていたら、執筆のご

参考になるでしょう？」

「いいえ。現実の犯罪とミステリは別物ですから。私は、百パーセントの虚構を書くのが好きなんです」

「それこそミステリ作家の矜持《きょうじ》であり心意気ですか。じゃあ、どうして火村先生のフィールドワークに同行するんですか？」

デリケートな問題であり、初対面の記者に手短《てみじか》に説明できることではない。タフだが同時に脆《もろ》さも抱えた友人を見守ってやりたいからなのだが——その答えが真実なのかどうか、実は確信がなかった。

「ノーコメントで結構です。ご事情もあるでしょうから、そこに土足で踏み込むのは謹《つつし》みます。お二人が捜査に参加していることも、吹聴《ふいちょう》したりしません。週刊誌の連中に嗅ぎつけられると面倒でしょうしね」

どこか恩着せがましかった。つい皮肉が言いたくなる。

「私、週刊誌は好きですよ。新聞が書けないことを書くし、フリーランスの記者への共感もあります」

「ええ、もちろん立派な記事を書く人もたくさんいますから、週刊誌全般を悪く言うつもりはありません。ただ、一部にどうしようもないセンセーショナリズムがあるのも事実でしょう。今度のＡＢＣ連続殺人事件にしても、今週に入ってから虚仮威《こけおど》し記事を並べてわーわーと騒いでいますよ。〈ＡＢＣキラー〉なんて愛称まで殺人犯に与えている」

　そうだ、週刊誌を買ってこなくては、と思った。こうして外で晩秋の風に吹かれていると心地いいな、とも。私は新聞記者との会話に倦《う》みかけていた。

「ところで」因幡は垂れた目を細めて「推理小説の作家やファンにとって、ＡＢＣ殺人というモチーフは魅力的なものなんですか？」

　現実とフィクションをごちゃ雑《ま》ぜにされても鬱陶《うっとう》しいが、反射的に答えてしまう。

「本格ミステリというのは、すんでしまったことを掘り返すのが基本形ですから、時として現在進行形のスリルを欠いてしまう。不可解な法則どおりに進展する事件を描けば、それが解消する場合もあるわけで――」

　それしきの回答に、色白の記者はうんうん頷いていた。

「とにかく根強い人気があるらしいですね。――あまりお時間をとっては申し訳ありませんから、一つお願いを聞いていただいて終わりにします。火村先生と有栖川さんが摑んだ情報を、警察の次に私に耳打ちしていただければありがたい、という虫のいいお願いです。おっと、もちろんお立場は理解していますから、ご無理は言いません。できる範囲で結構なんです」

　この程度のことが取材と言えるのなら、ジャーナリストなんて気楽な稼業だ。かつて埼玉県下で、女子大生がストーカーの差し向けた男たちに殺害される事件が起きた際、ある写真週刊誌の記者が単独で犯人を突き止めて盗み撮りに成功し、警察に情報を提供して事件が解決に向かった。記者は「自分が簡単に見つけた犯人を捜査本部はマークしていなかった」と驚き、社会は警察の無能を非難した。しかし、私が呆《あき》れたのは、その無能な警察にぶらさがり取材をするだけだった新聞記者たちの無能ぶりである。

「私の数少ない美点は、口が固いことなんです。――失礼していいですか？」

因幡の顔から微笑が消えていた。

「最初に殺された浅倉一輝の同僚に推理小説ファンがいましてね。自分でも小説を書いて投稿していたそうなんですよ。反りの合わない同僚が社内にいた、というのをお聞きではありませんか？」

腰を上げかけた私だが、座り直す。

「記憶にあります。しかし、被害者が殺される直前の電話から聞こえた『浅倉さん？』と呼びかける声とは違っていた、とも聞いていますよ」

「通話状態がよくなかったそうですから、あまり当てにならない証言です。私は、その同僚の家まで押しかけて色々と話を聞きました。印象はよくない。信用ならぬ男です。本棚には推理小説がびっしりで――」

「だから信用できないんですか？」

「いいえ、違います。話がすぐに矛盾するし、態度に落ち着きがなくて、人間的に信用できない雰囲気があるんですよ。『ＡＢＣ殺人事件』も棚にありましたが、それだけで被疑者扱いするわけではありません。『推理小説がお好きなんですね』と雑談をしているうちに、去年、ゴールドアロー賞という新人賞に応募して二次予選まで進んだことがある、と聞き出しました。ほら、有栖川さんがデビューなさった賞です」

佳作入選だったが。

「彼のことが、何かひっかかりましてね。どんな小説を書くのか教えてくれなかったから、自分で調べてみたんですよ。去年のゴールドアロー賞予選通過作品のリストが載った雑誌を図書館で捜しました。ありましたよ。本名で応募していたから、すぐに判った。タイトルは『ＡＢＣの悲劇』。内容までは判りませんが、意味深でしょ？　彼の名前と併せるとさらに興味が深まるかもしれません」

「何というんでしたっけ？」

因幡は手帳を取り出して、しかるべきページを開いた。

「エトウ・ヨシヒトというんですけれどね。こういう字を書きます」

——衛藤善人。

彼が、こちらの反応を窺《うかが》っているのを感じた。私はゆっくりと顔を上げる。

「衛藤善人……Ａ　ｔｏ　Ｚ」

記者は満面に笑みを浮かべた。彼が吹く笛に合わせて踊らされてしまった。

「ええ、そう読んでいただきたかった。さすがに機転が利きますね」とおだてて「いかがですか？　私の独自取材ですから、まだ誰も気づいていないネタです。これがお役に立ったなら、そのあかつきには結果を私に」

「しかし……」

『ABCの悲劇』という小説を書いた、〈AからZまで〉と読める名前の男。意味ありげだけれど、まるで無意味なのかもしれない。が、無視するには忍びない暗合でもある。因幡は、戸惑《とまど》う私に二の矢を放った。

「衛藤の部屋には、番藤ロミが勤めていたメーカーのテレビと、茶谷滋也が以前に勤めていたメーカーのオーディオ・セットがありました。いずれも珍しくない商品ですが、意外な形で一連の事件とつながっているのかもしれませんね。こんな線も、警察は追っていないと思うんですが……」

やはり無視できない情報だ。

「ご希望は火村に伝えておきます」

「ありがたい！」

陽だまりで鳩が餌《えさ》を啄《つい》ばむ境内での会見が終わった。別れる際にも彼はアピールする。

「先生には、私の名前もお伝えください。東方新聞の因幡丈一郎です」

ついでに渾名も吹き込んであげよう。——因幡の白兎《しろうさぎ》でどうだ？

7

自宅に帰った私は、てきぱきとエッセイを片づけてから、因幡から仕入れた情報を火村に伝える。彼はとりたてて強い関心を抱いたふうではなかったものの、『ＡＢＣの悲劇』なる小説がどんな内容なのか知りたがった。ゴールドアロー賞の主催者である珀友社《はくゆうしゃ》は最も付き合いが深い出版社だから、それしきの相談に応じるのはたやすい。担当編集者の片桐光雄《かたぎりみつお》に電話をかけて頼むと、「去年の応募作なら保管してありますからコピーを送りましょう」と言ってくれた。何故それが読みたいのか、については迂闊《うかつ》なことをしゃべれないので、「題名が気になって」ということにしておく。しかし、片桐は私の思惑を見透かしていた。

「もしかして、ＡＢＣ殺人事件を調べているんですか？」

彼は、火村のフィールドワークについて承知している。

「まぁね。ほんの参考までに」

「そうですか」編集者は納得して「ならば、早く先生にＡＢＣキラーを捕まえてもらいたいですね。僕も危険なポジションにいて、心中穏やかならざるものがありますから」

彼は吉祥寺《きちじょうじ》の住人なのだ。

「とにかく、捜し出して送ります。『題名が気になって』ということで」

編集者との間に信頼関係があれば、それぐらいの理由で応募原稿を見せてもらうことも可能だと知ったら、投稿者の中には「アイディアを盗まれるのでは」と危惧《きぐ》する人がいるかもしれないが、そんな心配は現実的ではない。やればきっとバレて名誉は失墜《しっつい》し、剽窃《ひょうせつ》者は顔を上げて歩けなくなるだろう。それに、そもそもアマチュアの応募原稿からアイディアを漁《あさ》るなんて効率が悪すぎる。そこまで暇なプロはいない。

ただ、「気になる応募作があるから読みたい」というのは、たいていの場合、「面白かったら何らかの形で世に出る手助けがしたい」という思いでベテランの作家や評論家がリクエストするのであって、私ごとき者がすることではない。ましてや、犯罪捜査の参考にするというのが真意となれば、いささか後ろめたかった。——カトリック教徒だったら次の日曜日には教会で懺悔《ざんげ》か。

ともあれ、翌々日の夕方にコピーの束が宅配便で届いた。さっそく開封して、ダイニングのテーブルで広げる。原稿用紙に換算すると六百枚あるらしいが、A4の用紙にきれいに印字されていて読みやすい。はたして、ABC殺人テーマをどう料理しているのか?

これは空振りらしい、と思ったのは、百枚ほど読んだ時点だ。A、B、Cの順に人が殺されていくのではなく、どうやら三人の人物の行為が一つの不可解な事件を形成していく、という展開らしいと予測がついたのだ。しかも、書きっぷりが拙《つたな》くて、あまり出来がよろしくない。それでも、何か現実の事件とつながる箇所があるかもしれないので、辛抱しながらページをめくることにした。

途中で休憩をはさみ、八時過ぎに読み終える。ミステリとしては可もなく不可もなく。現実の事件との接点は皆無で、作者の人間性を推察する材料にもならなかった。そりゃそうだろうな。衛藤が真犯人で、この小説と現実の事件が関わっているのだとしたら、新聞記者らにほいほいと教えるはずがない。

やはり徒労であったか、と思ったとたんに空腹感が襲ってきたので、近所のファミリーレストランに出かける。隣りのテーブルの家族連れが、「出来島《できじま》の土門《どもん》さん、嫌な感じだろうな」などと話していた。

はたして次はいつだ？

殺人鬼はどこに現われる？

8

茶谷滋也殺害から二日が過ぎ、三日が過ぎ、一週間が過ぎた。第四の犯行は起きなかった。何らかの意図によるのか、あるいは犯人側にアクシデントが生じたためか、無気味な平穏が続いている。人々がＡＢＣ殺人を忘れることはなかったが、少しずつ緊張感がゆるんでいくようだった。

もう犯行は起きないのではないか。ＡＢＣキラーは気がすんだのかもしれない。そんな見方をする者も現われだしたが、もちろん警察は警戒を解いておらず、懸命の捜査が続いていた。

火村からは、ほぼ一日おきに電話がかかってきた。さすがの彼も、容疑者を絞り込めないままでいる。目的を達したから犯人は沈黙してしまったのではないか。つまりこの事件は無差別殺人ではなく、当初から浅倉、番藤、茶谷の三人、もしくはそのうち何人かを狙った犯行ではなかったのか。私がそう言っても、返ってきた答えは「判らない」というものだった。

「それならば、被害者の周辺に動機を持った犯人がいるはずなのに、さっぱり浮かばないんだ。衛藤善人を犯人とする決め手もないし、彼にはアリバイが成立している」

兵庫県警、大阪府警、京都府警の威信を懸《か》けた捜査も行き詰まりかけているわけだ。

「もしかしたら、三件の殺人にはつながりがないのかも……」私はふと思う。「同一の凶器が使われている、というだけで犯人が一人やと決めつけてるのが間違うてるんやないか？一挺《ちょう》の銃が手から手へと渡って殺人を重ねてるとも考えられる」

「冴《さ》えてるねぇ、有栖川先生」

助教授の苦笑する顔が目に浮かぶ。

「と言う火村先生の声に、これっぽっちも賛嘆の気配がないんやけどな」

「その鮮やかな仮説は捜査会議でも出ているさ。犯人は殺し屋だ、という説まである。でも、駄目なんだ。凶器を手から手へと渡している殺人仲介業者だか殺し屋だかが実在するとしたら、そいつはやはりどこかで尻尾の先ぐらい見せているはずだ。警察は被害者の周辺の人間を徹底的に洗っているからな。ところが——」

「見つからんわけや」

「影も形もない。——幻の殺し屋探しよりも、凶器の出所を探す方がまだ期待できる。組員が横流しした拳銃が使用されている可能性も高いとみて、三府県の全署は管内にある暴力団の武器庫の摘発にかかっている。まだ本線につながる摘発事例はないけれど、一つすごいのを掘り出したらしいぜ」

暴力団の武器庫といっても、彼らが銃器を隠匿《いんとく》するのはたいていアパートやマンションの押入である。必要があればすぐ使えるよう厳重に保管しないのだ。警察は、組員やその情婦が賃借している部屋、あるいは居住実態がない賃貸マンションで契約後に錠がつけ替えられた部屋を集中的に洗った。その成果として、神戸市内のあるワンルーム・マンションでフィリピン製のM16自動小銃一挺、マカロフ自動式十挺に手榴弾五個を発見したという。それもお手柄だが、ＡＢＣ殺人にはまったく関係がなかった。

「すべてがバラバラで、何のつながりも見出だせない。このままだと迷宮入りという声も囁《ささや》かれているぐらいだ」

すべてがバラバラでは火村先生も手の打ちようがないのか。彼がこれほど苦戦するのも珍しいが、事件の性質からして仕方あるまい。

「ところで――」

私は、火村自身がこの事件の姿なき殺人鬼にどんなイメージを持っているのかを聞いてみたくなった。彼が描く犯人像は、ひたすら黒くて邪悪なのか、あっけらかんと空疎《くうそ》なのか？

「得体《えたい》が知れないな」

随分、あっさりとしたものだ。

「おい、先生。臨床犯罪学者なんやから、もっと実のあるコメントを」

「臨床なんとかってのは、お前が勝手につけた呼び名で、俺が自称してるわけじゃねぇぞ。――得体が知れない、というのを少しだけ噛《か》み砕《くだ》いて言うと、このＡＢＣキラーとやらはちっとも自分の犯行を楽しんでいない、という感じがするのさ」

「さらに噛み砕いたら、どうなる？」

「半年近く前に、ホラーゲームの設定をなぞった若い女性を狙った奴がいただろ。あいつは犯行を楽しんでいたよ。部屋で反芻《はんすう》するたびにはぁはぁと呼吸を荒くしている気配があったのに、今度の犯人にはそれがない。ＡＢＣの順に人を殺して何が面白いってんだ」

ますます投げ遣《や》りなコメントである。

「俺もそんなことをして面白いとは思わん。しかし、相手は頭のネジがゆるんでるんやから、充分に楽しんでるんやろう。人を殺す瞬間にエクスタシーを感じて。それに、例の挑戦状がある。『いったい、何人イケるだろう。』とか書いて警察や社会を愚弄《ぐろう》するのは快感やと思うぞ」

「ああ、挑戦状は少し楽しそうだな。しかし、そのわりには淡泊だろ。まず文面が短い。禁欲的なまでに短くまとめて切り上げている。それに、警察や社会にどんなメッセージを投げ掛けたいのかが曖昧だ。恐怖を散布したいのなら、『やってみよう、ためしてみよう。』なんて生温《なまぬる》い表現をするだろうか？『どこまで続くかは警察しだい。』と挑発したすぐ後に、『なるだけ早く止めてくれ。自分で自分が止められないから。』と続けているけれど、これは自分の狂気が暴走することに戦慄しながらも制止できない殺人者を装っていたもので、下手な自己劇化だ。調味料がぐぢゃぐぢゃだな」

そういえば、彼はあの挑戦状の書き手を「賢くもないさ」と評したことがある。

「しかしやな、日本中が戦々兢々《せんせんきょうきょう》としてる。犯人は、マスメディアを通じてそれを楽しんでるのかもしれん」

「犯人自身よりマスメディアの方がもっと楽しんでるんじゃないか？」

結論。火村は犯人像の輪郭すら摑めていないのだ。

マスメディアといえば――因幡からも電話が一度あった。衛藤善人の件がどうだったかと訊くので、はずれだったという結果のみ伝えた。しかし、白兎はへこたれず、頼みもしないのに雑多な情報を吹き込んでくる。

「浅倉と同棲していた菱井穂奈美が以前に京都のランジェリーパブで働いていた、という話を聞いたんですよ。京都の会社に勤めていた茶谷とつながりませんかね」

つながっていると確認できたら教えて欲しい。だからどうだ、という意味も添えて。

「茶谷滋也の元義父はちょっと名の知れたパーカッショニストです。生前、番藤ロミの会社がスポンサーになっているテレビの音楽番組に何度か出演しています」

それがどうした?

「浅倉と番藤は、同じ梅田の大型書店でよく本を買っていたようです」

そこなら私も常連客である。一日に何千人単位の客が入る店だ。意味などないと、本人も判ってしゃべっているのだろう。

「因幡さんが精力的に取材なさっていることは、よく判りました」

「はは、そうですか。では、火村先生にそう伝えておいてください」

かくのごとく捜査は停滞し、私の部屋にはＡＢＣキラーを特集した週刊誌がどんどん増えていった。

そして、十一月十七日を迎える。

私はまたしても電話に叩き起こされた。

「アリス、Ｄだ」

9

火村の興奮した声が告げ、眠気は瞬時に吹き飛んだ。

「Ｄ？　また誰か殺されたのか？」

「今朝の六時に、右のこめかみを射たれた遺体が見つかった。被害者は壇亜由子《だんあゆこ》という三十歳の主婦で、現場は高石市《たかいしし》の道元町《どうげんちょう》」

壇亜由子が道元町で殺された。――法則どおりだ。

それにしても、犯人はまた大きく舵を切ったものだ。高石市は堺《さかい》市の南にあり、大阪市の中心部から十五キロほど離れている。ＡＢＣキラーは、犯行ごとに都道府県を変えるという趣向は採用しなかったのだ。

壁の時計に目をやると、十二時三十分だった。火村は午前中に現場に入り、捜査に立ち会っていたと言う。

「遺体はどんな状態で見つかったんや？」

「第二の犯行に似ている。被害者は、人工芝を敷きつめた自宅の庭で殺されていた。外出先から帰ったところを襲われたらしいな。死亡推定時刻は、おおよそ昨夜の午後九時から午前零時頃とみられる。牛乳配達の少年が発見者だ」

惨劇はついに繰り返された。捜査員たちは、事件を未然に阻止できなかったことを悔しがっているだろう。と、思うのだけれど、火村の声は沈んでいなかった。

「やっとつながったみたいだ」

「どういうことや？」

私は受話器を握り直す。

「今度の被害者は、以前の被害者と接点がある。もうバラバラじゃない」

壇亜由子なる女性がかつて浅倉一輝と恋愛関係にあったとか、番藤ロミの後輩であったとか、私はそのようなつながりを想像したのだが、少し違った。

「被害者の壇亜由子と夫の仲はうまくいっていなかった、という証言がある。夫の壇健作《けんさく》は、ある女と不倫関係にあったらしいんだ。その相手というのが、花井唯子」

「……茶谷滋也の元の妻か」

「ああ。これまでの捜査の過程で、同じ人物が複数の事件に跨がって登場するのは初めてだ。これは偶然じゃない」

私の直感もそう告げる。しかし、まだ結論を出すのは早計ではないか？

「断言はできんやろう。お前は、浅倉一輝と反目してた男の名前が〈A　to　Z〉と読めて、しかも『ABCの悲劇』という小説を書いてたことを『それは偶然だ』と一蹴《いっしゅう》したやないか」

「衛藤善人のことか？　ああ、あれは偶然だ。〈Ａ　ｔｏ　Ｚ〉と読むのはこじつけだし、彼の小説はＡＢＣ殺人をモチーフにしたものではなかったじゃないか」

「随分と恣意的《しいてき》に偶然と必然を選《よ》り分けるな。お前にだけそんな判定を下す権利があるのか？」

からんで説明を促す。

「ちっ。馬鹿なこと言ってんじゃねぇよ。今度は語呂合《ごろあ》わせと話が違うんだ。まだ聞き込みを始めたばかりだけれど、興味深い事実が出てきているんだ。壇夫妻の夫婦関係は良好ではなかったものの、決して破綻はしておらず、壇健作は妻との離婚を考える段階でもなかった。不倫相手の花井唯子は、そのことを強く不満に思っていたわけで、壇亜由子への恨みは殺人の動機になり得たかもしれない。そんな現実的な動機の持ち主が、前の事件とつながったんだ。偶然ではない、と見てかかるべきだろう」

「ちょっと待て、確認したい。茶谷滋也が殺された時、花井唯子にはさしたる嫌疑が懸からなかったんやないか？　別れた夫が未練がましく復縁を迫ったけれど、気の強い彼女はあっさりとそれを撥《は》ねつけたんやったな。せやから、茶谷を殺す動機はないと見られた——」

「そう。だから、彼女の行動を監視していた捜査員はいない」

「それやのに、彼女の不倫相手の妻が殺されたからというて、花井がＡＢＣキラーやったと見るのは理屈に合うか？」

「お前こそ気が早い。俺は、彼女がＡＢＣキラーだと言ってるわけじゃない。一連の事件に何らかの形で関与していて、それが解決の突破口になるかもしれない、と言いたいだけだ。彼女には茶谷を殺す切実な動機はなかったし、浅倉一輝や番藤ロミとのつながりは見つかっていないんだからな」

そういうことなら理解した。

「出てこられるか？」と訊かれて、イエスと答える。

「じゃあ、夕方四時に京阪の門真市駅で待ち合わせよう。花井唯子と駅近くの喫茶店で会う約束をとりつけたんだ」

これまでにも二度ほど会って話を聞いていたので、彼女は快く火村との面談を承諾したのだそうだ。いよいよ事件が動きだした。

再び始まったＡＢＣ殺人を報じるニュースをチェックしてから、三時前に自宅を出る。余裕をもって門真市駅に着くと火村はすでに待っており、改札口から出てきた私を見るなり「行こう」と足早に歩きだした。

「壇亜由子の遺体から摘出された弾丸の線状痕の鑑定結果が出た。これまでのものと一致したよ」

歩きながら彼は言う。さらに——

「花井唯子にはアリバイがあるらしい」

「それは、Dの事件についてか？」

「Dだけではなく、AとBが殺された十一月七日から八日にかけての夜についても。昨日の夜はこの近辺や自宅にいたことが確認されたし、AB殺害の夜も近所の通夜を手伝っていて、深夜まで大勢の人間といたことを何十人もの人間が証言している」

通夜の手伝いというのは予期せず入る予定だから、アリバイとして自然な気がする。

「昨日の夜のアリバイはどう証明されてるんや？」

「警察が調べたところによると、やや細切《こまぎ》れながら、こっちもしっかりしてるそうだ。まず、九時前にクリーニング店に洗濯物を出していること、九時半から零時前まで馴染《なじ》みのカラオケスナックで歌っていたことが確認されている。スナックは、この駅前にある。ご機嫌でマイクを握っていたらしいな。おまけに、零時半には近所のコンビニでパンを買っている。翌日の朝食分を買い忘れていたんだとさ。彼女は運転免許も車も持っているが、ここから犯行現場までは一時間以上は要する」

つまり、彼女が壇亜由子を殺害することは不可能だったのだ。彼女はABCキラーではない。では、事件にどのように関わっているのか？　まるで無関係なのか？　これからの面談の目的はそれを探ることに絞られる。

彼女が指定したのは、ショッピングビルの二階の店だった。これまでもそこで火村と会っているらしい。緑色のドアを押し開けて中を窺うと、窓際の席にいた大柄な女性が立つ。赤っぽく染めたセミロングの髪を後ろで束ねている彼女が、花井唯子だった。

「ご足労いただいて、恐縮です」

「いいえ。ちっともかまいません。午前中に刑事さんの訪問を受けて仕事は早退していますし、私も先生にお伺いしたいことがあるので」

火村が私を紹介すると、彼女は「よろしくお願いします」と言う。何をお願いされたのかは不明だ。

「亜由子さんがとんだことで……今朝から頭の中がパニックです。本当にお気の毒」

と言って、しおらしく目を伏せる。その隙に、私は花井唯子を観察して印象をまとめた。引き締まった口許、顎《あご》の張り具合がどこか強情そうで、クラスでいちばん勝気な女の子だった、というタイプである。広い肩幅と長い手脚《てあし》はバレーボール選手のようであり、丈《たけ》が膝上のスカートを穿《は》いていたが、活動的なジーンズの方が似合いそうだ。

「健作さんのことも心配です。あのう……彼は、どうしていますか？」

「一昨日から札幌に出張していました。事件の知らせを聞いて、ついさっき自宅に戻ったところです。当然ですが、大きなショックを受けているご様子でした」

「すると、昨日の夜は、家に亜由子さんだけだったんですね。そんなところを襲われるだなんて、ああ、こわい。用心してなかったのかしら」

「それどころか、昨日は夕方から外出して、夜遅くに帰宅したようですよ。五時頃、南海電車の高石駅で近所の主婦がめかし込んだ彼女と会っていますが、何時に帰ってきたのかは誰も見ていません。ちょっと両隣りと離れた家なもので。帰宅の時間が特定できれば、正確な犯行時刻が判るんですけれどね」

「ピストルで射たれたのなら、銃声を聞いた人がいるのでは？」

「壇さんのお宅にいらしたことはないんですか？　深夜でも近くの国道をトラックが頻繁《ひんぱん》に走っているためか、銃声を耳にした人はいませんでした」

「怪しい人を目撃した人は？」

「まだ見つかっていません」

彼女が矢継ぎ早に尋ねるので、どちらが話を聞きにきたのか判らない。しかし、火村は苛《いら》立《だ》つでもなく律儀《りちぎ》に答えていった。やがて彼が質問に転じる。

「不躾《ぶしつけ》なことをお訊きしなくてはなりません。あなたが壇健作さんと知り合ったきっかけは何ですか？」

「前の主人と別れてから、大阪に買物に行った後、一人で飲みにいく癖《くせ》がついたんです。彼と最初に会ったのは、ミナミのショットバーです。たまたま向こうも一人だったので、どちらからともなく口をきいて……。きっかけは、そんなものです。五月の初め頃でした。奥様がいらっしゃると知ったのは、夏になってからです」

「彼に騙《だま》されていたんですか？」

「そんな意識はありません。『結婚してるの？』と尋ねたことはなかったので、独身なんだと私が勝手に信じていたんですね」

「でも、彼が妻帯者だと知った時は傷ついたんじゃありませんか？」

「もちろん、平然としてはいられませんでした。でも……難しい問題です。彼との関係を断ち切れないまま悩んでいました」

「悶々《もんもん》と悩んでいただけでなく、健作さんに離婚を迫っていたんでしょう？　亜由子さんもそれを知っていた。彼女は、親しい友人にそれを打ち明けています」

「ああ、そうですか。そのお友だちは、二人が別れようとしなかったのに逆上した私が亜由子さんを殺した、と思っているんでしょうね。そう話しているのでは？」

「ええ。しかし、気にする必要はありません。あなたには確固としたアリバイがある。それに、亜由子さんがABC殺人の犠牲になったのだとしたら、あなたは十一月七日の夜の行動がはっきりしているのだから、完全に容疑者の圏外です」

「これまで無差別殺人で命を落とした方々の周辺に、私と同じ目に遭《あ》った人が何人かいたんでしょうね。『あんたには殺人の動機がある。あんたがやったんだろう』と責められた人が……」

拗《す》ねた口調で言うのを、火村はなだめる。

「誰もあなたを責めてはいない。警察は、前の事件に続いて花井さんが関係者として登場してきたので、はたしてこれは偶然なのか、と知りたがっているだけです」

「偶然です。だけど、どうすれば私がそれを証明できるんですか？」

それもそうだ、と軽く頷いていたら、彼女はこちらを向いて微笑した。「ね、そうでしょ」と言うように。男好きのする流し目という奴だろうが、探偵の助手たるもの、そんな媚態《びたい》に眩惑《げんわく》されたりしない。

「亜由子さんとお会いになったことはありますか？」

「いいえ」

「電話で話したことは？」

「それは……一度だけあります。ごく短い会話で、『いいかげんにしてくださいね』という意味のことを言われただけです」

助教授は手帳を開く。

「では、これから私が言う名前の中に、あなたがご存じのものがあればおっしゃってください。――菱井穂奈美」

「いいえ」

「衛藤善人」

「いいえ」

「巻島清隆」

「いいえ」

火村は三十人の名前を読み上げたが、花井唯子は首を横に振り、淡々と「いいえ」を繰り返すばかりだった。火村は手帳を閉じて、質問を変える。

「亡くなった茶谷さんは、あなたと壇さんの関係をご存じだったんでしょうか？」

「いいえ」とんでもない、と言いたげだ。「話しませんでしたから、知るわけがありません。茶谷が私の後をつけ回していたとも思えませんしね」

「ストーカーの真似事をしていたかも」

「とろい茶谷が、愛用のオンボロバイクで私の車を追跡していたとでも？　まさか」

鼻でせせら嗤《わら》う。前夫への軽蔑がにじんでいた。

「もしも私の恋愛を知っていたとしても、それがどうかします？　今お調べの事件とは関係がありません。あの人はもう死んでいるんですから」

茶谷の亡霊が亜由子を殺したのでは、と火村が疑っているわけはない。壇健作の周辺に茶谷を殺す動機がある者がいないかを検証したがっているのだろう。

新しい事実を炙《あぶ》り出せないまま、時間が尽きた。科《しな》を作って腕時計を一瞥《いちべつ》してから、彼女は残念そうな顔をする。歯医者に予約を入れてあるのだそうだ。

「事件が一刻も早く解決することを祈っています。がんばってください」

店の前で別れる時、彼女は私たちをそう励ました。やがて、ビルの駐車場から一台のワンボックスカーが走り去る。颯爽《さっそう》とした走りっぷりだった。

「収穫なしやったな」

私が伸びをする横で、火村は携帯電話の着信をチェックしている。何か連絡が入っていたらしく、すぐにどこかにダイヤルした。どうやら相手は船曳の片腕である鮫山《さめやま》警部補らしい。

所在のない私は、ぼんやりと火村の横顔を見ていた。と、彼の表情がみるみる険《けわ》しくなっていくではないか。まさか、どこかでEの死体が発見されたのか、と緊張する。ほんの二分ほどの通話が何倍も長く感じられた。

彼は、どこか遠くを見ながら電話を切る。私は思わずその肩を摑んだ。

「また人が死んだ知らせか？」

「違う」

火村は右手に電話を持ったまま、人差し指で唇をなぞった。浮かんだばかりの考えをまとめようとしているのだ。その邪魔をしたくはないが、警部補が何を伝えてきたのかを教えて欲しい。

「大阪市内で逮捕された元暴力団員が、いらなくなった拳銃を競馬場で知り合った人間に譲った、と唄った。中国製54式拳銃と呼ばれるトカレフのコピーだ。売ったのは二週間ほど前のことらしい」

浅倉一輝と番藤ロミが殺されるよりも前だ。しかし——

「……なんで、それがABC殺人の凶器やと判る？」

「銃の現物が出てこないかぎり、弾丸についていた線状痕と銃身の内側の瑕が一致するかどうか確認できない。ただ、銃を売った相手が誰なのか聞いたら、落ち着いてはいられないぜ。——茶谷だとさ」

私は混乱した。経済的に余裕がなかった茶谷がどうしてそんな高価な買物——売値がいくらだったか知らないが——をしたのか、とまず疑問に思う。

「茶谷は万馬券を当てたんだ。元やくざは指をくわえてそれを見ていたんだが、ふと思いついて『面白い金の使い方をしてみないか？』と銃のセールスをしてみた。すると、駄目で元々というつもりだったのに、茶谷は商談に乗ってきたって言うんだ。『護身用にこういうのが欲しかった』と。もちろん、その男の話を鵜《う》呑《の》みにできないけれど、そんな嘘をつく理由もないだろう。ちなみに、五発の弾丸をつけて売ったそうだ」

「茶谷は、それをどうしたんや？」

「彼の家は念入りに捜索されたのに、銃も弾も出なかった。つまり、その銃を……」

火村は電話を握った手を額に押し当て、一分ほどもそうしていた。やがて、水から顔を上げたように大きく息を吐き出す。

「やっと判った。ABCキラーは一人じゃないんだ」

「つまり、共犯者なり協力者がいるということか？」

私が勢い込んで訊くと、彼は指を三本立てた。

「全部で三人いる。しかし、逮捕できるのはそのうち一人だけだ」

10

私たち三人が庭から室内に戻ると、壇健作はリビングのソファで深くうな垂れていた。まるで頸《くび》をへし折られた人形のように。

「大丈夫ですか？」

声をかけてみたが、返事がない。

「お疲れのところ、どかどかと大勢で押しかけて申し訳ありませんでした。成果はありましたよ」

船曳警部の言葉にも、彼はまったく反応しない。生きているのか、と心配になる。

「……はい」

やがて顔を上げた憔悴《しょうすい》の男は、焦点の定まらない目で私たちを見渡した。

「皆さんが騒いでいる声が聞こえていましたから、そうだろうと……」

彫りが深いラテン系の美男子だが、今は惚《ほう》けたような表情をしている。さっきまではこうではなかったのに。もしかすると、警部が言った成果の意味を敏感に察して、衝撃を受けているのかもしれない。

「あまり大丈夫ではないみたいですね。気つけがわりにブランデーでも飲みますか？」

洋酒のボトルが並んだキャビネットの前で火村が言う。健作はかぶりを振った。

「結構です。しゃんとしますから」座り直して、ベストのボタンを留める。「真実と向き合う覚悟はできています。どうか話してください。ABC殺人の真相が判ったんでしょう？」

「いいえ、まだはっきりとは」

警部は逃げようとしたが、相手は承知しない。

「隠す必要はありません。聞こえていましたよ。尼崎と豊中の事件は、茶谷さんがやったんだ、と」

「おや、そんなことを言いましたか？」

なおも警部はとぼけたのだが、どうやら捜査本部からかかってきた電話に応答しているのを聞かれたらしい。それは茶谷滋也の自宅を捜索した捜査員からのもので、彼が平素に着用していたジャンパーの右の袖口《そでぐち》から硝煙《しょうえん》反応が検出された、という報告だった。何者かが彼のジャンパーを着て銃を発砲した、という可能性もゼロではないが、およそリアリティがない。トカレフを所有していたのは他ならぬ茶谷であり、近い過去において彼はそれを使用しているのだ。

「明日の新聞に載ることですから、しゃべります」警部は咳払いをして「まだ確定はしていませんが、茶谷さんが二人の男女を殺害した形跡が濃厚です。動機はまるで判りません。不遇なわが身を呪《のろ》って起こした動機なき衝動殺人だったのかもしれませんが、本人が死亡していますから立証が難しい」

生唾《なまつば》を呑《の》み込んだのか、健作の喉《のど》が動いた。ひどく緊張している。

「茶谷さんとやらがAとBの殺人をやったんですか。しかし……その彼自身、Cとして射ち殺されていますよ。それは、どういうことなんでしょうか？」

「うーん、どういうことでしょうねぇ。よく判りませんが」

「警部さん、真剣に答えてください。僕はＡＢＣ殺人の当事者なんですよ。茶谷さんはどうして殺されたんですか？」

「まあ、落ち着いて」

庭から呼ぶ声がした。船曳は「失礼しますよ」と言って出ていく。健作は、またがっくりうな垂れた。火村と私は、突っ立ったままそのうなじを見つめる。いや、助教授の視線は別の方を向いていた。傍《かたわ》らのテーブルにのった携帯電話。さっきまでは、そこになかったものだ。

「どこかに電話をかけましたね？」

火村の問いに、相手は弱々しく頷く。

「花井さんですか？」

「……はい」

「庭で『あった、あった』と歓声があがるのを聞いて、あなたはその意味を正しく理解したんですね？」

「正しく理解したのか、誤解をしたのか、僕には判断がつきません」

彼は、スリッパを履いた自分の爪先あたりを見ていた。俯《うつむ》いたまま、火村に尋ねる。

「先生、答えてください。茶谷さんは自殺したんですか？」

「いいえ。遺体の右手にも、死亡した時に彼が身につけていたコートにも、硝煙反応はありませんでした。ＡＢの事件があった夜と、彼が死んだ夜の気温に大きな差があったため、着ていた上着が違ったんですよ。もしも同じ上着を着ていたのなら、遺体を調べた際に硝煙反応が検出され、捜査の様相は一変していたはずです」

「自殺じゃないとしたら、誰か別に犯人がいるわけですね。茶谷さんのバトンを、そいつが受け取った……」

「そういうことになります。バトンをもぎ取った第二走者こそ、茶谷滋也を殺害した犯人でしょう」

「その第二走者は……彼の身近にいた人物なわけですか？」

「ええ。茶谷が銃を見せびらかして歩いたとは考えられませんからね。ごくごくプライベー

ト な領域に踏み込んで、彼の重大な秘密に接触できた人間に違いありません。私は、茶谷の方からその人物に告白をしたのではないか、と想像しています」

「何のために告白なんかしたんです？　自慢するためですか、それとも『俺に逆らうとこわいぞ』と恫喝《どうかつ》するためですか？」

「恫喝するぐらいなら、相手に銃を奪われて殺されるような失策はしない。自慢するというのも危険すぎる。おそらく彼は、自首しようとして相談を持ちかけたんですよ。精神的に追い詰められた時にすがりたくなる誰かに」

「ところが……すがった相手に裏切られた？」

「そのようですね。どんなやりとりがあったのか、具体的には判りません。その相手は言葉巧みにトカレフを彼から取り上げ、人気のない場所に連れていったんでしょう。茶谷が導かれた先が、千曲町の川原です。彼は木偶《でく》のように操られるままだったのかもしれない。無警戒なまま、すがっていた相手に射殺された。そして、射った犯人はその後で茶谷の自宅に向かい、彼がＡＢ殺しの犯人である証拠を探し、湮滅《いんめつ》したものと思われます。硝煙反応の出るジャンパーを見落としていますが、それは無理もない」

健作は顔を上げ、きっと火村を見据えた。そして、微《かす》かに怒気を含んだ声で突如としてまくしたてる。

「あまり根拠のない想像に聞こえます。衝動殺人で二人も殺してしまった罪悪感に苛《さいな》まれた茶谷さんが自首しようとした。そこまではあり得るとしましょう。でも、それを告白された相手が彼を殺害する理由が不可解です。その人は、茶谷さんが信頼できる人間だったんではないんですか？　まぁ、彼が一方的に信じていただけで、相手は茶谷に対してまるで好意的ではなかった、というケースもあるかもしれない。しかしですね、なにも彼を殺すことはないじゃありませんか。その人は、茶谷さんに好意を抱いてなかったどころか、実は殺してやりたいほど憎んでいたとでも？　それは変です。茶谷さんが殺された事件について詳しく報道されていましたけれど、彼を殺す動機がありそうな人はいなかったんでしょ。あの情報は不正確なんですか？」

「いいえ、間違っていません。茶谷滋也に殺意を持っていた者は見つからなかった。茶谷が迂闊な男だったとしても、まさかそんな相手に自分の秘密を洩らすこともないでしょうしね。しかし、彼が『これから凶器のトカレフを持参して警察に出頭したい』と言った瞬間に、事態はとんでもなく変化したんです。それを聞いた相手は思った。――その銃が欲しい、と」

健作が何か言おうとするのを火村は遮《さえぎ》る。

「花井さんに電話をして、何と言ったんですか？」

「言えません。――火村先生、教えてください。茶谷を殺して銃を奪った人物が、亜由子を殺したんですか？」

「そうです」

「それは誰です？」

「花井さんと電話でどんなやりとりをしたのか、あなたが教えてくれたら私も話しましょう」

健作は、固く組んだ両手を口許に押し当てている。長くない逡巡《しゅんじゅん》だった。

「言いません。先生が考えていることぐらい、訊かなくても判っていますよ。唯子がやった、と言いたいんでしょ？　警察に出頭する前に茶谷が会いたがった人物という条件に、彼女なら当て嵌《は》まる。離婚した後も、彼は未練がましく復縁を迫ったぐらいですからね。最後に甘え、すがりたがったのかもしれない。非情にもその茶谷を唯子が殺した、目的は銃を手に入れるため、と先生は推理している。そして、彼から奪った銃で亜由子を殺した、と」

火村は肯定も否定もしなかった。捜査の内容を暴露したくないのだろうが、この期《ご》に及んで沈黙しても無意味だ。私は、思わず答えていた。

「はい、そうです」

彼は私に向き直った。

「こちらの推理作家さんに伺った方がよさそうだ。――有栖川さんも唯子が亜由子を殺したんだとお考えなんですか？」

「決めつけてはいませんが、花井さんは容疑者の一人です。それは否定しません」

「おっかしな人たちですねぇ」

彼は笑った。あまりにも無理をしているので、笑顔がこわばっている。

「たしかに、彼女は亜由子に好意的ではなかったでしょう。しかし、殺すだなんて馬鹿げてる。そんな強引なストーリーをこしらえるぐらいなら、茶谷さんも亜由子もABCキラーとかいう殺人鬼に襲われた、と考える方がよっぽど自然です」

「AとBの事件を起こしたのが茶谷滋也なのは確定的ですよ。その彼が殺された後に亜由子さんが殺されたんですから、拳銃がバトンのように何者かに渡ったのも確実です。ABCキラーは一人じゃない」

「でも、昨日の夜、唯子は門真にいたんでしょう？　警察がアリバイを立証してくれた、と本人から聞いています」

「警察は、彼女が犯行時刻に門真にいたことを立証しただけですよ」火村が言った。「それだけではアリバイになりません」

健作は、わずかに首を傾げた。

「どうして……ですか？」

「犯行現場が門真なら、アリバイは成立しないでしょう。亜由子さんが殺されたのは、この家の庭ではありません。あなたも気づいてるんでしょう？　さっき警部たちが『人工芝を敷き直した形跡があったぞ』と歓声をあげるのを聞いて、われわれが何のためにやってきたか理解したはずです」

　健作は、しばし絶句する。

「私たちは大きな錯覚をしていました。亜由子さん殺しはＡＢＣ殺人という物語の第四幕である、という先入観から目が曇っていたんだ。壇亜由子さんが道元町の自宅で殺されたと聞いて、ああ、ＡＢＣキラーが恐れていたとおりＤ町に現われたのか、と思い込んではいけなかった。犯行現場は、Ｄじゃない。もちろん、亜由子さんの遺体がこの町内の公園にでも放置されていたのなら、私たちもそう簡単にひっかからなかったでしょう。騙されかけたのは、遺体発見現場が人工芝を敷きつめた被害者宅の庭だったからです。事前に人工芝の一部を剝《は》いでよそに運んでおき、そこでＤさんを殺してから遺体と芝生を被害者宅に戻す。そんな面倒な真似を通り魔がするとは想像もしませんからね。

　骨の折れる作業ですが、花井さんなら可能だった。本当の犯行現場は、おそらく彼女の自宅の離れ。パーカッショニストだった父親が設けた防音の練習室でしょう。あなたと手を切ることを承諾するふりをするなり巧言を弄《ろう》し、彼女はそこに亜由子さんを誘い込んだ。亜由子さんは五時前に家を出たようです。花井さんは、彼女が外出したのを確かめてから人工芝を剝がして車に積み、門真に先回りすればよかった。犯行時刻は特定できていませんが、きっと九時前ぐらいかな。彼女を殺《あや》めると、出血が止まって死後硬直や死斑の広がりがかなり進んだ頃合《ころあい》に、人工芝のベッドにのせたまま遺体をワゴン車に積み込み、こちらのお宅に運んだ。そして、元あった場所に血痕がついた人工芝を敷き直し、遺体を寝かせておいたんです。かくして犯行現場が魔法の絨毯《じゅうたん》にのって飛んできた――」

健作は目を細める。

「……そんなにうまく、いきますか？」

「いかない。だから芝生を敷き直した痕跡が見つかったんです。彼女が私たちを欺《あざむ》けたのは半日だけでした。しかし、通り魔ABCキラーの犯行だ、と信じたままなら、人工芝をよく調べ直すこともなく、犯行現場を錯覚させたアリバイ偽装工作は成功したのかもしれません」

家の主はすっと立ち、キャビネットからブランデーのボトルとグラスを取り出した。そして、唇を湿らせる程度になめる。

「まさか、そんな。唯子が、茶谷さんと亜由子を殺しただなんて、とんでもない濡《ぬ》れ衣《ぎぬ》だ。そこまで思い切ったことをするとは思えない」

彼女ならそこまで思い切ったことをするかもしれない、という怯《おび》えから出た独白のように聞こえた。

「茶谷さんが自首したいと相談を持ちかけたのを聞いたとたんに、彼女はそれだけの計画を立てたと言うんですか？」

「どこまで立案したのかは判りません。まず、壇亜由子さんの住まいは道元町だから、この銃で彼女を射殺すればＡＢＣキラーに罪をなすりつけられる、と閃いたんでしょう。その次に、土地勘のある千曲町の川原まで茶谷を誘導して射殺すれば、これまたＡＢＣキラーのせいにできると考えた。人工芝ごと遺体を移動させる工作は、事後にひねり出したのかもしれない」

健作はグラスを持った右手の人差し指を立て、火村に突きつける。

「先生は、どうしても彼女をＡＢＣキラーにしたいようですね。でも無理でしょう。茶谷さんが殺された後も、警察に挑戦状が届いているじゃないですか。あれも唯子が書いたとおっしゃるんですか？」

「いいえ、そうではありません。二通目の挑戦状が投函された十日の午後、彼女は平常どおり法律事務所で働いていました。大阪中央郵便局の管内にあるポストに手紙を投じることはできなかった。よもや、それを誰かに委託したとも思えません」

「ということは……」

「挑戦状を書いたのは、まったく別の人物だということになります。第一、第二の挑戦状は一部が公表されただけで、フォーマットも明らかにされていなかった。それなのに二通の挑戦状の差出人が同一人物だとしか思えないものだったということから、第一の挑戦状もその姓名不詳《ふしょう》の人物が書いて出したと推定できる。――事件の全体の構図が見えてきましたか？」

グラスを持った手が顫えていた。

「ABC殺人は、三人の人間による合作だったんです。ABCキラーは三人いたとも言えるし、そんな奴はいなかった、とも言える。ことの始まりは、茶谷がしでかした二件の通り魔殺人です。浅倉一輝が安遠町で、番藤ロミが別院町で、というABC殺人のパターンは茶谷が意図したものなのか、あるいは純然たる偶然だったのかは断定できない。偶然だったと捉えるのが自然だと私は考えますけれどね。安遠町の犯行の際、発砲する前に犯人が『浅倉さん?』と呼びかけたのは、あらかじめ犠牲者を決めていたからではなく、単に被害者が直前にかけていた電話の中で自分の名を口にしていたからでしょう。浅倉を射った後、彼は第二の犠牲者を求めて愛車のバイクで夜の国道をうろついた。そして、たまたま目に留まった不運な女性に第二の弾丸を放ったんです。

それだけなら、この連続通り魔殺人がABC殺人と呼ばれることはなかった。そのアイディアを広めたのは、二つの事件にAでA、BでBという暗合があることに気づいたどこかの誰かだ。そいつは、『アルファベットは26文字。手元の弾丸は26発。』と書いて、通り魔があたかもアルファベット順の連続殺人を企《くわだ》てているかのような物語を捏造《ねつぞう》し、世間が恐怖におののきながら不埒《ふらち》に面白がることを期待したわけです。そう考えたら、あの文面のいやらしさが見えてきますよ。『やってみよう、ためしてみよう。』『いったい何人イケるだろう。』。これは、どこの誰とも知れない通り魔に向けて、書き手が送った邪悪なエールだったんです。おそらく、今日の午後にも第三の挑戦状が出されているでしょう。事件の前に卑《いや》しい手紙を郵送できないだけでなく、事件の第一報をキャッチした時点でもまだ早い。そいつは、ニュースをよくよく聞いてからでなければ挑戦状が書けません。何故なら、通り魔はＡ、Ｂをひと晩のうちに殺害しているので、第一報を聞いて『Ｄをやった』と書いた後、Ｅの遺体がＥ町で発見されたりしようものなら、たちまち挑戦状の信憑性《しんぴょうせい》が暴落するからです。そんなことが指摘できるのも、事件の全容が見えたからですけれどね。まるで私は二流の評論家だ」

火村は、ふと自嘲《じちょう》ぎみに言った。

「『やってみよう』と何者かが唆しましたが、茶谷滋也はそれに乗らなかった。乗らずに、自首をしかけた。ところが、すがりついた花井さんの胸に殺意の火が点《つ》いたがために、ＡＢＣ殺人は推進することになってしまいます。茶谷滋也のＣ、壇亜由子のＤ。条件は揃っていた。まるで悪魔が後押しするかのように。

ＡＢＣＤと続いた殺人事件の犯人は、茶谷滋也と花井唯子です。しかし、それが証明できたとしても、警察は影のＡＢＣキラーを捕えることはできない。挑戦状の書き手を突きとめる術がないからです。おまけに、茶谷は死んでいる。結局、逮捕できるのは花井唯子だけですね」

唇の端からこぼれたブランデーが健作のベストに点々と染《し》みを作り、彼の顔には赤みが差していた。

「あなたは花井さんに電話をかけ、注意するよう促《うなが》したんでしょう。彼女の反応はどうでしたか?」

「……狼狽《うろた》えもしなければ、怯えてもいませんでしたよ。ただ……僕のことを……愛していたとだけ……」

火村の全身が緊張するのが判った。

「……危なくなってきたから、逃げ出そう、という感じでもありませんでした。ご安心ください、先生」

「そんなことを心配しちゃいないさ!」

火村は語気を荒らげた。

「彼女には監視がついている。逃走できやしないんだ。いいか、あんた、よく聞くんだ。人工芝ごと遺体を動かしたことがバレて、もはやこれまでと悟った彼女がやらかしそうなことは逃亡だけじゃない。彼女は今も、トカレフを隠し持っているかもしれないんだ。そして、弾丸は、もう一発ある」

ほんのり赤い顔から、さっと血の気が引いた。予想もしなかった言葉を耳にしたのだ。

火村は身を翻《ひるがえ》して駈けだす。後には、彼と私だけが残された。

「愛してた、と言ったんです。その時も、少しひっかかった。まるで……過ぎたことのようだな、と……」

彼の右手から、グラスがぽろりと落ちた。

＊

夜が更けた。

ささやかな幸福の記号めいた庭つきの建て売り住宅から出ると、顔見知りとなった男が立っていた。因幡の白兎だ。

「こちらにいらしたんですか、有栖川さん」彼は嬉々《きき》として寄ってくる。

「火村先生もご一緒ですね。まだ中にいらっしゃるんでしょう？　今日こそ紹介してくださいよ」

とてもそんな気分ではないし、火村もそれどころではない。今、捜査はまさにクライマックスを迎えているのだ。

「庭で何かを探していたんですか？　慌ただしい雰囲気が外にも伝わってきていましたが」

「私からは話せません」

やり過ごしたかった。しかし、記者は食い下がる。

「船曳班長が乗り込んできてるんだから、何かあったんでしょう。ちょこっと教えて欲しいなぁ。——ま、それはそうと、花井唯子が事件の中心になってきましたね。私、七時頃に会ってきましたよ。気の強そうな女性だ。亡くなった壇亜由子さんに同情しているようでしたが、感じのよくない発言もあったな。『苗字を変えていたら殺されなかったでしょうね』だなんて、ひどいでしょう」

なんて言い草だ。確かにひどい。

しかし、どこかで明日の夕刊を楽しみにしているであろう第三のＡＢＣキラーさえいなければ、花井唯子も破滅せずにすんだのかもしれない。

「因幡さん」私は足を止めて言う。「そのコメント、よく引き出しましたね。記事の中で使えるかもしれませんよ」

だが、真相を知ったら彼も手放しで喜んでいられないだろう。

影のＡＢＣキラーは、マスメディアから養分を啜《すす》っていたのだから。

（了）

＊虚構性を確保するため、作中に登場する町名はすべて架空のものにした。また、『ＡＢＣ殺人事件』からの引用は、堀田善衛氏の訳による。

THE "ABC" MURDERS

あなたと夜と音楽と

恩田 陸

恩田陸
おんだ・りく
一九六四年宮城県生まれ。早稲田大学教育学部卒業。一九九一年、第三回日本ファンタジーノベル大賞の最終候補作となった『六番目の小夜子』でデビュー。

主な著作

『三月は深き紅の淵を』　講談社文庫
『麦の海に沈む果実』　講談社
『六番目の小夜子』　新潮文庫
『ライオンハート』　新潮社
『光の帝国　常野物語』　集英社文庫
『ネバーランド』　集英社
『木曜組曲』　徳間書店

1

「夜の帳《とばり》が降りる頃——って、帳って言葉、もう死語かも知れませんね。帳って、分かる？　ミナちゃん？」

「分かりますよー、あたしが子供の頃、まだおばあちゃんち、蚊帳《かやつ》吊って寝てたもん。こう、天井から下げる布のことでしょ。でもどうなのかな、もう今の二十代のコは、蚊帳見たことないかもね。分からない人は、お母さんに聞いてくださいっ」

「はい、ミナちゃんは結構トシだということが分かりましたが、夜の帳が降りる頃、今週も始まりました、『あなたと夜と音楽と』。ほっと一息、わたくし大森《おおもり》マサトと」

「ひどいなー、トシだなんて。マサトがあたしにそんなこと言えるわけ？（ブツブツ）おっと、わたくし池尻《いけじり》ミナでお送りいたします」

「あはは、ごめんごめん。でもね、今日び、意外なものが死語なんだよね、最近、大学生と話したら、LPレコード知らなかったんだよ。ドーナツ盤なんて、もちろん完全に死語」

「うそー、いくらなんでもそんなことはないでしょう。うーん、でも待てよ、CDが一気に普及したのって、あたしが大学出た頃だから――（数えている）えーっと。ああ。えーっ（驚愕《きょうがく》した様子）」

「ね、十ウン年前でしょ？　彼等は当時、下手すると幼稚園くらいなわけ。だったら、LP盤知らなくても無理ないでしょう」

「なんだかショック」

「あ、ごめん、今のでミナちゃんの年がちょっとバレちゃったかもしれない」

「あらいやだ。忘れてね、みんな」

「随分日が短くなったね」

「そう。日が短くなると、なんだか淋《さび》しくなりません？　みんなには見えないけど、このスタジオね、外が見えるんですよ。夏だと、この時間、まだ全然明るかったんだよね。透き通ってく都会の夜が、林の上に見えてすごく気持ちいいの。だけど、今はもう真っ暗。だんだん寒くなるし、人肌恋しい季節よね。熱燗《あっかん》も恋しいけど」

「ミナちゃん、熱燗飲むと人格変わるよね」

「えっ？　そうだったかしら」

「うん、それで、昔のテレビ番組の話始めるの。ミナちゃんが、テレビ番組の話始めると、そろそろやばいなってみんな思うんだよ」

「あらそう？　ねえ、こんな話、止めません？（慌《あわ》てたように）ささ、人肌恋しい季節ですから何かあったかい曲をまず一つ。サッチモことルイ・アームストロングの『イッツ・ア・ワンダフル・ワールド』です。どうぞ（曲）」


「そういえばさ、ミナちゃん」

「はい？」

「今日おかしな事件があったじゃん？」

「おかしな事件？　ありましたっけそんなもん？」

「ホラ、あれだよ。今朝、うちのビルの入口に雛《ひな》人形がぽつんと一組置かれてたでしょ」

「ああ、そのことか。聞いたわよ、なんでも、正面玄関のところに並べて置いてあったんですってね。男雛と女雛が。あたしが来た時にはもう片付けられちゃってたのよね」

「なんだったんだろうね、あれ」

「さあね。ちょっと季節外《はず》れだなあとは思ったけど。そういえば、このところ物騒《ぶっそう》だよね。こないだも、局の前の公園で若い女の人が殺される事件があったばっかりだし。この辺、オフィス街だから、夜の公園、誰もいないんだよね」

「俺、ずっとあの意味を考えてるんだけど、分からないんだ」

「あら、考えてるんだ。そういえばマサト、推理小説好きだものね」

「うん。俺だったら、どういう意味を込める時に使うかなって考えてる」

「お雛さまでしょう。プロポーズとか」

「ああ、さすがミナちゃん、女の子だね。なるほど、そういうのもあるか」

「はいはい、好きなだけ悩んでちょうだい。もし、番組を聞いてる皆さんの中で、何か面白い意味を考え付いた人は、探偵マサトに教えてあげてください。はい、次の曲に行きます」

2

「夜の帳が降りる頃。って、帳って死語か」

「二週続けて同じ台詞《せりふ》で始めないで下さい」

「心騒がせるたそがれ時を過ぎて、柔らかな闇が私たちを包む頃、ほっと一息ついて昼間の日常から解放される大人の時間への入口」

「おっ。いきなりムーディーだね。城達也《じょうたつや》みたい」

「てなわけで、今週もお送りいたします。大森マサトと」

「池尻ミナの、『あなたと夜と音楽と』。なんだか冷え込んできちゃったね。ずっと我慢してたんだけど、今朝は思わず、部屋の暖房入れちゃいましたよ」

「うん。僕もね、クリーニングに出してた黒のツイードのジャケット、着て来ました」

「マサトはとってもお洒落《しゃれ》なんだよ。みんなに見せてあげたいよね」

「それほどでもありませんよ（ちょっと得意げ）」

「ああ、なんだか物悲しい季節だなあ。ホットウイスキーが恋しい」

「ミナちゃん、ホットウイスキー飲むと、古い映画の話するよね」

「あら、そうだったかしら」

「こないだ番組の打ち上げした時も、いろいろ古い犯罪映画の話してたじゃん」

「あ、それは覚えてる。湯気の立ったウイスキーの香りが、白黒映画のイメージを蘇らせるのよねー」

「ミナちゃんのそういう記憶って、どれも酒と結びついてない？　いったい幾つから飲んでたんだよ」

「あら、そんな。ほほほ。こほん。ところで、マサトは『たそがれ時』と『かわたれ時』の違いって分かる？」

「え？　たそがれ時とかわたれ時ね。うーん、わかんないや」

「たそがれ時って、誰そ彼、って字を当てるの。で、かわたれ時は、彼は誰、って字を当てるんですって。あたしはね、たそがれって、近くを歩いてる人を見て『そこを歩いているのは誰々だ』って見分けられる時間で、かわたれの方は、同じく近くを歩いてる人を見ても『そこを歩いてるのは誰か』分からないから、たそがれよりももう少し遅い時間のことだって思ってたの」

「ふんふん、なるほど」

「でもね、ほんとは、両方とも歩いている人がおぼろげにしか分からない時間帯のことで、そんなに違いはないらしいの。ただ、昔は夕方の薄暗がりをたそがれと呼んで、明け方の薄明をかわたれと呼んでたんだって」

「へえ。でも、ミナちゃんの説の方がもっともらしいけどね」

「そうでしょ？　思い込みって分からないものね。勝手に自分でそれなりの理屈組み立てちゃってるから恐ろしいもんだなと」

「ふうん。こんなふうにためになる情報も満載の『あなたと夜と音楽と』ですよ。日本語の勉強もできる！」

「おっと、うまくまとめましたね。では、最初の曲です。ニューヨークのため息と言われた女性歌手、ヘレン・メリル『いそしぎ』。どうぞ（曲）」

「ねえ、マサト、『いそしぎ』ってどういう意味？」

「ミナちゃん、自分で選んでおいてそれはないでしょう。あ、今スタッフが広辞苑を差し出してくれてます。素晴らしきチームワーク。なんだか今日は日本語の勉強の日だね。はい、いそしぎ、いそしぎ」

「これも、確か古い映画の主題歌でしたよねえ」

「ええと、あったあった。シギの一種。大きさはムクドリほど」

「えー、ほんとに鳥のシギの名前なのー？（二人で爆笑）。やだー、あたし、全然違う意味だと思ってたよ」

「実は俺も」

「逢引《あいび》き、とかさ、うつろい、とかさ。なんかそういう古くて奥ゆかしい言葉だと思ってた」

「俺はてっきり、仕事に精出す村の鍛冶屋、みたいな意味じゃないかと」

「それはいそしむ、でしょ」

「あっ、そうか」

「もー。まさか今の、受け狙ってたんじゃないでしょうね？」

「違うってば」

「そういう言葉って、よーく意味考えてるとなんだか言葉がバラバラになっておかしな気分になってこない？」

「なるね。子供の頃、書き取りの稽古《けいこ》で、同じ字を何度も書いてるとだんだん字が変なふうに見えてきて、しまいには読めなくなったりして」

「そうそう、あたしもそうだった。試験で何度も名前書いてると、自分の名前なのになんでこれは『ミ』で、なんでこれは『ナ』って読むんだろうって考え始めるとわけわかんなくなってさ」

「うーん、意味ね。意味といえば、そうだ、今朝も変な物が置いてあったよね」

「あ、今日は警備員さんが運んでるとこ見た。地球の形した大きなビーチボール」

「これまた季節外れだったね」

「ただぽんと置いてあっただけ」

「どういう意味なんだろ。先週の雛人形といい」

「マサト探偵はゆっくり考えたんでしょ？」

「うん。でもよく分からなかった。リスナーからの意見も、何かのおまじないじゃないかっていうのはあったけど、具体的な例は来なかったし」

「置いたのは同じ人なのかしら？　単なる偶然かもしれないよ」

「でも、同じ曜日の同じ時間帯に同じ場所に置くっていうのは偶然かな」

「もしかすると、先週の放送を聞いてた人が、真似《まね》したのかも」

「だけど、僕たち、時間とか場所は言ってないでしょ」

「言わなかったかしら？」

「言ってないよ」

「そうか。考えてみればそうね」

「雛人形とビーチボール。共通点は？」

「季節外れ？」

「それに何の意味が？」

「さあ。あたしにはさっぱりだわ。よし、今度もみんなに聞いてみましょうか。困った時のリスナー頼み。雛人形とビーチボールの共通点が分かった人は、おハガキ、ファックス、eメールで番組宛てに送ってくださいね。では、次の曲」

3

「日曜日の夕方、ゆったりしたひとときをあなたに。大森マサトと」

「池尻ミナの、『あなたと夜と音楽と』（二人ともそわそわしている）」

「ねえ（興奮している）」

「ねえ！　（二人で声を揃《そろ》えて叫ぶ）」

「今度はお面だってね。しかも、バカボンのパパのお面。なぜか顔が汚してあったけど」

「それ、古畑任三郎《ふるはたにんざぶろう》に出てこなかったっけ？」

「今時、バカボンのパパのお面なんてどこに売ってるんだろ。僕らが子供の頃はお祭りの夜店だったけど」

「キディランドとか」

「そうなの？」

「知らないけど」

「やっぱり、同じ時間に同じ場所。同じ人間が連続して置いてるとしか思えないよ」

「さすがに会社のみんなもちょっと気味悪くなってきたみたいね」

「どうしてなんだろう。知りたくて知りたくて、俺、気持ち悪くなりそうだ」

「頼むから生放送中に吐かないでね」

「あのね、もののたとえだってば（ムッとした口調）。会社の方でも、見張りを立てるかどうか議論してるらしいよ。ただの愉快犯だったらいいけど、何かの犯罪の前触れだったら困るからって」

「やだ。そんなこと言わないでよ、怖いでしょ。あ、そうそうこの件でハガキが来てたよ。雛人形とビーチボールの共通点。『その心は、年に一度命を吹き込まれます』」

「うまいっ、と言いたいけど、なんか違わないか？　（憮然《ぶぜん》としている）」

「ここにバカボンのパパのお面が入るとどうなるんだろう。これも、かぶれば命を吹き込まれるってことになるかしら」

「うーん。ちょっと乱暴だな」

「じゃあ、ここで、本日の一曲目。アニタ・オデイ『私の心はパパのもの』。この曲、マリリン・モンローが歌ってるバージョンでも有名ですよね。ではどうぞ（曲）」

「ねえねえ、マサト。こら。放送中に考えこまないでよ」

「うーん（生返事）」

「玄関の置物とは別に、ちょっと奇妙なハガキが来てるのよ。聞いて聞いて。ねえ、どうやら、うちの局の前の公園に幽霊が出るらしいわよ」

「えっ」

「うちの前を通って帰る通勤客が何人か見てるらしいの」

「幽霊って、どんな？」

「若い女だって。やだ、ふと気配を感じて空を見上げると、公園の上に笑いながら浮いてるんですってよ。げっ。気持ち悪いよ」

「若い女って」

「きっと、こないだそこの公園で殺された人の幽霊なんじゃない？　犯人、まだつかまってないんですってね」

「迷宮入りになりそうだっていうじゃない」

「だから出てきたのよ。犯人をつかまえてって。なになに。『うちの会社の女の子は、かなりの数が見ています。私も最初は自分の目の錯覚じゃないかと思っていましたが、みんなで喋《しゃべ》っているうちに、何人もの女の子が見ていることに気付いたのです。それも、いつも出る時間が同じなのです。社内は騒然としました。誰もが、自分の目の錯覚だと思って黙っていたのです。私も見た、実は私も、と言い出す人が続出して、みんなで目撃談をまとめてみた結果、だいたい夜の七時頃だということが分かりました』へえー。なんで七時なんだろうね。ひょっとして、彼女が殺された時間かも」

「夜の七時じゃ、まだこの辺りは帰宅途中のサラリーマンがぞろぞろ歩いてるだろ」

「だから、余計盲点なんじゃないの。あそこ暗いから、ビルの中や明るい街角からちらっと見たくらいじゃ、人がいるのかどうかも分からないもの。みんな早く帰ろうと急いでるし。ランチタイムは結構人がいるけど、こんな寒空で、しかも暗くなってからあの公園に入る人はめったにいないわ。現に彼女だって、翌日の昼ごはんどきまで植え込みの陰になってて見つからなかったのよ」

「そうかなあ。誰か気がつきそうなもんだけど」

「とんだ冬の怪談ね。まだ冬と言い切るにはちょっと早いかな」

「うー。やだなあ。外真っ暗だし、帰るのが怖い」

「実はちょっと怖がりのマサトでした。ではそろそろ次の曲に。明るい曲にしようねー」

4

「また日曜日がやって参りました。切ない日曜日、サザエさん症候群の日曜日」

「やだ、なんか変な出だしね」

「大森マサトと」

「池尻ミナの」

「『あなたと夜と音楽と』」

「なんだか、みんな、次は何が置いてあるか楽しみにしてるみたいだね」

「うん。なんと、次のものを予想するハガキがたくさん来ています。共通点を推理するハガキも。みんな外れてたけど」

「頼むから、みんなは真似しないでね。実は、昨夜、警備員に、こっそりグループで自分たちのバンドの宣伝グッズを置きにきたアマチュアバンドの人たちがつかまりました。こういうことは止めてください。警備の方たちや、他の方たちの迷惑になります」

「ほんと、お願い。お願いします。きっとよ」

「だけど、なんのかんの言って、結局また置いてあったんだよね」

「もう、またそうやってみんなの好奇心を煽《あお》るんだから（苦笑）」

「誰も現場を見てないのが不思議といえば不思議だよなあ。けっこうひんぱんに警備員が見回りしてるのに」

「ねえ、やっぱり、あの幽霊が置いてるんじゃないの？」

「えーっ？（ぎょっとしたように）何言い出すんだよ」

「だって、誰にも見られずに人気のない場所に変なものばかり置いていくなんて——今回なんて、人形だよ、人形。しかも、カーネルサンダースおじさん人形の小さいやつ」

「幽霊の残していった犯人の証拠だっていうの？」

「とても証拠とは思えないけど。でも、またハガキ来てるよ。例の幽霊の方だけど。あ、これこないだと同じ人みたい。熱心ねえ、周囲の企業でも結構噂《うわさ》になってます、だって。うひゃあ。『グループ企業の野球大会でみんなが集まった時に聞いてみました。うちの会社は、グループ企業がこのエリアにたくさんあるのです。更に詳しい情報が集まりました。その結果、七時という時間は、御社の一階にある喫茶店の閉店時間であることが分かったのです』うわ、凄い。うちの喫茶店のこと？　よくそんなところまで突き止めたわねえ。この人、他の職業を選んだ方がいいんじゃない？『つまり、だいたい七時にその喫茶店は店じまいを始めます。オフィス街の喫茶店ですから、結構閉まるのが早いんですよね。友達と待ち合わせしてて、電話取ってて遅くなると、友達が店から締め出されちゃったりするんです』なにこれ。要するに、営業時間を延長せよということかしらん？　延長してくれってよ、マスター（苦笑しているさま）。あ、ごめんなさい、中断しちゃった。続きです。『で、そのお店は、店を閉める前に、戸を開け放しててきぱき掃除をします。だから、店の中で流してる有線の音楽、たぶん有線だと思います、その音楽が道路に流れてくるんですね。で、掃除が終わると音楽を切って、店の明かりを消すんです。どうやら、幽霊はその瞬間に出るみたいなんです』うわー、よく調べたわね。ご苦労様。『みんな、ふっと音楽が消えて暗くなったとたんに、何か上の方に気配を感じたっていうんです。それで上を見ると、髪を短いボブにした女の人が浮かんでるって』やーん。自分で読んでてゾッとしちゃったわ」

「おい」

「え、なに？　急に怖い声出さないでよ。ただでさえどきどきしてるんだから」

「俺、とんでもないことに気が付いちゃった」

「ええ？」

「局の前に変なもの置いてるのは、この番組のリスナーだよ」

「え？」

「そいつは、この番組を毎週聞いてるんだ」

「そりゃ聞いてるでしょう、便乗犯が出るくらいだもの」

「そういう意味じゃない」

（沈黙）

「そういう意味じゃないっていうのは？（恐る恐る）」

「先週のオープニングの曲、覚えてる？」

「先週のオープニング？ええと、ちょっと待って（混乱した様子）」

「俺は覚えてる。アニタ・オデイの『私の心はパパのもの』」

「ああ、そうだったわ」

「その前は？」

「えーっ、駄目、急に言われても思い出せない」

「『いそしぎ』だよ。シギの話したろ」

「そうだわ。マサト、よく覚えてるわね（感心している）」

「今、ぱあっと浮かんだんだ。その前が『イッツ・ア・ワンダフル・ワールド』。そして、その前は」

「その前は？」

「『男と女』だよ」

「全然分からないわ——あっ（突然大声になる）」

「気が付いたか？『男と女』をオープニングに流した次の週に一組の雛人形。『イッツ・ア・ワンダフル・ワールド』の時は地球の形のビーチボール。『いそしぎ』の時は」

「あら、変ね。鳥じゃなかったわ」

「いいんだ。あの歌は映画『いそしぎ』の主題歌として知られてるけど、曲そのものの原題は『ザ・シャドウ・オブ・ユア・スマイル』だから」

「そうか。だから、お面の顔を汚してあったんだ。影になるように。そして、先週は」

「『私の心はパパのもの』」

「カーネルサンダースが。パパが、ハートのクッション持ってたのよね」

「しっ」

「あ、言っちゃった。でも、これで、置物の謎は解けてしまったわけでしょう。それこそ便乗犯が出てくるかもしれないわ」

「逆に、謎が解けたからもうやらないかもしれないよ」

「あたしたちに対するクイズだったのかしら？」

「熱心なファンなのかな」

「じゃあ、今もこれを聞いているのよね（不安そうに）」

「ねえ、君（マイクに向かって）。えーと、今ももちろん聞いてくれてるよね？　よく分かったよ。君が毎週欠かさずに僕たちの番組を聞いてくれているのはよく分かった。僕たちを試してみたかったのかな？　正直言って戸惑《とまど》ってるけど、君みたいな人が番組を支えてくれてるのは承知してるよ。だから、お願いだ。もう悪戯《いたずら》は止めてくれないかな。ね？」

「いつもありがとう。皆さんあっての、あたしたちの番組です。感謝してます。でも、みんな不安がってるし、警備の人も大変だから、あんなことはやめてね。お願いします」

「なんか、今日はお願いばっかりだな」

「そうね。でも、なんだか逆に、聞いてくれてる人の存在をいつもより強く意識できたわ」

「さてと」

「今日の最初の曲です。ねえ君、聞いてくれてるよね？　君のしたかったことはよく分かったわ。だからお願い。本当にこれっきりにしてね」

「さあ何の曲？」

「はい。ええと、サラ・ヴォーン『君去りしのち』です。ではどうぞ（曲）」

5

ラジオ番組のディレクター刺殺される

四日未明、千代田区丸の内にある帝日放送番組制作部門ディレクター小沢貴久《おざわたかひさ》さん(46)が会社の建物玄関付近で倒れているのを、見回りをしていた警備員が発見。鋭い刃物で身体の数ヵ所を刺されて既に出血多量で死亡しており、殺人事件として捜査が開始された。小沢さんは、深夜仕事の合間に近くのコンビニエンス・ストアに飲み物を買いに行き、そのまま戻らなかったという。

6

「大森マサトと」

「池尻ミナの」

「『あなたと夜と音楽と』」

（気まずい沈黙）

「申し訳ないのですが、今夜は、どうしてもあまり楽しいおしゃべりができそうにありません。今、僕らは深い悲しみでいっぱいなんです。こんなに番組を始めるのがつらかったのは初めてです」

「ご存知の人もいるかと思いますが、先週、番組終了後に、私たちの番組を、長い間面倒みてきてくれたディレクターが、何者かに会社を出たところで刺されて亡くなりました」

「むごいことです。いきなり人生の幕を下ろされてしまいました」

「ご家族も、あたしたちも、みんな茫然《ぼうぜん》としていました」

「いろいろ言いたいことがあるんだけど、頭がごちゃごちゃしていて言葉になりません」

「ほんとに、面倒みのいいディレクターでした。あたしたちだけじゃなくて、いろいろな人が彼に育ててもらったんです。出入りの業者さんや、食堂のおばちゃんたちにも好かれてました。本当に残念です。今日は、番組のタイトルでもあるこの曲をずっと流し続けたいと思います。いろいろな人が歌った、『あなたと夜と音楽と』をお送りします。この番組にこの名前を付けてくれた彼に対するあたしたちの気持ちです。ですから、これを聞いているあなた。自首してください。お願いです。何がきっかけでどういう理由があったのかはあたしには想像できません。でも、あなたはあたしたちの味わった感情を想像して、償《つぐな》うことはできるはずです。今回の、この曲を、あなたがどう解釈するのか分かりません。でも、この美しい曲を、貶《おとし》めないでくれるように祈るばかりです。本当に、心から、お願いします。では、まずはチェット・ベイカーの歌うバージョンから。どうぞ（曲）」

「なあ、ミナちゃん（声をひそめる。二人の声は、放送されていない。チェット・ベイカーの歌声が流れている）」

「なに？（やはり声をひそめる）」

「このスタジオ、変えてもらわないか？」

「え？　どうして？」

「危ないよ、ここ。窓もあるしさ。外から丸見えじゃない」

「まさか、あたしたちも狙われるっていうの？」

「だって、犯人、完全にいかれてるぜ。俺たちが説教したら、逆ギレして番組のディレクターを殺すなんて尋常じゃないだろ」

「『君去りしのち』をこんなふうに使うなんて思わなかった。許せないわ」

「もっとエスカレートするかもしれない。奴はついに人まで殺してしまった。もはや引き返せない領域に来ちゃったんだからな」

「どうすればいいの。番組は続けたいわ。小沢さんが育ててくれた番組だもの。こんな不条理なことで」

「なあ、せめて、他のスタジオに変えてもらおう。奴は、ここに何度も来てるんだぜ。なにしろ、俺たちの番組のディレクターを知ってたくらいだ。俺たちが毎週ここで放送してるのも絶対知ってるにきまってる」

「怖いわ。このあとも攻撃が続いたらどうすればいいの？　怖くて怖くて、曲が選べない。また何かひどい解釈で使われるかもしれないと思うと」

「俺たちの番組を守らなくちゃ――（突然、ビシッと鈍い音がして空気が揺れる）うわっ」

「きゃっ」

「誰か。誰か、外を」

「なんなの」

「誰か、窓に石を投げた」

「ひどい」

「放送は大丈夫か？　番組を続けて」

「追いかけて！　誰か追いかけて！　つかまえてよ！　ひどい。ひどすぎるわ（頭を抱えてすすり泣く）」

「馬鹿な」

「ひどい。怖い（泣き声）（曲は穏やかに流れ続けている）」

7

（スタジオの一室にて）

「なんだか、ずいぶん感じ違うね（ぼそりと）」

「窓がないと閉塞《へいそく》感が強いわ。やっぱ、あたし、あのスタジオの方がいいなあ」

「でも、安全には替えられないだろ。あんな素通しの場所で仕事やってたら、また命を狙われるかもしれない。石投げられるくらいで済んでよかったよ。ガラスの交換が済むまであのスタジオ、使用禁止にするらしいよ」

「そうね。ひどい話だわ。いったいなんでこんなことになったんだろう。番組の打ち切りの話もあったけど、リスナーからの嘆願でなんとか継続することになったらしいし。災難もいいところね。かろうじて首が繋《つな》がってる状態。あたしたちの流す曲が犯罪を喚《よ》び起こすなんて評判が立ったりしたら、この仕事続けていけなくなっちゃうわ。いったい何がきっかけで、犯人はあんなことを始めたのかな。何か、直接のきっかけがあったわけでしょう。それまでだって番組は続いていた。あたしたちの番組のオープニングの曲に見立てて物を置き始める何かの動機があったはずよ。あの『男と女』で見立てを始めなければならない動機が」

「ああいう連中は何がきっかけになるかわからないよ。始められてしまったら、その連鎖や波及が収まるまでこっちは首を縮めてるしかない。じっとやり過ごすしかないのさ」

「うーん。だけどさ、やっぱり何か犯人の背中を押すものがあったはずよ。他の番組でなく、この番組でなければならない理由がどこかにあるはず」

「——あのさ（ためらいがちに）」

「何？」

「ここだけの話だけど、ちょっと気になってることがあるんだ。小沢さんが殺されてしまったのに、こんなこと言うのは不謹慎なんだけど」

「誰にも言わないわ。なあに？」

「レイちゃんの件さ」

「え？」

「小沢さん、投書が気になってたんじゃないかな。レイちゃんによく似た若い女の幽霊が出るって噂になって、投書が来てたじゃないか」

「うん。放送では言えなかったけどね。局の前の公園で殺された若い娘が、局の一階の喫茶店のウエイトレスだったなんてね」

「小沢さん、イライラしてた。ミナちゃんがあのハガキを読む時なんか、真っ青だったよ」

「そうかしら」

「他のスタッフも言ってたよ。小沢さん、最近よく一人で考えこんでたって。何か悩みがあるみたいだったって。俺、どうしてだろうって考えてたんだけど」

「それで？」

「ミナちゃん、気付かなかった？　小沢さん、時々レイちゃんと会ってたでしょう」

「会ってるって——どういう意味で？　まさか、小沢さんがレイちゃんとつきあってたっていうの？　そりゃ、小沢さんが彼女と親しそうに話してたのは知ってるけど、あの人は誰とでもあんな感じでなつっこい人だったからじゃないの？　だって、小沢さんには妻子がいるじゃない」

「だから、まずかったんだよ。彼女は本気だったから」

「え？　マサト、何言おうとしてるの？　まさか、小沢さんがレイちゃんを殺したなんて言い出すんじゃないでしょうね？」

「どうしてまさかなんだい？　レイちゃんは、局の前の公園で死んでたんだぜ。局の人間なら、仕事の合間に犯行を犯して、前の公園に捨てることができる。夜になると、あの公園には人通りがないと指摘したのは君じゃないか。小沢さんもそのことに気付いていた。レイちゃんの仕事が終わってても店で待っててもらって、無人の店の中で彼女を殺してそのまま暫《しばら》く店内に隠しておき、夜中に外に運び出す。閉店後の喫茶店なら、誰かが入る心配はないからね。ねえ、それにさ、ミナちゃん、気がつかなかった？　ミナちゃんだって、何度も一階の喫茶店で打ち合わせしてたでしょ？」

「え？　何に？」

「下の喫茶店、有線じゃないでしょう。マスターが、自分でお気に入りの曲を編集したＭＤを掛けてるんだよ」

「あら、そうだったの？　知らなかったわ」

「うん。この間の放送で、犯人の見立てが番組で流したオープニングの曲を使ってるって気付いた時に、実は俺、もう一つ気付いていたことがあるんだ」

「何に？」

「あれね、レイちゃんの好きな曲なんだ」

「え？　そうなの？　どうしてそんなこと知ってるの？」

「前に、小沢さんと下の喫茶店に入った時に彼が教えてくれたんだ。レイちゃん、自分が喫茶店で働いてる時にはいつも同じＭＤを掛けてたんだって。『男と女』で始まる、ちょっと古い映画音楽とスタンダードナンバーを編集したあのMDが好きで、彼女がいるとすぐに分かるって言ってた」

「へえー、そうだったんだ」

「オープニング・ナンバーを決めてるのは小沢さんだったじゃない？」

「ええ。じゃあ、なぜ小沢さんはわざわざあのMDに入ってた曲を毎回オープニングで流し続けたの？」

「分からない。もしかして、彼なりの追悼だったのかもしれない。彼は最初から殺すつもりではなくて、弾《はず》みで殺してしまって後悔していたのかもしれない。誰かにつかまえて欲しいと思っていたのかもしれないよ」

「じゃあ——じゃあ、小沢さんを殺したのはいったい誰なの？」

「恐らく、レイちゃんのことを好きだった奴だよ。きっと、そいつはレイちゃんの勤めている喫茶店にもよく行っていて、あの曲がレイちゃんの好きな曲だったことも知っていたんだ。ひょっとすると、小沢さんとつきあう前に交際していた奴がいたのかもしれない。小沢さんにレイちゃんを取られてしまったわけだ。そいつは、事件があったあとに『男と女』が流された時に、それがレイちゃんに捧げられた曲であることに気付いたんだ。だから、思わずそれに応《こた》えようと雛人形を置いてしまったんだろうね。次の週もそう。だが、やがてそいつはレイちゃんの好きな曲を毎週順番に流している奴に不審の念を抱き始めた。そいつはそいつで陰でレイちゃんを殺したのが誰か、こっそり調べていたんだろう。しょっちゅう下の喫茶店に行っていたくらいだから、そいつも局の誰かじゃないかな。で、やがて彼はレイちゃんを殺した犯人が小沢さんだと気付いて復讐の念に駆られて小沢さんを殺してしまったんだ」

（沈黙）

「（気味悪そうに）どうするの？　そのこと、警察や誰かに言ったりするの？」

「どうしようかと思ってる。でも、もう小沢さんは死んだ。家族の嘆きようを見ていると、どうしたらいいのか分からないんだ」

「だけど、レイちゃんの事件は迷宮入りになりそうだし、小沢さんを殺した犯人も野放しになっているのよ」

「言うべきかな」

「そうだと思うわ」

「もう少し考えさせてくれないか。状況証拠ばかりで、小沢さんが犯人だという確固たる証拠はないんだから。徒《いたずら》に罪をかぶせたくはないし」

「それもそうね。とりあえず、あれ以来見立ては消えたしね。今朝も玄関マットには何も置いてなかった」

「だから、ミナちゃんも、俺がこんなことを言ってたなんて誰にも言わないでくれよ。故人の名誉に関わることだから」

「もちろんよ。さて、気合を入れなおして番組の準備をしましょう。早くあの窓のあるスタジオに戻れるように」

「うん」

8

「すっかり季節は冬。長い夜の時間、ロマンチックな物思いに耽《ふけ》ってみたい」

「暫く会っていないあの人に思いを馳《は》せる、そんな夜」

「大森マサトと」

「池尻ミナの」

「『あなたと夜と音楽と』」

「さて、今週も始まりました。いろいろあったけど、今年もあと残り少なくなってきたね」

「もうカレンダーも、残り一枚しかないのよね。本当に一年の過ぎるのは早いわねえ」

「そ。今年もまた一つ年を取ったというわけ」

「でも、もうすぐまた冬至ね。一番夜の長い日が過ぎると、ゆっくりまた日が延びていく。ずうっとその繰り返し。ああ、日が短くなったなあ、日が長くなったなあって毎年いつも同じ感想を抱くのが不思議よねえ」

「人間、そうやって老人になっていくのさ」

「やあね。そんなこと言わないでよ。さあ、今日は早速一曲目に行きましょう。クリス・コナーの『バードランドの子守唄』です。どうぞ（曲）」

「（曲が流れていて、二人の声は放送されていない。囁《ささや》くように）嬉しいわ、このスタジオに戻ってこれて。ちょっと見ないうちにすっかり公園の木の葉が落ちちゃったね」

「うん」

「ねえ、またハガキが来たわよ。このところ来ないなと思ってたのに、あのレイちゃんの幽霊を見たっていうハガキ。なんだか、ちょっと都市伝説みたいになってるよね。いつまでこんな噂が流れるのかしら。相変わらず、小沢さんを殺した犯人も見つかってないし」

「そうだね。レイちゃんを殺した犯人も」

「マサト、このあいだの話、どうするの？」

「このあいだの話？」

「小沢さんがレイちゃんを殺したんじゃないかっていう話よ。もし本当に小沢さんが彼女を殺しているのならば、やっぱりそれは警察に言うべきじゃないかしら？　小沢さんの家族をこれ以上苦しめることはないとも思うけど、レイちゃんの親御さんの気持ちを考えるとこのまま放っておくに忍びないわ」

「ねえ、ミナちゃん」

「なあに？」

「今日の曲、誰が選んだの？」

「え？」

「『バードランドの子守唄』さ」

「え？　え？　ディレクターじゃないの？」

「とぼけるなよ」

「え」

「なんで今日この曲を選んだんだい？　これ、例の、レイちゃんが好きだったMDの、『君去りしのち』の次に入ってた曲じゃないか」

「え、そうだったの？　知らなかったわ」

「——やっと分かった」

「何が？」

「ずうっと考えてたんだ。なんだか違和感があると思って」

「何よ、ほんと、マサトは考えるのが好きね。今度はそのりっぱなおつむで何を考えてたっていうの？（やや皮肉っぽく）」

「曲に見立てて、ビルの玄関にいろいろな物を置いてたのは、ミナちゃん、君だね」

「ええっ？　何を言い出すのよ、なんであたしが」

「この間、最後に君が言った言葉が引っかかってたんだ」

「何かおかしなこと言ったかしら？」

「おかしくはない。でも、よく考えると不思議だ」

「何が言いたいのかよく分からないわ」

「君はこう言った。小沢さんが殺されて以来、ビルの玄関に置かれた見立ての品はなくなって、『今朝も玄関マットには何も置いてなかった』」

「どこがおかしいの？」

「俺、君との会話をずっと思い出してみた。君は、実際に見立ての品が置かれているところを目撃していないと言っている。雛人形は既に撤去されていたし、警備員がビーチボールを運んでいるところも見たけれど、いつも君の言葉は伝聞で、自分では見ていないと言っていた。俺は、何度か目撃してるけど、いつも同じ場所に置いてあるとは言ったが、実際に物が置かれていた場所のことには君の前で触れていない。いつも玄関マットの上に置いてあったとは言っていない」

「やだ、そんなこと？　何もあなたから聞くとは限らないじゃないの。誰かに聞いたのよ、玄関マットの上に置いてあったって」

「そうかな。じゃあ、この曲は？　この曲を選んだのは君だろう？　つまり、君は前からレイちゃんの好きなあのMDに入った曲の順番を知っていたんだ。でも、君はこのあいだ僕があのMDの話をした時、全然知らないふりをした。君は嘘《うそ》をついていた。なぜそんなことを？」

（沈黙）

「まさか。まさか、君がレイちゃんを殺したんじゃないだろうな？」

「そんなことはしないわ」

「じゃあ、どうしてこの曲を？　分かった、これまでもレイちゃんの好きな曲を順番に流すことを提案したのは、小沢さんじゃなくて君なんだな？　どうしてだ？　あ、そうか。君も小沢さんを疑ってたんだな？　だから、小沢さんを挑発するためにこんなことをしたんだろう？」

「違うわ」

「じゃあ、なぜこんなことを」

「ううん、順番にレイちゃんが好きだった曲を流して、様子を見ていたのは本当よ。違うのはその相手」

「相手だって？」

「あたしが挑発しようとしていたのはあなたよ」

「え」

「あなたがレイちゃんを殺したんでしょ」

「な、何を言うんだ、いきなり」

「しかも、小沢さんまで」

「おい、生放送中だぞ」

「あら、言い出したのはあなたじゃないの」

「なんの証拠があって」

「小沢さんもあたしもあなたを疑っていた。でも、何も決め手はなかった。小沢さんは、確かに時々レイちゃんと会っていたけど、あなたとのことを相談していたのよ。レイちゃんは、あなたとの関係のことは絶対に口外するなとあなたに言われていたらしいけど、小沢さんともう一人には相談していたのよ」

「な、何を。別に俺は彼女とはつきあっちゃいない」

「そうよ、証拠はなかったわ。だから、小沢さんと考えたの。何かあなたを挑発する手はないかどうか。オープニングの曲にあのMDを使ったのは、あなたがあのMDを編集したと知っていたからよ。あなたが編集して、店のマスターにあのMDを渡した。あなたが作ったMDだったからこそ、レイちゃんはあのMDが好きだったのよ」

「えっ」

「ただ漠然《ばくぜん》とオープニングに流しただけじゃ、あなたが気付かない可能性があった。だから、あたしと小沢さんで手の空《あ》いている方が、次の回の夜中に曲に見立てた物を置いていったのよ。局の内部の人間ならば、警備員の隙《すき》をつくのも、ごまかすのも可能だわ。それで、あなたが曲の順番に気付いてくれるのを待ったわけ」

「馬鹿な。そんなことをしてなんになる。俺は彼女を殺しちゃいない。なんの証拠にもならないぞ」

「そうかしら。あなたが思っているよりも、それなりに効果はあったようよ。あのMDの曲が順番に使われて、あの幽霊の噂を聞いて、あなたは夜が怖くなったみたいだもの」

「いいがかりだ」

「たそがれとか、夜という言葉にあなたはやけに反応したわ」

「馬鹿らしい。夜の放送だし、番組のタイトルにも入ってるからじゃないか」

「あら、そうかしら。あなたは内心怯《おび》えていた。わざわざ人を雇って、スタジオの窓に石を投げてもらうように頼んだりしてね」

「馬鹿な！　なんで俺がそんなことを」

「レイちゃんの幽霊が怖かったからよ。あなたがレイちゃんの死体を放置した公園がスタジオから見えるのが怖かったんでしょ？　わざわざ身の危険を訴えるために、石を投げさせたのはまずかったわね。石を投げた人間を目撃してた人がいて、昨日やっと見つかったそうよ。誰かさんに頼まれたって話だけど」

（絶句）

「あなた、番組のオープニングであなたが作ったMDの曲を毎週順番に流していると気付いてすぐに、小沢さんがあなたを疑っていると確信したんだわ。だから、夜中に小沢さんが外に出たところを襲ったのよ。あなたならできる。レイちゃんを殺した時のように」

（曲が終わる）

「はい、クリス・コナーの『バードランドの子守唄』でした。いい曲よね、マサト？　冬の夜には、こういう女性ボーカルがぴったりだわ（ハキハキと）」

「そ、そうだね（声がかすれている）」

「あたしねえ、実は最近プライベートでも友人を亡くしたんですよ。突然の出来事でした。全然違う仕事をしてた女の子だったんだけど、こっちが落ちこんでるといつも慰めてくれた。あたしがよく行く喫茶店のウエイトレスをしてたんですけどね。あたしよりもずっと年下なのにしっかりしてた。いつもぴんと背筋を伸ばしてて、物静かだったけど、こっちが精神的に参ってる時にはさりげなく背中を叩《たた》いてくれるような、とても素敵な女の子だった。すごくショックでねー。でも、悲しいけど、彼女の分もがんばらなくちゃって思ってるの。彼女はもういないけど、あたしやあたしみたいに彼女のことを好きだった人たちを見守ってくれてるって、そんな気がするんです。ねえ、マサト、あなたもそう思うでしょ？　彼女、あたしたちの共通の友人だったものね」

「あ、ああ」

「では、次の曲。その友人がとても好きだった曲です。エラ・フィッツジェラルド『誰かが私を見つめてる』です。どうぞ（曲）」

「（再び放送中で、二人の囁く声）やめろ。なんでこんな曲を掛けるんだ？」

「そんなこと、あなたの方がよく分かってるでしょ。ＭＤの最後の曲よ」

「よせ。やめろ」

「またハガキを読んであげる。『お元気ですか？　相変わらず、幽霊の目撃者は増えています。あれから更に情報を集めて考えてみました。同じ人が何度も見るケースも珍しくありません。そして、また一つの発見がありました。幽霊が出る時には、ある共通点があります。店を掃除する時に扉を開けて、有線らしき曲が流れているというお話は前にもしましたよね？　その最後の曲がいつも同じ曲なのです。その最後の曲が消えた瞬間に、幽霊が現れるのです』」

「そんなハガキ、放送中に読むな」

「『音楽に詳しい友達が、メロディーを歌ってみせると曲名を教えてくれました。その曲は、

〔サムワンズ・ウォッチング・オーバー・ミー〕。邦題は、〔誰かが私を見つめてる〕です』」

「どうしても俺を犯人にするつもりなんだな。その手に乗ってたまるか」

「そんなつもりはないわ。ゆっくり彼女の好きだった曲を聴きましょう。その日も彼女が最後に聴いたのはこの曲だったでしょうしね」

「俺は騙《だま》されないぞ」

「あなた、毎週あのMDの曲を順番に流していって、この曲になるのが怖かったんでしょ？このスタジオで、この曲が流されて、曲が終わった瞬間に、その窓からレイちゃんの幽霊が見えたらどうしよう。心のどこかできっとそう考えていたんだわ。だからどうしてもこのスタジオから出たかった」

「そんな超自然現象は信じない。俺は幽霊なんか見たことがないからな」

「そう。だったらいいじゃない。よーく窓の外を御覧なさいな。怖くないのなら、平気でしょ」

「そんなことが起きるはずはない。あいつがそこに現れるなんて」

「そうね。あたしもそう思うわ」

「あいつが悪いんだ」

「あたしは、小沢さんが殺された時点で警察に行ったわ。今ごろ、あなたのうちにも警察が行っている。あなたの着ていた、黒のツイードのジャケットを押収してるはず。あなたみたいにお洒落な人が、シーズンの初めにクリーニングに出しているのが不思議だったの。普通は去年の冬の終わりにクリーニングに出してるはずでしょう。お気に入りの、おろしたてのジャケットを着て誰に会いに行ったの？　誰か親しい女の子と会っていたんじゃないの？　そんなジャケットを汚すようなことをいつしたの？　何をしたの？　ひょっとして、あのジャケットには彼女の血か何か残っていたんじゃないの？」

「嘘だ。嘘だ。これは罠だ」

「そう。これは罠よ。でも、ジャケットを警察は徹底的に調べるでしょうね。洗濯したくらいじゃあ、血液の反応は消えないそうよ。調べてみれば分かることよね。ああ、もうすぐ曲が終わるわ。その時、レイちゃんが現れてなんと言うか聞いてみましょう。『誰かが私を見つめてる』。いい歌じゃないの」

「俺は何もしていない」

「うまくやったつもりでしょうね。レイちゃんは、あなたに黙っていてくれと言われれば口外するような子じゃない。あなたは、レイちゃんを愛しているふりをしてレイちゃんから随分お金を借りていたみたいね。あなたがレイちゃんからお金を借りていることに気付いた小沢さんが、心配してレイちゃんと話をしたのよ」

「あ、あれはあいつが勝手に俺に金を押し付けたんだ。使ってくれって言ったんだ」

「そうレイちゃんに言えば？」

「違う、あれは弾みだったんだ。殺すつもりなんてなかった」

「小沢さんも殺すつもりはなかったっていうの？」

「俺は誰も殺してなんかいない」

「さあ、曲が終わるわ。一緒に見てみましょうよ。彼女がその窓の向こうの木の上に現れるかどうか」

「馬鹿言うな。そんなことが起こるはずが」

「あ」

「何だ？」

「ええっ。見て、窓の外に誰かいる」

「誰だ、あの女（席を立つ音）」

「本当に現れたわ（ぼんやりと）。ほんとだ、笑ってる」

「そんな馬鹿な、こんなことが。あの女がこっちに向かって歩いてくる。うわ、こっちに来る。馬鹿、来るな、来るんじゃない！　なぜ笑う？　おまえが悪いんだ！　金を貸したくらいで俺と一緒になれるなんて考える方が馬鹿なんだ！　金だって、俺の方から貸してくれなんて言ったことは一度もないぞ！　おまえが勝手に勘違いしてたんだ！　うわあっ、来るな、来ないでくれ！　レイ、来るなあああ！」

9

（マサトは外で待機していた警官にスタジオから連れ出されていく）
（ミナは、窓の外に立っているボブカットの女に頭を下げる。外の女もゆっくり頭を下げ、暫く二人の女は窓越しに見つめあっている。女はミナに向かってもう一度頭を下げ、そっと窓の外を去っていく）

「馬鹿ね。よく見なさいよ。妹のケイちゃんよ。確かにレイちゃんは口が堅かった。小沢さんと、一つ年下のケイちゃんにしか話さなかったわ——幽霊の噂なんてなかった。あたしと小沢さんとケイちゃんとで作り上げたものよ。ハガキはあたしとケイちゃんで書いた。あなたとレイちゃんとの繋がりを示すものはなかったし、あなたはなかなか尻尾《しっぽ》を出しそうになかったからね。ほんとは自首してほしかったのよ。長い間一緒に仕事をしてきた仲間だし、レイちゃんだって弾みで殺したと信じたかった。でも、あなたは小沢さんまで殺したし、彼やあたしに罪をなすりつけようとした。暫く待ったけど、あなたはそんな気はないのだと分かった。だから、スタジオのガラスの交換が済んで、こっちに戻った今日に、勝負を掛けたのよ。ケイちゃんに、お姉さんそっくりの髪型にしてもらって、曲もMDの残りを選んだわ

（独り言のようにぼそぼそと）」

（曲が終わり、ちょっと間があく）

「はい、エラ・フィッツジェラルドの『誰かが私を見つめてる』でした。聞いてる？　レイちゃん。あなたの冥福を心からお祈りします――実は、ここで一つ、皆さんに残念なお知らせがあります。野越え山越え、いつも皆さんに支えられてやってきたこの番組ですが、あたしこと池尻ミナと長い間一緒にやってきた大森マサトが、今日で番組とお別れすることになりました。突然でごめんなさい。あたしも今、茫然としているところなんです。彼はさよならを言いたくないそうです。あたしも言いたくない。だから、彼は番組の途中でちょっと出かけることにしました。みんなも、彼がちょっと留守にしていると思ってね。またいつかどこかで会えると思っていてね。約束だよ。マサトはいなくなってしまっても、夜も、音楽も、まだまだ続きます。あなたと夜と音楽と。では、次の曲――」

THE "ABC" MURDERS

猫の家のアリス

加納朋子

加納朋子
かのう・ともこ

一九六六年福岡県北九州市生まれ。文教大学女子短期大学部文芸科卒業。化学メーカーへ勤務のかたわら、一九九二年『ななつのこ』で第三回鮎川哲也賞を受賞し、作家デビューする。一九九五年退社。一九九五年『ガラスの麒麟』で第四十八回日本推理作家協会賞を受賞。

主な著作

『ななつのこ』創元推理文庫
『魔法飛行』創元推理文庫
『掌の中の小鳥』創元推理文庫
『いちばん初めにあった海』角川文庫
『ガラスの麒麟』講談社文庫
『月曜日の水玉模様』集英社文庫
『沙羅は和子の名を呼ぶ』集英社
『螺旋階段のアリス』文藝春秋
『ささらさや』幻冬舎

「むろん、おまえはＡＢＣを知っているな？」

と赤の女王が言いました。

『鏡の国のアリス』より

1

「――もちろん、Ａから始めなくてはね」

高らかにそう宣言する声が聞こえ、仁木順平はドアをノックしようと伸ばしかけた手を、思わず引っ込めてしまった。

「アベイ・ドゥ・クリュニー。アルフォンス・ドーデ。オウギュスト・ルノアール」

同じ声が、呪文のように不思議な言葉を羅列《られつ》する。

「ルノアール。それでいいじゃない。有名だし、覚えやすい。画家の方でも、喫茶店の方でも」

くすくす笑いながら、別な誰かが言った。すると横合いから、いささか陰気な声が反対意見を述べた。

「でもルノアールだと、Rのイメージじゃない？　オウギュストにしたところで、Oで覚えてしまいそう……もっとも、皆さんは私のように英語が苦手ではないでしょうけれど」

「あら、英語だけじゃなくて、フランス語も日本語もあるわよ。それにまだ、Aのリストは終わっていないわ。これはどう？　アウグスタ・ルイーゼ。ゲーテの文通相手の女性の名前よ」

「素敵」

小さな優しい声が言った。

「あんまり覚えやすくはないわね」例の陰気な声が皮肉っぽく言った。「もっとも、皆さんは私と違って記憶力がよろしくていらっしゃるんでしょうけれど」

「たかが遊びじゃないの」

「最後にもうひとつ」司会係とおぼしき最初の女性が、やや芝居がかった口調で言った。

「……アブラカタブラ」

「素敵」

優しい声が、また言った。

「あなたはいつもそればかりね」くすくす笑ったような声が言った。「でも私も賛成。それにしましょうよ。アーブラカタブーラ、チチンプイプイ、ビビディバビディブー」

その言葉には滑稽《こっけい》なしぐさが伴っているに違いなく、そう言った当人がゲラゲラと笑った。数人の控え目な笑い声が続く。

「じゃ、決まりね。お次はBよ」

「ブライダル・ピンクは？　可愛いわ」

おずおずと、優しい声が言った。

「あなたらしいけれどね、どうかしら。やっぱりBとくれば、ブルー系統が良いと思うのだけれど。読み上げるわよ。ブルー・ライト、ブルー・リバー、ブルー・パフューム、ブルー・ムーン、ブルー・バユー、ブルー・ボーイ。ねえ、最後のなんか、いいと思わない？　新しく出たばかりなのよ」

「青い少年だなんて気色悪いわよ。私だったらリバーかムーンを選ぶけどね。ライトも悪くないけど」

「あらあら、英語が苦手だなんてご謙遜《けんそん》ね。それだけ単語を知っていれば上等だわよ」

笑いを含んだ声が、そう混ぜ返した。

決が採られ、ブルー・ムーンが選ばれた。

「お次は人名のオンパレードよ。まずシーザー。それからカトリーヌ・ドゥヌーブ。ケーリー・グラント。シャルル・ドゥ・ゴール。クリスチャン・ディオール。これはやっぱりディオールでしょう？」

同意を求めたのに対し、反応は芳《かんば》しくなかった。

「読めたわよ。あなた、自分が選びたい名前をお終《しま》いに持ってきてるでしょ。まったく、ブランドマダムはこれだから……。私はディオールはあまり好きじゃないのよね」

陰気な声が、陰気な口調で言った。

「女優に男優に大統領にデザイナーか。ほんと、有名人各種取りそろえね。でもこの中で誰が一番有名かって言えば、断然グラントじゃない？」陽気な声の主は、くすくす笑いながら付け加えた。「男前だし」

「そりゃ、大統領と比べればいくらかはね」陰気な声が言った。「だけどシーザーを忘れてるわよ。一番有名で、男前なのはシーザーでしょうが。その上……」

「覚えやすい」陽気な声が終いを引き取って、くすくす笑った。「まあどちらが男前かは見解の相違だわね。第一、シーザーの写真なんて残っていないわけだし、ほんとのところはどうだかわかりゃしないわ」

「私はその中ではドゥヌーブが好きなんだけど……」優しい声が、おずおずと言った。「でも駄目ね、有名だけど覚えやすくもないし、ハンサムでもないから……美人ではあるけど。私もシーザーに一票入れるわ」

「わかったわよ。それじゃ、Cはシーザーで決まりね」ちょっとむっとしたような口調で司会は続いた。「それじゃD。また人名ね。ダイアナ・プリンセス・オブ・ウェールズ」

部屋の中に軽いどよめきが起きた。

「悲劇のプリンセス、ダイアナ……」

陰気な声が、その声にふさわしいつぶやきを漏らしたとき、ようやく仁木ははっと我に返り、ドアをノックした。中のざわめきが、ぴたりと止んだ。内心にひるみを覚えつつ、ドアを開けると、途端に部屋の中がまた賑やかになった。

「ああら、いつぞやの探偵さんじゃありませんか」

一気に一オクターブも高くなってはいたが、その声は間違いなく司会進行役をしていた女性のものだった。派手な顔立ちに似合いの、派手なバラ色のワンピースを着ている。胸の前でわざとらしく組み合わされた両手の指には、大粒のダイヤモンドがキラキラと輝いていた。その双眸《そうぼう》も、宝石に負けず劣らず好奇心で輝いている。

仁木が密《ひそ》かに〈ミセス・ダイヤ〉と名付けている女性だった。

彼女を真ん中に、左手奥に陽気なミセス・ジョーカーと、対照的に陰気なミセス・スペード。右手手前にミセス・ハート。きれいな富士額《ふじびたい》と細い尖《とが》った顎《あご》を持つ彼女は、仁木を見て微笑《ほほえ》みながらぺこりとお辞儀をした。

むろん、全員が既婚婦人である。そしてむろん、全員が日本人である。仁木が彼女たちをトランプの札になぞらえていることは、ご当人達にはもちろん内緒《ないしょ》だ。

「……いつぞやは、どうも」仁木は短く挨拶《あいさつ》をした。「相変わらず賑やかですな」

すると、仁木がまるで上出来のジョークでも口にしたかのように、その場がどっと沸《わ》いた。

怖《お》じ気《け》づいた仁木が、白髪交《ま》じりの頭をドア口から引っ込める前に、ミセス・ハートがひどく嬉しげに声をかけてきた。

「こちらこそ、その節はどうもありがとうございました」

「いや、いや」仁木は口の中でもごもごとつぶやいた。「その後、順調ですか?」

「ええ、お蔭様で」

ミセス・ハートは白い歯を見せて快活に微笑んだ。右手を載《の》せた腹部は、すでにふっくらと丸みを帯び始めていた。

「ねえ、仁木さん。よろしかったらどうぞおかけになって。私たち今、面白いことをしていたんですよ」

ミセス・ハートに促《うなが》され、仁木は諦《あきら》めて空《あ》いている椅子に向かった。

篠原八重子から、ここで待つように言われている。彼女の口振りからすると、どうやら依頼人と引き合わせてくれようとしているらしい。そして仁木探偵事務所は目下のところ、熱烈に依頼人を欲していた。である以上、待てと言われればたとえ虎の檻《おり》の中であろうと、仁木は待つ覚悟である。

「……面白いこととは何ですか? ドアのところで、ダイアナ妃がどうとか聞こえましたが」

まさかそのずっと前から立ち聞きしていたとは言えない。

「ダイアナ・プリンセス・オブ・ウェールズ。彼女がDよ」

ミセス・ジョーカーが陽気に言った。

「ちょっと待って。まだダイアナ妃に決まったわけじゃないわ。リストにはまだあるんでしょう?」ミセス・スペードが鋭く遮《さえぎ》った。「ダイアナだけならいいけど、後にそれだけ続くんじゃ……」

「長すぎて覚えられないわって?」

くすくす笑いながら、ミセス・ジョーカーが引き取った。

「この人ったら、英語が苦手だと駄々をこねてばかりいるんですよ。もちろん仁木さんは、ABCはご存じですよね」ミセス・ダイヤが、まるで赤の女王のようなことを言った。それからわざとらしく片目をつぶって見せ、「うぶなブルー・ボーイってわけじゃ、ありませんものね」

ミセス・スペードが軽蔑したような表情を浮かべ、ミセス・ジョーカーが豪快に笑った。

「ひょっとして、キスがAとかBがなんたらってやつのこと? えらくまあ、懐かしいことを言ってくれるわね。レトロだわよ、古き良き時代ね」

しつこく言われ、ミセス・ダイヤの眉《まゆ》が不快げに歪《ゆが》んだ。年増《としま》と言われたも同然だと思ったのだろう。確かめたわけではなかったが、どうやら彼女が最年長らしかった。

司会役の微妙な表情の動きに気づいたのか、一同では一番若いミセス・ハートが慌《あわ》てたように言った。

「私たち、バラの名前をアルファベットごとにわけて、それぞれの代表を選んでいるところなんです」

卓上に積まれたバラのカタログや園芸本を指差し、彼女は早口に説明した。

「……優雅なご趣味ですな」

仁木の言葉少ないコメントに、

「この暇人《ひまじん》どもめ、と聞こえましてよ」ミセス・ダイヤがねっとりと微笑んだ。「それで、今日はどうなさいましたの?」

仁木はポケットからハンカチを取り出し、額を拭《ぬぐ》った。

この優雅な有閑《ゆうかん》マダム達の集いに顔を出すのはこれで二度目だったが、居心地が悪いことは最初と同様か、それ以上であった。

「いや、それが実は、仕事でしてね」

まあ、というどよめきと共に、興味に満ちた一同の視線が遠慮なく突き刺さってきた。

部屋の中には、高価な香水や化粧品の匂《にお》いが濃密に漂っている。

仁木は落ち着きなく、視線をドアの辺りにさまよわせた。助手の安梨沙《ありさ》はいったい、何をやっているのだろう? 自分一人で、四人ものご婦人方の相手をするのは、いかにも荷が重過ぎる——。

そのとき、仁木がほっとしたことに、カチャリと音を立ててドアノブが回った。

しかし入ってきたのは安梨沙ではなく、知らない女性だった。体にフィットしたジーンズにTシャツと、おそらくこの家に現在いる人間の中で、もっともラフな格好をしている。

仁木はこっそりと、深い息をついた。

「どうもー、こんちはー」

実に愛想《あいそう》良く彼女がそう挨拶したとき、部屋の中の空気がさっと入れ替わったような気がしたのだ。

2

「——あら、早苗さんじゃありませんか。ずいぶんごぶさただこと」

ミセス・ダイヤが親しげに声をかけ、早苗と呼ばれた女性はにこりと笑った。

取り立てて美人というわけではない。が、非常に魅力的な雰囲気を持った人だった。明るい栗色のショートヘアと、くりくりとした大きな瞳がまず目を引く。大きめの口とそばかすの散った鼻はやはり、美人の要件から外《はず》れている気がする。ついでに言えば、仁木の女性の好みからも大きく外れている。

だが彼女には、好感を抱かずにはいられないオーラのようなものが、確かに備わっていた。

「相変わらず、学生みたいな人だこと」苦笑めいた声を立ててから、ミセス・ダイヤは仁木に視線を転じた。「ねえ、信じられる、探偵さん。この人ったら、これでもう三十なのよ」

そう言われて、仁木は内心で軽い驚きの声を上げた。これだから女性の年齢はわからない。せいぜい、二十五、六にしか見えないのだ。

「三十一ですよ。先週、誕生日でしたから」

朗らかに早苗は応じた。

「まあ、おめでとうございます」

ミセス・ハートのお祝いの言葉に、早苗は「サンキューッ」と女学生のように弾《はず》んだ声で返事をした。

「三十を過ぎれば、誕生日なんてものは別にめでたくも何ともないわよ」

ミセス・スペードが陰気につぶやき、ミセス・ジョーカーが「まったくだわ」とゲラゲラ笑った。

「笑い事じゃないわよ」とミセス・ダイヤがちょっと厳しい調子で言った。「早苗さん、あなたも三十一なら三十一なりの自覚をお持ちなさいな。たとえあなたが明日結婚して明後日子供を産むと宣言したところで、誰も止めやしないわよ……若すぎる、なんて理由じゃね」

「結婚はともかく、子供の方は無理よ、いくらなんでも……」

　手をひらひらさせて、早苗は苦笑する。その爪は短く切られ、マニキュアの類《たぐい》は塗られていない。

「馬鹿ねぇ、ものの たとえでしょ」そう言ってから、ミセス・ダイヤの瞳がきらりと光った。「だけど早苗さん。結婚はともかく、だなんて、ひょっとしておつきあいしている人がいるの？」

「やだなあ、それこそもののたとえですよ」

　おかしそうに言い、早苗はころころと笑った。

「相変わらず、ダニエルひと筋なのね」

　珍しく、ミセス・ハートがからかうような口調で言った。すると早苗は突然、芝居めいた仕種で両手を胸の前で組み合わせた。

「ああ、ダニー。もちろんあたしの心は彼のものよ。でもね、最近はケネスの求愛に、ちょっとぐらぐらきているのよ。ほら、彼ったら若いでしょ。だからすごく情熱的で……」

「ちょっと待って」ミセス・ダイヤがぴしゃりと遮った。「ケネスってあなたね、いつの間にそんなに増えたのよ」

「……外国人の……」慎重に言葉を選びつつ、思わず仁木は口を挟《はさ》んだ。「お友達の話ですか？」

なぜか一同がくすくす笑った。

「お友達と言うか……」

ミセス・ハートが言いかけるのを制して、ミセス・ジョーカーが言った。

「彼らと彼女は一心同体、彼らにもしものことがあったら、早苗さんも生きてはいられない……そういう関係よね」

「ケネスの前は、なんていう名前のコだったかしら？」

ミセス・ダイヤが尋ねた。

「ジル。女の子よ。その前がイングリッド、ヒルダ、グロリア、ファニー、イヴ、ダニエル、シーザー、バーバラ、そしてアリス」

早苗はお気に入りの詩でも暗唱するように、すらすらと並べてみせる。

仁木はシーザーのところで「さっきも出てきた名前だ」と思い、バーバラ、アリスときてようやく気づいた。

「アルファベット順ですか」

つぶやいてはみたものの、やはりいっこうに話は見えない。「バラの名前、というわけじゃなさそうですね」

「可哀想《かわいそう》な子たちなの」ふいに早苗は真顔で言った。「誰も育ててくれる人がいないから、だからあたしのところに来たの。みんなそうよ。可愛がって面倒みてくれる人が誰もいなくて、それどころかひどい虐待を受けていたり……」

仁木ははっと胸を突かれて、改めて早苗を見やった。

「あなたは素晴らしい方ですね。お一人でそんなにたくさんの孤児を……それも、立場の難しい、外国人の子供達を十一人も……なかなかできることではありませんよ。まだそんなにお若いというのに」

感銘を受けた仁木は、常になく熱い口調で言った。すると、どういうわけかどっと不快な笑い声が起きた。

「仁木さん、仁木さん」どこか困ったように、ミセス・ハートが言った。「確かに早苗さんは素敵な方ですけど、でも、違うんです」

「違うとは……何が？」

やや気を悪くして、仁木は問い返した。

「みんなも人が悪いわ。仁木さんが勘違いしているのを知ってて、わざとからかったりして。ああ、もちろん早苗さんは違うんですよ。早苗さんは本当に、心から思っていることを言っているだけ。いつも、そうなんです」

「彼女にとってはあまりにも当たり前のことだから、わざわざ説明したりしないのよね」ミセス・ダイヤは肩をすくめた。「いつだってそう。だから初対面の人が驚いたり勘違いしたりするのは、無理もないの」

「いやだ、二人とも」早苗は顔を赤くした。「ちょっと言い忘れていただけじゃないですか」

「言い忘れたとは……何を?」

仁木の質問に、その場の全員が同じ単語を口にした。

「ね・こ」

「は?」

もちろん、仁木がそう問い返したのは、言葉の意味が理解できなかったからではない。気恥ずかしさや馬鹿馬鹿しさ、それに腹立たしさがない交ぜになった、「は?」なのである。

仁木の表情が内心を物語っていたのだろう、ミセス・ハートがハラハラしたように言った。

「ごめんなさいね、どうか気を悪くなさらないでね」

「いや、別に気を悪くなんて……」

そのとき仁木がほっとしたことに、ドアの向こうでカチャカチャと食器の触れあう音がした。

「伯母様ったら早く。面白いお話を聞きそびれてしまうわ」

そう言いながら先に入って来たのは、探偵助手の安梨沙だった。今日の彼女の出《い》で立ちは、空色のワンピースの上に、純白のエプロンという組み合わせである。お勝手を手伝うという意思の表れであろうが、ひと目で高価とわかる高級レースをあしらったエプロンは、その本来の用途に適しているようにはあまり見えない。と言うよりは、ディズニーアニメの『不思議の国のアリス』に登場するアリスそのままである。おそらくその場にいる誰もが、同じ感想を抱いたに違いなかった。

安梨沙に続いて篠原八重子が入ってきた。彼女は「伯母様」と呼ばれてはいるが、実際には安梨沙の大伯母である。上司思いの安梨沙は、あらゆるコネクションを駆使して仁木探偵事務所を売り込んでくれているらしかった。今回、彼女の営業努力の甲斐《かい》あって、八重子が依頼人を紹介してくれることになった。実にまったく、いじらしくも健気《けなげ》で優秀な助手なのである。

一同にお茶とお菓子を配り終えると、八重子は仁木に向かって女王陛下のように重々しく言った。

「本来なら一対一でお話ししていただくべきなんでしょうけど、ご本人が探偵さん相手だなんて緊張するとおっしゃるのでね、皆さんにも一緒に聞いてもらうことにしましたの。別にプライベートなお話でもありませんし、ざっくばらんでよろしゅうございましょう？」ほほほっと、笑ってからおもむろに尋ねた。

「それでどうです、仁木さん。お引き受けいただけますかしら」

仁木は数度、瞬《まばた》きをした。

「あっ、ごめんなさい。まだ何もお話ししていなくて」

傍《かたわ》らからそう叫んだのは、早苗だった。

「あらまあ、探偵さんに用があるのはあなただったの？　何よ水くさいわねえ、悩み事があるなら、まず私たちに話してくれればよかったのに」

ミセス・ダイヤが好奇心も露《あら》わに言い、早苗はそっと首を振った。

「それが、その……普通の人には、どうにもならないことなんです。一刻を争うし、もしかしたらすごく危険かもしれないし」

「危険な相手というのはその……」仁木は少し口ごもり、言葉を選びつつ尋ねた。「人間ですか？」

危険で、凶暴な猫……あるいは犬、ということも考えられる。でなければ、毒蛇とかサソリとか。ひょっとしたらピラニアとか。獰猛《どうもう》なスズメバチの巣を撤去する何でも屋の仕事ぶりを、いつぞやテレビで見たこともある。

だが——。

「もちろんです」

憤然として、早苗は叫んだ。

「そいつはもうすでに、罪もない子たちをたくさん殺しているんですよ。連続殺害犯なんです」

一瞬、座がしんと静まりかえった。

人間とは学習する生き物である。だから仁木もさすがにこのときは、落ち着き払ってこう聞き返すことができた。

「……つまり、次々と猫が殺されているということですね」

「ええ、そうなんです。そして次に殺されるのは、うちの子になるかもしれないんです」

そう答えた早苗の瞳から、ぽろりと一粒の涙がこぼれ落ちた。喜怒哀楽の切り替えが、はっきりしたたちであるらしい。仁木はその涙の行く末を見守りながら、以前に出会ったある老婦人のことを考えていた。

あの紫の髪をした老婦人から、いなくなった愛犬を探して欲しいと、仁木は頼まれたのだ。正直言えばそのとき、そんなものは探偵の仕事ではないと思った。少なくとも、当時仁木が考えていた探偵の仕事とは、そういうものではなかった。

だが、曲がりなりにも一年間その仕事を続けてきて、仁木の考えは少し変化していた。人間の子供が誘拐されるより、高価な宝石が奪われるより、一匹の犬がいなくなってしまうことの方がよほど大事件であることだってある——。

それは、この一年間で得た彼なりの真実だった。

もちろん、時と、場合と、そしてなにより人による。だが、万人に共通する価値観などというものが存在しない以上、つまらない事件というものもまた、ありはしないのだ。

「——警察は、取り合ってはくれないでしょうね」

優しく、仁木は確認した。

「ええ。今朝、行ってはみたんですが、すごく迷惑そうな顔をされました。時間の無駄だって」

憤然と早苗は答えた。おそらく、例の主語を省いた説明をした挙げ句のことだろうが、そうでなくとも反応はさほど変わるまい。

「わかりました」穏やかに、仁木は言った。「どうぞ、お話を聞かせて下さい」

3

美樹本《みきもと》早苗は成人後に両親を同時に亡くした。海外旅行先で乗っていたバスが横転するという、痛ましい事故の結果である。

持ち家はあった。相続税を物納できるだけの土地もあった。充分な保険金も下りたし、貯金もあった。だから本当のところ、生活のためにあくせく働く必要はなかった。

「でも、人間、働いてないと駄目になっちゃうから」

明るい口調で早苗が言ったとき、ミセスたちがそっと顔を見合わせたのを、仁木は見逃さなかった。

「違うんです。同じことに気づいたのだろう、早苗は慌てて言った。皆さんはちゃんと家族のために休みなく働いてらっしゃるじゃないですか。

あたしが言っているのは、親の建ててくれた家に一人で住んで、遊び暮らしていたら駄目になるってことです」

「まったくですな」

仁木の相づちに、ミセス達も優しく微笑んでうなずいて見せた。

まったく女性達の世界ときたら、神経を使うこと夥《おびただ》しい。

仁木がサラリーマン生活と決別し、探偵事務所を開く道を選んだとき、彼の念頭にあったのはひたすらハードボイルドな男の世界であった。あくまでクールで、時に非情で、頼れるものは己の足と頭脳だけ。そういう世界を、構築するはずだった。

なのに現実ときたらどうだ。

(やあい、女の中に、男が一人)

幼い頃、そう揶揄《やゆ》されたことを思い出す。姉やその友達に可愛がられ、よくままごとの相手をさせられていた。そんな瞬間を近所の悪ガキに見られてしまったのだ。

あのとき、これ以上の屈辱はないと思った。ことさらに男子とだけ、遊ぶようにもなった。なのに。それから半世紀近くが経《た》った今、自分はあの頃とそっくり同じような状況に陥っている。

仁木はひそかに吐息をついた。いったいどうしてこういうことになってしまったのか。

すると、事態の元凶たる安梨沙が、仁木に向かって天真爛漫《てんしんらんまん》な笑顔を浮かべた。その途端、仁木は子供じみた自分の慨嘆ぶりを恥じた。仁木探偵事務所にとって、安梨沙は確かに、なくてはならない存在だ。

その、なくてはならない優秀な助手は言った。

「ねえ、所長。早苗さんはね、近くの薬局で薬剤師さんをしているの。伯母様のかかりつけの医院の近くでね。なぜだかとても気が合ったらしくて、この家に出入りしていただくようになったの」

話が一向に進まないから、簡単な状況説明をしてくれているのだろう。

「――それで、殺された猫というのは、どなたの飼い猫だったのですか?」

放っておけば長くなりそうだった早苗の話を、安梨沙がショートカットしてくれたおかげで、ようやく本題にはいることができた。

「直接知っている方ってわけじゃないんです。あたし、二年くらい前からネットの掲示板に出入りしていまして……あ、その節はお世話になっちゃって」

なぜか早苗はミセス・ダイヤにぺこりと頭を下げた。そのやり取りも意味不明だが、仁木は話がいきなり苦手な分野に突入し、内心頭を抱えていた。

ネットとはインターネットのことだということくらい、仁木にもわかる。掲示板というのがこの場合、役所の前にあって市民へのお知らせだの何だのを貼《は》ってあるボードとは別物だということもわかる。

が、仁木にわかるのはそこまでだった。

「掲示板って、猫関係のですか？」

当惑している仁木に代わって、安梨沙が質問した。

「ええ」と早苗はうなずく。「とても雰囲気が良くて、気に入っているところがあるんです。猫が大好きな人が集まってて、中にはボランティアで捨て猫の里親捜しをしている人や、獣医さんなんかもいて、いろんな質問や相談なんかにも、心のこもったレスがたくさんつくんです。何度かオフ会もやってて、みんな猫ちゃん連れで集まるんですよ、公園とかに、お弁当を持ち寄ったりして」

「十一匹全部連れて行ったの？」

ミセス・ハートが目を丸くした。

「まさか」早苗は笑った。「一匹だけよ。それも大人しくて、人なつっこい子だけ。ケネスやダニエルは駄目ね」

「だけど公園に猫なんか連れて行ったら、逃げ回って大騒ぎじゃないの？」

まるでそれが世も末の光景であるかのように、ミセス・スペードは暗鬱《あんうつ》たる口調で言った。

「たいていみんな、ケージに入れて来てたわ。仔猫なんかはバスケットに入れたりして。わざわざ、大阪や仙台から来た人もいたのよ」

世の中には何と酔狂な人がいるものだと仁木は思ったが、もちろん口に出してはそんなことは言わない。代わりに別なことを尋ねた。

「そのオフ会というのは、掲示板に出入りしている人間全員が集まるわけではないのですね」

「もちろんです。だって、一度か二度、発言しただけの人も含めると、何百人にもなっちゃうわ。定期的に発言している人だけでも、何十人もいるもの」

そんなに、とどよめきが起きた。どうやらその場にいるなかで、安梨沙を別にすれば、パソコンに関する知識は仁木とどっこいどっこいといったところらしかった。

「飼い猫を殺されたという人は、オフ会に来られた方ではないんですね」

辛抱強く仁木が尋ねると、早苗はひどく恐縮したような顔になり、小さくうなずいた。

「ごめんなさい。あたし、順序立ててお話しするのが下手で……。それで、あの、最初はキャンディって子だったんです。女の子で、飼い主はキャンディママってハンドルで……」

「ハンドルって、自動車の？」

くすくす笑いながら、ミセス・ジョーカーが尋ねた。

「いえ、ハンドルネームです。掲示板で発言するときのあだ名みたいなもので……それはもちろん、自分でつけるんですけど。でもにゃんパラでは大抵……」

「にゃんぱら？」

咎《とが》めるように、またミセス・ジョーカーが尋ねた。

「あ、えーと、にゃんこパラダイスというのがそのホームページの名前で……ペットフード会社がスポンサーになってるページなんです。もうひとつ、わんこパラダイスというのもあって、そっちの通称が……」

「わんパラ、ね」

ため息をつくように、ミセス・ダイヤが引き取った。仁木としても、ため息をつきたいような気分である。今どきの女子高生同士の会話みたいなもので、おじさんちょっとよくわからないなあ、とでも言おうか。もちろん今の時代、パソコンに疎《うと》いというのはかなり恥ずかしいことになりつつあるようなので、ひたすら黙って拝聴するしかないのだが。

「えーと、それでにゃんパラでは大抵の人が、飼い猫の名前の後に、パパかママをつけているんです。キャンディの飼い主は女の人だから、キャンディママ」

「それじゃ、早苗さんは？」

おかしそうに、ミセス・ハートが尋ねた。

「あたしはいくら何でも多すぎるんで、十一匹のママ、にしています。ケネスが来る前は、十匹のママだったの」

「なるほど」仁木は口の中でつぶやく。

「そのキャンディママさんは、掲示板に来るようになってまだそんなに日が経っていないんです。て言うか、初めての書き込みが、『うちの子、殺されちゃいました』っていうタイトルだったの。我が子同然に可愛がっていたキャンディちゃんが突然けいれんを起こし、たちまち死んでしまいました。獣医さんによると、農薬か殺虫剤の類をかけられ、毛繕《けづくろ》いでそれをなめたために毒が体内に取り込まれたのだろうということでした。もう人間不信で、誰も信じられません。ショックで不眠症になり、食事も喉を通りません。インターネットの検索で〈猫〉をキィワードにして、ヒットしたページをぼんやりと眺《なが》める毎日です。今日はこの掲示板に辿《たど》り着き、辛い気持ちを皆さんに聞いて欲しくて初めて書き込みをしました……そういう内容だったわ」

言っている間にもまた、早苗の目には涙の粒が盛り上がってきた。

「もちろん常連の人たちはみんな、すぐに慰めのレスをつけてました。自分も飼い猫を病気で亡くした体験を書く人もいたし、犯人に対して猛烈に怒って罵《のの》っている人もいたし。あたしも心を込めて、精一杯の書き込みをしたの。キャンディママさんも、皆さんのあたたかい書き込みを読んで勇気づけられたって返事を書いてて……それ読んでまたあたし、泣いちゃったんですけど……ところがその次の日、とんでもない書き込みが続けて二つもあったの。つまり、自分の猫もつい最近、同じようにして殺された、ていう……その二匹の猫の名前って言うのが、アミちゃんに、ボンちゃん」

「アミにボン、そしてキャンディ……」仁木は口の中でつぶやき、はっと顔を上げた。「A

BC殺人事件じゃないか」

そう叫んでしまってから、決まりが悪くなって咳払《せきばら》いをした。殺された猫の名に、たまたまABCが当てはめられたからと言って、子供のように興奮してしまったことが恥ずかしかった。だが驚いたことに、早苗は大きくうなずいて言った。

「そうなんです。途中でそう言うことを言い出した人がいて。アガサ・クリスティの有名な作品ですよね」

「読んだことないけど、どんな話かくらいは知ってるわ」

ミセス・ジョーカーが言い、他の数人がうなずいた。

「それは人殺しの話よね？」

それまでずっとオブザーバーに徹していたような八重子大伯母が、初めて口を開いた。傍らの安梨沙が「ええそうよ」とうなずき、

「簡単に言えば、浅草《あさくさ》で青木《あおき》さんが殺されて、池袋《いけぶくろ》で井上《いのうえ》さんが殺されて、上野《うえの》で内海《うつみ》さんが殺されて……というようなお話」

と大幅にはしょったような説明をした。八重子はそれで満足したらしく、「それで？」と早苗に先を促した。

「アミママさんとボンパパさんは、それまでもっぱらロムだけだったそうなんです。つまり、掲示板を読むだけで自分では書き込まないってことですが……実際に書き込む人より

は、読んでるだけの人の方が、実はずっと多いらしいんですよ。それで、そのお二人の話を総合すると、最初に殺されたのがアミちゃん、次にボンちゃん、そしてキャンディちゃんの順になるんです」

「つまり、ABC順ってわけね」

ミセス・ダイヤが言った。興味が出てきたらしく、その瞳がきらきらと輝いている。それに冷水をかぶせるような陰気な声で、ミセス・スペードが言った。

「だけどね、日本は広いのよ。こう言っちゃなんだけど、猫が一匹、不審な死に方をしたくらいじゃ、新聞記事にはならないでしょう？　子供が虐待死したってニュースなら、しょっちゅうお目にかかるけど。犬猫なんて、水面下でどれだけ殺されてるか、わかったもんじゃないでしょう。偶然よ、偶然」

早苗は、きっと顔を上げた。

「事件があったのがすべて東京都内、しかも二十三区内に限定されていても？」

ミセス・スペードは軽く肩をすくめた。

「期間がどのくらいかによるわね」

「ここ半月くらいの間、です」

ミセス・スペードはやや鼻白《はなじろ》んだように黙り込んだ。

「……お次はDの番ってわけね。そう言えば、早苗さんの秘蔵っ子の、ダニエルも頭文字は

Dだわね」

ミセス・ジョーカーが言わずもがなのことを言い、部屋の中には気まずい沈黙が漂った。

「ねえ、Dと言えばさっきのバラの名前の話、これなんかどうかしら」ふいに、ミセス・ダイヤが場違いな朗らかさで言った。「ディスティニィ――〈運命〉よ」

4

その家は確かに、周辺から既に〈猫屋敷〉としか呼びようもない有様を呈していた。

家自体は、小さな雑木林にぐるりと囲まれている。二十三区内にあるとはとても思えないような光景だ。美樹本家の地所だというその林に一歩足を踏み入れた途端、真っ黒で巨大な猫がうろんげに仁木と安梨沙を見やった。脇の木に、『猫に餌《えさ》を与えないでください』との手書きの札がかけてある。ところがその真下には、空になった発泡トレイが置いてある。傍らに、ちくわの破片とおぼしいものが落ちていた。

「猫好きの人とか、子供とかね、猫を見ると餌を上げたくなっちゃうのはわかるんだけど」

トレイとちくわを片付けながら、早苗はため息をついた。

「餌付けされているんじゃ、不心得者が近づくのも容易ですね……危ないな」

そう言ってから、早苗の顔がにわかに曇ったことに気づき、慌てて仁木は話題を変えた。

「しかしこれだけ広ければ、猫にとっても人間にとっても良い環境ですね」

早苗はちょっと寂しげな顔でうなずいた。

「昔はもっと広かったんです……相続税を支払うために、かなりの面積を物納しなきゃならなくて。でもこれだけ残ったんだから、贅沢《ぜいたく》は言えませんよね」

にこりと笑って見せるのが、いじらしい。

そのとき背後で、カサカサと落ち葉を踏む音がした。振り返ると、あの黒い猫がそっと後を尾《つ》けてきている。そしていきなり、早苗が手にしたトレイから、あっぱれな素早さでちくわのかけらを奪い取り、そのまま小道を走って行ってしまった。

「もうっ、ダニーったらほんとにいやしんぼなんだから」

早苗はぷんぷん怒っている。ますます危ない、と仁木は内心で思う。

さらに行くと、木の幹に背中をこすりつけている三毛《みけ》がいた。玄関へのアプローチにも二匹、ポーチの真ん中にも一匹、大きな植木鉢の上にも一匹、花を無惨に踏みつぶして猫が悠々と寝そべっている。早苗は一匹一匹にいちいち声をかけ、撫《な》でてやり、笑いかけたが、玄関の前に坐り込んでいる大きな影については、仁木達と同様か、それ以上に驚いたらしかった。

「和希くん……どうしたの？」

和希と呼ばれたのは、むく犬のような顔と、セントバーナードみたいな体つきをした青年だった。

「どうしたのじゃないですよ、早苗さん。姉さんから聞きましたよ。大変なことになっているそうじゃないですか。手助けがいるなら、僕を呼んでくれれば良かったのに……」

和希は何となく恨めしそうな眼で、仁木と安梨沙をちらちらと見やった。

「お姉さんというのは……」

仁木はどちらにともなく尋ねた。即座に答えたのは、早苗の方だった。

「さきほどお会いになった、大谷《おおや》さんの弟さんなんですよ」

「大谷……？」首を傾げてから、仁木は合点した。「ああ、ミセス……」

ダイヤ、と続けかけて慌てて飲み込んだ。そうだった。彼女の姓は、確か大谷だった。なるほど、読み方を変えればちゃんとダイヤと読めるぞと、仁木は自分で変な感心の仕方をした。

「藤森和希くんです。青年実業家なのよね。有名なレストランチェーンの社長さんをしているの」

からかうような早苗の言葉に、和希は口をへの字に曲げた。

「その紹介の仕方、止めてくれませんか。なんだかすごく怪しげだ。第一、社長ったって親父に言われて仕方なくやってるだけで、お飾りもいいところなんだしさ」

「ごめんなさい」くすくす笑って早苗は言った。「それで、この方々が仁木さんと安梨沙さん」

「私立探偵だろ？　姉さんに聞いたよ。ほんとに水くさいんだから、早苗さんは」

相変わらず、すねた子供のような口調である。早苗は手早く鍵を開けながら言った。

「とにかく、皆さんどうぞお入りになって。話は中でしましょう」

玄関のドアを開けた瞬間、家の中から茶色いゴム鞠《まり》みたいなものが飛び出してきて、早苗にぶつかった。

「ただいま、ケネス」

茶虎《ちゃとら》の猫に、早苗は愛しそうに頬擦《ほおず》りした。皆でぞろぞろ入っていくと、数匹の猫がぱっと四方に散って行った。ケネスだけは仁木や和希を完全に無視してのけて、客を案内する主の足にまとわりつきながらついてくる。

リビングにもやはり猫がいた。ソファの上に二匹、出窓に一匹、陽の当たる床にも一匹、テーブルの上にも一匹。美樹本家の敷地に足を踏み入れてから出くわした猫の数は、とうに十一匹を越えている気もする。おそらく、同じ奴を何度もカウントした結果だろう。特に、テーブルの上に偉そうに寝そべっている巨大な黒猫には、見憶《みおぼ》えがあった。

「ダニーったら、さっきはずいぶんいやしんぼだったわね」

早苗が駆け寄っていって、可愛くてならないというように鼻面に軽くキスをした。

「どこから入ったんですか、この猫は」

仁木は不思議に思って尋ねた。

「目立たないところに、猫用の出入り口を作ってあるんですよ」

「すると、当然猫は出入り自由ですよね……危険ではありませんか？」

危険も危険、考えていたよりもずっと無防備な有様である。

「仕方ないんだ」傍らから口を挟んだのは、和希だった。「もともと野良猫だったり捨て猫だったりした猫が多いんだ。家の中に閉じ込めておこうったって無理だよ」

「そうなんです」

冷蔵庫から出したジュースを、人数分のグラスに注ぎわけながら、早苗はうなずいた。

「今回のことでは二、三日前に遠山先生にもご相談したんですけど……」

「遠山先生？」

仁木と和希の声が重なった。

「ええ。この子達のかかりつけの獣医さんなんです。とても腕がいいって評判のお医者様で、いつもワンちゃん猫ちゃんでいっぱいなの。近くにそういうところがあって、ほんとにラッキーだったわ。それでね、その遠山先生がおっしゃるには、もともとこれだけの数の猫を家の中で飼うことには無理があって、何とかなっているのは林の中を自由に散歩できるからだって。閉じ込めたりしたらストレスが溜《た》まって、きっと喧嘩《けんか》ばかりしてしまうだろうって。そうしたら、弱い子が大怪我《けが》をしてしまうでしょう？」

確かに、その怪我がもとで死んでしまったりしたら、何の意味もない。

「ダニエル。テーブルの上に乗っちゃ駄目って、いつも言っているでしょ」

早苗がちょっと厳しい調子で言ったが、黒猫は悠然と寝返りを打つばかりである。諦めて、ソファのサイドテーブルにトレイごと、ジュースを置いた。だが、ソファを本来の目的に使用するためには、やはり二匹の猫を追い立てる必要があった。

「すみません、家中もう、猫まみれで」

「いやいや」

後でスーツに入念にブラシをかける必要があるな、と思いながら、仁木はソファに腰かけた。

「ねえ、所長。見て下さいな。この子ったら、とっても美人ちゃんよ」

安梨沙が嬉しそうに一匹の猫を抱いてやってきた。自らも猫を飼っているだけあって、安梨沙はこの家にやってきてから歓声の上げっぱなしだった。抱き上げたりのどをこちょこちょしてやったり、何かと忙しそうで会話に口を差し挟む余裕もなかったらしい。

安梨沙の腕の中にいたのは、真っ白で金色の眼をした猫だった。安梨沙の愛猫《あいびょう》に少し似ているが、毛足はずっと短い。それによく見ると、右前足が欠けていた。

「まあ、アリスがお客様に抱かれるなんて」早苗が呆《あき》れたような声を出した。「その子、まだ仔猫の頃に誰かからひどい虐待を受けて、それですっかり臆病《おくびょう》な子になっちゃっていたのよ。嫌がりもせずに抱かれているなんて、信じられない」

「安梨沙にはちょっと、不思議なところがありますからね」

いささか得意な思いで、仁木は言った。安梨沙がアリスを抱いている……ちょっと面白い光景だ。

その安梨沙が、無邪気に尋ねた。

「ねえ、早苗さん。いつもお使いになっているのは、あのパソコンなの？」

見ると部屋の片隅に、パソコンラックが置かれている。

「ええ。そうね、問題の掲示板を見ていただくのが、一番早いわね」

早苗は立ち上がり、パソコンのスイッチを入れた。

「最近、調子はどう？」

部屋の片隅で、一人ふてくされたようにジュースをちびちび飲んでいた和希が、ふたたび口を開いた。

「ええ、お蔭様でもうフリーズすることもなくなったわ。和希くんはね、私のパソコンの先生なんですよ」

後半を仁木に向かって早苗は言った。

「へえ、お詳しいんですか」

「まあ、趣味でね。多少……」

和希はごく何でもなさそうに相づちを打ったが、小鼻が得意そうにぴくりと動いた。かなりわかりやすい性格である。

「ペットとパソコンの同居って、けっこう大変なんですよ」朗らかに早苗が言った。「友達でウサギを飼っている子なんか、しょっちゅうコードを齧《かじ》られるって嘆いているし。うちも、コードやマウスにじゃれつこうとするから、振り払うのが大変で」

言っているそばからデスクの上に飛び移り、マウスに飛びかかろうと狙いを定めている猫がいる。やはりマウスとくれば、猫はちょっかいを出さずにいられないのだろうか。

早苗がどうにか追撃の手を逃れてマウスを操作すると、モニター画面いっぱいに猫のイラストが現れた。その上部を半周するように、『にゃんこパラダイス』のタイトル文字が躍っている。濁点や半濁点の点の部分が猫の足跡になっているのがご愛敬だ。

掲示板の過去ログを読み返すのは、思ったより大変な作業だった。早苗によると、「キャンディママさんの最初の発言の時にはレスをつけるのも常連さんばかりだったんだけど、ボンちゃん、アミちゃんの事件に関する発言が出てからは、カウンターの上がり方がいつもの三倍くらいになっちゃったの」

ということであった。つまりそれだけ事件が、愛猫家の間で注目されたということである。発言数も、ピークで日に百件近くにもなっている。通常は多くてもせいぜい二、三十件程度だというから、この百という数字は相当なものだ。大多数がお悔やみや慰めのための発言である。毒餌によって飼い猫が死んだ別の事件についての報告もかなりあったが、いずれも過去の事例だったり地域的に離れていたりして、まったく無関係だとわかるものばかりだ。

ただ、主要な発言の内容に関しては、早苗が言っていた通りで特に付け加えるような事実はなかった。

やがて安梨沙が言った。

「これ、ここで全部読むのは無理ですよね。美佐子さんのパソコンをお借りして、後で私がチェックしましょうか？　重要そうなところだけ抜き出して、プリントアウトしてきますよ」

美佐子とは仁木の長女の名である。事情があって安梨沙は今、美佐子の家に居候《いそうろう》しているのだ。

「そうしてくれるか？」

ほっとして、仁木は答えた。正直言ってディスプレイ上の文字はひどく読みにくく、眼がちかちかして辛くなっていたところだった。

「それじゃ、URLを書いておくわね」

早苗がメモにさらさらと書き写し、安梨沙に渡した。

「それはともかく」と仁木は言った。「我々に何ができるかが問題ですな。さしあたって危険なのはダニエルの身なわけですが……」

ちらりと視線を向けると、ダニエルは相変わらずテーブルの真ん中に陣取り、くわっと大口を開けてあくびをしていた。

「まさか、二十四時間見張っているわけにもいきませんしね」

「それをやるのが探偵の仕事なんじゃないですか。まさか猫の見張りはできないと言うんじゃないでしょうね」どこか剣呑《けんのん》な口調で和希は言った。「まあ、もし仁木さんがやりたくないと言うなら、僕がやってもいいですけどね」

「しかし早苗さんは若い女性だ。まさか私や君が泊まり込むわけにもいかないだろう？　君はそうしたいのかもしれないが」

仁木の言葉に、和希の頬がさっと赤くなった。やはり、かなりわかりやすい御仁《ごじん》である。

「あの、ごめんなさい」二人の会話に、早苗が柔らかく滑り込んできた。「別にそういうことをお願いしようと思ったわけじゃないんです。ただ、現実にこんなひどいことが起きて、そのためにすごく悲しんだりショックを受けている人がいるわけですよね。それで、このままだとまだまだ罪もない猫が殺されてしまうかもしれないわけです。それをどうにかして止める方法はないかと思って……あたし一人じゃ、どうにもならなくて」

「そういうことなら」熱意を込めて和希が言った。「僕だって力になれるわけですよね」

「それは……ええ。どうもありがとう」

「わかりました。それじゃ僕は、一度帰って考えてみます……僕に何ができるのか」

そう言ってジュースをひと息に飲み干し、本当に帰ってしまった。

「何というか……純な方ですな」

「ええ。いい人なんですけど……」

「けど？」

仁木が尋ねると、早苗はちょっと厳しい顔をした。

「お飾りだか何だか知らないけど、仕事をほったらかしちゃ、いけませんよね。いつも言っているんですけど」

確かに十代の少年のような振る舞いではある。

「早苗さんは今日はお休みだったんですよね？」

傍らから安梨沙が言った。

「ええ。水曜日は病院がお休みなのよ」

「でしたら、明日はまた一日お仕事ですか？」

「ええ、そうよ」

と早苗。

「家を空けているの、ご心配ですよね。次に狙われるのがダニエルくんじゃないっていう保証は、全然ありませんもの。見たところ、安全とは言えない状況ですし」

畳みかけるように安梨沙に言われ、早苗はにわかに不安そうな顔になった。

「お留守の間だけでも、私たちが監視しておきましょうか？　もちろん、ダニエルくんを集中的にお守りしますよ。もし不審者がやってきても、私たちが番をしていればきっと諦めるでしょうよ」

ここまで一気に押して、安梨沙はとどめに天使のような純粋無垢な笑みを浮かべた。

「日中だけのことだし、他ならぬ早苗さんのご依頼ですもの、調査費用の方はうんとおまけしますよ」

「それは……そうね」

これだものなあ、と仁木は内心で舌を巻く。

何をして欲しいのか何となく曖昧《あいまい》だった依頼内容を、見事な手際で具体的なものに変え、たちまちのうちにきちんとした契約に結びつけてしまった。それでいて、いささかも押しつけがましさを感じさせないのがすごい。外見からは想像もつかないが、実にあらゆる会社や販売業者が、涎《よだれ》を流して欲しがりそうな人材なのである。

「そうね、それなら安心して仕事ができるわ」

あっという間に安梨沙の術中にはまった早苗は、浮き浮きした口調で言った。舌を巻きつつ、そして半ば呆れつつ、仁木は心の中で助手に向かって両手を合わせた。

何と言っても目下、仁木探偵事務所が抱えている仕事はゼロなのである。事務所でぼんやりお茶を飲んでいるくらいなら、たとえいくらサービス価格にせよ付きっきりでダニエルを守っていた方が、現金収入になるだけ何百倍もマシなのだ。

しかしなあ、とは思う。よりによって猫の身辺警護だ。猫の身辺警護。何度も心の中でつぶやいていると、いよいよ情けなくなってくる。が、やはり背に腹は代えられない。

「どうぞお任せ下さい」と仁木は言った。「ダニエルくんはきっと守り抜いて見せます」

「はい。どうぞよろしくお願いしますね」早苗はとても感じの良い笑顔で言った。

「それでは、明日」

仁木と早苗は同時に言った。


だが、〈明日〉では遅かったのだ。

仁木の自宅に電話が入ったのは、真夜中のことだった。

「何事だ？」

寝ぼけ眼《まなこ》でつぶやきながら、受話器を取る。途端に、仁木が大いに怯《ひる》んだことに、涙声の女性が「仁木さんですか？」と言った。

「……美樹本早苗です。昼間お会いした……」

昼間、名刺を渡しておいたのだ。

「いったいどうしたんです」

驚いて、仁木は叫んだ。

「今、遠山先生のところです……無理を言って、時間外に診《み》ていただいているの……ダニエルの様子が変なんです。急に食べ物を戻してしまって、ひどく苦しそうで……きっと、何か変なものを食べさせられたんだわ。やっぱりダニエルがDだったのよ。ダニエルが死んじゃったら、私、どうすればいいの……」

そう言い終えると、早苗はわっとばかりに泣き出してしまった。

5

「——たいしたことなくて、ほんとに良かったですね」

安梨沙の言葉に、「まったくな」と仁木はうなずいた。

頭がぼうっとし、眼がしょぼしょぼしている。安梨沙に言わせれば、「ウサギのおめめみたいに真っ赤っか」だそうだ。

無理もない。眠いのだ。

昨夜、早苗からの電話をもらい、仁木は取るものもとりあえず、車を走らせて獣医のところへ向かった。幸い、場所はいたってわかりやすく、すぐに見つけることができた。住居兼用のような二階建ての建物だ。

二台分しかない駐車スペースにはすでに、赤い乗用車が停《と》まっていた。おそらく早苗のものだろう。その脇に、自分の車を無理矢理押し込み、待合室に飛び込んだ。そこはがらんとして、無人である。受付カウンターから顔を突っ込んで奥を覗《のぞ》いてみたが、そこにも誰もいない。傍らの机の上に置かれたパソコンのモニター画面には、猫の顔がぼうっと映《うつ》っていた。

スリッパを借りて待合室に入り込むと、どうやら診察室には人の気配があった。軽くノックをしてから入ると、泣きはらした顔をした早苗が、こちらを向いて立っていた。

『仁木さん……まあ、どうしましょう。まさか、来て下さるなんて』

今すぐ行くから、と言って場所まで聞き出したのに、動揺して忘れていたのか、早苗は素《す》っ頓狂《とんきょう》な声を上げた。彼女の腕の中では堂々たる体格の黒猫が、自由になろうともがいているところだった。

『ごめんなさい。ほんとにすみません』

早苗はひどく恐縮していた。確かにダニエルは、瀕死《ひんし》の重体にはとても見えなかった。

仁木が何か言う前に、早苗は決まり悪そうに告白した。

『あの、ただの……食べ過ぎ、みたいなの。私が早とちりしちゃったみたい』

『いやいや』さすがに少々力が抜けたものの、仁木はあくまでも穏やかに首を振った。『私が何ひとつできないでいるうちにダニエルくんを殺されてしまったんでは、頼っていただいた甲斐がないですからね』

『あの、あたし……ほんと言うと、心のどこかでうちのダニーは大丈夫だって思っていたの。すばしこいし、警戒心が強いし。それに掲示板を見てても、Dのつく子はいっぱいいるし、その中でうちの子が選ばれる理由はないって、思っていたんです。もちろん犯人のことは許せないし、死んじゃった猫ちゃんのことを思うと涙が出るけど、でもうちの子は大丈夫だって思っていたんです……何の根拠もなく。だから、ほんとにほんとのことを言うと、仁木さんにご相談するのもあまり、気が進まなかったんです。ただ、篠原さんがあまり熱心にすすめてくれるものだから……ごめんなさい』

『いや』仁木は首を振った。『なかなか、自分からすすんで探偵なんかに相談しようとは思わないものですよ。もう、調査もうち切りますか?』

『いえ、違うんです。さっきダニエルが具合悪そうにしているのを見たとき初めて、あたしの考えがいかに楽天的だったか思い知らされて……パニックになっちゃったんです。幸い、こうして無事だったけど、この先何があるかわかりませんし、お願いしておいて良かったって……そういうことなんです』

『しかしひどい話だ』

傍らでやり取りを聞いていた獣医が、ふいに割り込んできた。この男が、遠山だろう。思っていたよりは若い。三十代後半といったところか。怒りに燃える眼をして、彼は言った。

『可哀想に、この人が動転するのも無理もない話ですよ。話だけは聞いていましたが、悪質なことをする輩《やから》がいるものです』

『まったくだ』仁木もうなずいた。『ダニエルのことだって、これで安心するわけにもいきませんしね。さしあたっては見張りくらいしかできることがないが……』

『猫の身辺警護ねえ……』どこか小馬鹿にしたような表情で、遠山は言った。『だが、たとえダニエルを守ることができても、他のDがついた猫が殺されたんじゃ、何の意味もないでしょう』

『そうですね、ほんとにその通りだわ』早苗は恥じ入ったように顔を伏せた。『でもやっぱり私、ダニエルが殺されるなんて耐えられないんです……』

『別に美樹本さんを責めているわけじゃありませんよ』慌てたように遠山は遮った。それからことさらに仁木に向き直り、『しかし、いつまでやるおつもりですか。犯人が次にDを殺すのが、明日なのか一ヵ月後なのかは誰にもわからないじゃないですか。現実問題として、ずっとこの人を雇い続けるなんてこと、できないでしょう?』

『それは……』

仁木と早苗の声が重なった。遠山は容赦なく続けた。

『それにだ。Dが終わればひと安心というわけでもないでしょう? 何と言っても、美樹本さんの家にはEからKまで、あと七匹もの猫がいるんですから』

『……そんなに時間をかけるつもりはありませんよ』しばしの絶句の後、ようやく仁木は言った。『私がただ猫の身辺警護だけをするつもりだとお思いですか？ それだけなら、十の子供にだってできる。近いうちに必ず犯人を見つけ出して、こんなことは止めさせてやりますとも』

『そんなことができますかね？』仁木の勢いに、やや鼻白んだような遠山がそれでも懐疑的に言った。『しかし仁木さんと言いましたっけ？ いったいどうやって犯人を見つけ出すつもりなんです？ 被害者の話を聞こうにもアドレスを公開している人ばかりじゃないし、掲示板で情報を募《つの》ったところで、事実ばかりが集まるとは限らない。ネットの世界にはかなり悪質な人間も多いですからね。それに仁木さんが本当に探偵で実際に事件を捜査しているかどうかなんて、掲示板の発言を読んだだけじゃわからないですからね、メル友殺人なんてのも多発する時世だから、みんなプライバシーの保護には神経質になっているはずですよ。直接被害者に会って話を聞けるところまで行けるとは、とうてい思えないけどなあ……』

始めに早苗の話を聞いたとき、これは一度も船に乗ったことのない人間が、コンパスも海図も持たずに大海原に乗り出すようなものではないかという危惧はあった。猫だけ見張っていればよいという単純な問題ではないことも、わかっていた。

しかし、と仁木は思う。もう既に、この仕事は引き受けたのだ。一度引き受けたからには……。

仁木は眠たげだった眼をかっと見開き、こう宣言した。

『――どんなに難しかろうと、やってみせますとも……私なりのやり方でね。なぜなら……』

『なぜなら？』

どこか面白そうな顔になり、遠山が聞いた。仁木はあらん限りの威厳を込めて、言った。

『なぜなら、私は私立探偵なのだから』

「――とまあ、大見得《おおみえ》を切ったのはいいんだけどね」

真夜中とは打って代わって、いかにも気弱げな仁木であった。

車は指定時刻の五分前に、美樹本家の地所である雑木林の前に到着した。

「はい、これ」

降りようとする仁木に、安梨沙がずしりと重い紙袋を手渡した。

「なんだい、これは」

「昨夜、美佐子さんのパソコンをお借りして、問題の掲示板の発言をプリントアウトしたんです。大変だったんですよ、とにかく量が多いですから」

「それはご苦労だったね。どうもありがとう」

礼を言いつつ、憂鬱《ゆううつ》な思いで仁木は袋を受け取った。これを全部読まなければならないのか。いや、もちろん、パソコン画面で見るよりはずっとマシなのであるが……。

「お弁当とポットは車に置いたままでもいいですよね。今日はお天気がいいから、外で食べるのも悪くないわ。ちゃーんとレジャーシートも持ってきたんですよ」

浮き浮きと安梨沙は言った。完全にピクニック気分である。

車のドアをバタンと閉めて、鍵をかけていると、林の奥から猛烈なスピードで駆けてくる人影が見えた。

「早苗さんだわ。どうしたのかしら?」

安梨沙が小首を傾げた。みるみる近づいてくる早苗は、明らかに様子がおかしかった。

「大変なの、仁木さん」肩で息をしながら、早苗は叫んだ。「さっき、出かける前に少しだけって思ってネットに繋《つな》いだら……とにかく、すぐ来て下さい」

わけがわからぬまま、仁木と安梨沙は駆け出した。

戸締まりをして出かけるばかりになっている部屋の中で、パソコンのモニターがぼうっとした光を放っていた。そのとき仁木はなぜか、おや? と思った。

「見て下さい、これっ」

早苗が指差した発言を読み、仁木も顔色を変えた。

まず横書きの、タイトル文字が見えた。

『まさかうちの大五郎が……』

　そして本文が続く。

『ずっとこちらの掲示板を読ませていただいてて、アミちゃん、ボンちゃん、キャンディちゃんの事件を知りながら、それでもまだどこか他人事でした。もちろん、犯人を許せないという気持ち、亡くなった猫ちゃんを悼《いた》む気持ちはあったのですが、それでもまさかうちの大五郎が次の犠牲者になるなんてことは、まるっきり考えていませんでした。tokimamaさんやミカパパさんが次はDのつく猫ちゃんが危ないと警告して下さっていたにも拘《かか》わらず、呑気《のんき》にうちの子を外で遊ばせていたこと、激しく後悔しています。

　状況は他の三匹とまったく同じでした。何だか元気がないなあと思っていたら、突然、口から泡を吹いてけいれんし始めたのです。病院に連れて行く暇もなく、あっという間の出来事でした。間抜けなことに、死んでしまった後でこちらの書き込みに思い当たり、匂いを嗅《か》いでみると、刺激臭というのか、鼻を刺す嫌な匂いがしました。他の猫ちゃんたちと同様、殺虫剤か農薬をかけられ、毛繕いをして体をなめた為に、毒に冒《おか》されてしまったのでしょう。犯人が許せないです。憎いです。涙が止まりません。初めての書き込みがこんな内容で、本当に残念でたまりません』

　それに対する同情コメントが、すでにいくつもぶら下がっている。

　だがもうひとつ、すぐ下に別なタイトルがあった。

『知人のドナルドくんが犠牲に』

タイトルにあるようにこちらの発言者は当人ではなく、愛猫家仲間である。ドナルドの飼い主は、インターネットをやっていないらしい。その違いこそあれ、内容としては最初の発言とほぼ同じだった。

「この二つの発言があったのは、ほとんど同じ時間ですね」

安梨沙がつぶやく。いずれも深夜二時頃の発言だ。

仁木と安梨沙は顔を見合わせた。

「つまり……」仁木もつぶやくように言った。「Dがいっぺんに二匹、殺されたってことか」

しばしの沈黙があった。やがて、安梨沙が低いかすかな声でつぶやいた。

「……ディー、ダブル、デッド」

6

「——Dがダブルで、死んだ、か……」

仁木は顔をしかめてつぶやいた。まるで悪趣味な、言葉遊びである。

ここは大丈夫だから、自分たちに任せて仕事に行くよう、早苗を説得するのは一苦労だった。彼女は林の中で何度も何度も振り返りながら出かけて行った。彼女の勤める薬局は、ごく近いところにあるという。昼休みには様子を見に戻ると言っていた。

「……なぜ犯人は、今回に限って一度に二匹も殺したのかしら？」

ウッドデッキに腰かけて、足をぶらぶらさせながら安梨沙は言った。その膝の上には、白地に黒とグレイの、まだら猫がいた。イヴである。急遽《きゅうきょ》警護対象に加えられたこの猫は、己の置かれた立場も知らず、心地よげに喉を鳴らしている。

だが、ダニエルだってうかうかと警護対象から外してしまうわけにはいかなかった。彼が三匹目のDになる可能性だって、まるきりゼロとは言えないのだから。

そのダニエルは、リビングのテーブルの上に悠然と丸くなっている。時折それを窓越しに確認しつつ、仁木は言った。

「模倣犯、かもしれないな」

そういう輩はどこにでも必ずいる。近所で放火が多発すれば、便乗してやろうという人間がどこからかわいて出てくる。まるでボーフラのように。通り魔だってそうだ。動物虐待だって同じこと。矢ガモだ針金犬だと大騒ぎしてテレビで流すから、真似《まね》してやろうという人間が跡を絶たない。

「最低最悪の、下衆《げす》だな」

吐き捨てるような仁木の言葉に、安梨沙は不安そうな面もちを見せた。

「もしそうだとすると、捜査はますます大変なことになりますね」

仁木はまるで目の前の蝿でも追い払うように、掌を振った。何か思い出さなければならないことがあるような気がして、ならなかった。

「ねえ、所長。早苗さんって、〈にゃんパラ〉ではかなりの有名人だったんですね」

プリントした用紙をぱらぱらとめくりながら、安梨沙は言った。

「そうなのかい？」

「ええ。個人で十匹以上も飼っている人なんて、さすがに他にはいませんし、彼女のコメントってすごく親切で丁寧《ていねい》で優しいんです。だから早苗さんに名指《なざ》しで発言する人も多くて。人柄ですよね。ネット上だと人格が豹変する人もいるらしいですけど、早苗さんの場合はご本人そのままだわ」

「なるほどねえ」

と仁木はつぶやく。それは少しでも早苗を知っていれば、いたって納得のいく話だ。

何となく視線を感じて顔を上げると、ガラス窓の向こうで茶虎のケネスが、こちらをしげしげと見つめていた。

そのとき、唐突にある光景が頭に浮かんだ。薄暗がりの中で、ぼうっと光るモニター画面。そこに表示されている、猫の顔。写真だったたか？　いや、イラストだ。早苗のパソコンで、昨日も今朝も、眼にしたものだ。

が、まったく同じものを、他の場所でも見やしなかっただろうか？

「安梨沙」仁木は言った。「すまないが、少しの間ここを一人で見張っていてもらえないかい」

「それはもちろんかまいませんが、どちらへ行かれるんですか？」

「……遠山犬猫病院だよ」

言い置いて、せっかちな仁木はもう歩き出していた。

深夜に見たとき、その〈遠山犬猫病院〉という文字は、さながら台風の海の灯台のように頼もしい光を放っていた。が、昼間になって明るい陽のもとで見てみると、古いすすけた看板に過ぎなかった。割れたプラスチックの隙間から入り込んだのか、羽虫の死骸で下の方が澱《おり》のように黒ずんでいる。

ドアには〈休診中〉の札が下がっていた。インタホンのボタンを押すが、応答がない。念のため、もう一度押してみると、今度は眠そうな男の声が応じた。

「何だい。今日は休みだよ。少し遠いが、米田さんとこなら開いているはずだ」

「すみません、昨夜……と言いますか今朝早くと言いますか、こちらにお邪魔した仁木と申します。美樹本早苗さんの件で、お話を伺《うかが》いたいことがあって」

早口にそう告げると、しばらく沈黙があった。それからふいに、ドアが開いた。

「今度はあなたですか」

大あくびをしながら、遠山は言った。まだよれよれのパジャマ姿である。今朝は寝坊を決め込むつもりであったらしい。

「今度は、とは？」

聞きとがめて、仁木は尋ねた。

「ま、とりあえず入ってよ。何も出ないけど」

パジャマのままで玄関先に立っているのはさすがに体裁が悪いのだろう。そそくさと待合室に招じ入れられた。

「その辺に坐って」

ソファを適当にすすめられた。礼を言って腰かける。

「お休みのところをお邪魔して、本当に申し訳ありません。ひとつ、確認しておきたいことがありまして」

「だから、なに」

「にゃんパラ、と呼ばれるインターネットの掲示板のことです。あなたはあれに、出入りなさっていますね」

真夜中にこの病院に駆け込んで、受付から奥を覗いたときのことだ。そこにあるモニター画面に猫のイラストが映っていた。どこかで見たような、と思ったきり忘れていた。今思えばあれは間違いなく、にゃんパラのトップページである。

もちろん、遠山が問題の掲示板を見ていたから直ちにどうだ、ということではない。獣医が犬や猫の掲示板に出入りしたって何の不思議もない。もしそれまで見たことがなくても、インターネットをやっていて一連の事件を知れば、ちょっと覗いてみようという気になるだろう。

だがその場合、「あの掲示板ならいつも見ている」もしくは、「早苗さんの話を聞いて初めて見てみた」のいずれかを口にする方が自然だ。少なくとも、あのときの会話の流れでは。なのに、「見た」とはひと言も言わなかった。

仁木が気になったのは、そのことである。何か隠していることがあって、敢えて口を噤《つぐ》んだとしか、思えなかった。しかも問題の書き込みがあった時刻は、仁木と早苗が病院を後にした直後のことだ。

しかしいかにも薄弱な根拠ではある。どう切り出したものかと仁木が顔をしかめたとき、ふいに相手は決まり悪げな表情を浮かべてぼさぼさの頭を掻《か》いた。

「いや、だからさ。あれは美樹本さんの為を思ってやったことですよ」

「は？」

と問い返したいところを、仁木はかろうじてこらえた。幸い相手は仁木の様子には気づかず、一人しゃべり続けている。

「後で見てさ、まずいなあとは思ったんですよ。Dがダブってましたもんね。ドナルドっていうのはお馴染《なじ》みさんの犬の名前を借りたんですよね、でも犬っつうより猫っつうより、やっぱアヒルみたいですよね」

「つまり……」仁木はようやく事態を悟った。「あなたが発言したドナルドの事件は、まったくの作り話だったんですね……なぜまたそんなことを」

遠山はちょっと照れ臭げにまた頭を掻いた。

「だから、美樹本さんの為だって言ってるじゃないですか。彼女、ダニエルのことが心配で夜も眠れないなんて泣いてたんですよ、あの涙を見て知らんぷりするなんて、そりゃできないでしょう」

「しかし問題の解決にはなっていないだろう。現に大五郎は殺されている」

「ああ、それはね、タイミングが悪かったんですよ。こっちが書き込むのがもう少し早ければ、おそらく大五郎は助かっていた。ああいう偏執狂じみた奴は、とかく順番にこだわりますからね。Dが先を越されたとなれば、お次のEに行きますよ、きっと」

そういうものなのかもしれない、とは思う。

「だが、それでも早苗さんは安心できんだろう。何しろあと七匹も控えている……そう言ったのは、あなたでしょう」

「そう、そこなんですよね、問題は」ソファにべとりと寄りかかりながら、遠山は首を傾げた。「何しろハナからしくじっているしなあ、犯人がこの先を続ける気なのかどうかもわからないし、下手をすりゃ、こっちが美樹本さんを余計に怯《おび》えさせることになるし。難しいところですよねえ」

「ちょっと待ってください」驚いて、仁木は遮った。「あなたはこの先、E、F、Gと架空の事件をでっちあげるつもりだったんですか?」

「そう、さっさとKまでの発言を済ませちまうってのも、ひとつの手段ではありますよね」

「しかしそれじゃ、L以降の猫たちが犠牲になることになる」

いわば、犠牲の先送りだ。

「そこなんですけどね、仁木さん」遠山はふいに体をしゃきっとさせた。「AからDのあの猫たちは、本当に殺されたんだと思いますか?　確かにあの発言で書いてあったようなやり方をすれば、毒餌を撒《ま》いたりするのとは違って、特定の猫を殺すことはできるでしょう。けど、俺には一連の事件そのものが、作り話なんじゃないかって気がしてならないんですよ」

一瞬の間を置いて、仁木は尋ねた。

「その根拠は?」

「ひとつには、ドナルドが死んでいないってこと。もうひとつは、ワイドショーがこの件に関しては沈黙してるってこと」

仁木は思わず苦笑したが、相手はにこりともしなかった。

「真面目《まじめ》に言っているんですよ。ワイドショーは大好きですからね、動物虐待ネタ。現に今みたいに大した事件も起こっていない時には、格好の穴埋めになりますよ、猫のABC殺人事件なんて。なのにまったく取り上げていないってことは、裏がとれなかったからとしか考えられないでしょう」

「あまり説得力はないようだが……」

今度は遠山が苦笑した。

「そうですか。まあ、そうかもしれません。でも、現実問題として考えてみてください。犯人はいったいどうやって、猫の名前なんて情報を仕入れたんですか？　二十三区内で、しかも飼い主がにゃんパラを見ていて、しかも頭文字がAだのBだのっていう条件の猫を、どうやって見つけ出すって言うんですか」

「何も犯人が掲示板を見ているとは限らないでしょう」

「いいや、見ていますよ。いくら近年、ネット人口が増大したからって、ABCDの飼い主全部が同じ掲示板で発言するなんて都合のいいこと、そうそう起こるわけがない」

「そうか……つまり犯人は、掲示板で猫の名を調べて……」

仁木が言いかけたのを、遠山はあっさりと遮った。

「水を差すようだが、AからDまで、一度も発言したことのない人ばかりですよ。そんなの、たとえ警察の権限をもってしても、把握《はあく》できないでしょう。いいですか？　これはね、どだい無理な犯罪なんですよ」

「しかし、四匹の猫が殺されていないという証拠はない」

「しかし、さっきも言ったように、少なくともドナルドは殺されていない。他の四匹が殺されたっていう証拠もない……それどころか、最初から存在すらしていないかもしれない」

仁木は長い間黙りこくっていた。

「……確かに」やがて、仁木は言った。「あなたの言うとおりかもしれない」

ネットの匿名《とくめい》性というやつだ。匿名がまかり通るなら、架空の事件だって、架空の猫とその飼い主だって、大手を振って存在できるだろう。何よりそう考えれば、すべてはすっきりする。その可能性にまったく思い至らなかった自分に、舌打ちしたい気分だった。

だがいったい誰が何のために？　という疑問は残る。

「狼少年型の愉快犯、といったところなんでしょうかね」

仁木が思いついたことを口にすると、遠山は妙に確信ありげに首を振った。

「犯人にはもっとはっきりとした目的がありますよ。明確なターゲットがね。考えてもみてください。なぜABCなんです？　今までにも、この後も、掲示板上で猫殺しが報告されるたびに、次は自分ちの猫の番かと死ぬほど震え上がるのは、いったい誰ですか？　それが延々とKまで続くのは？　今回の件で一番ダメージを受けているのは誰ですか？　探偵なんてものを雇おうとまで思い詰めるのは？」

「しかし……」と言いかけて、仁木は言葉に詰まった。「彼女とは会ったばかりだが、人からそんな風に憎まれるタイプだとはとうてい……」

だが、仁木は自分で自分の言葉に反駁《はんばく》していた。一方で人気者がいれば、必ず他方にはそれをねたむ者が存在する……いやな話だが、それが世の常ではないか？

「憎むどころか」腹立たしげに遠山は言った。「その反対だって考えられるでしょう」

かわいさあまって憎さ百倍、ということか。

「呆れるじゃないか？　あいつは俺が獣医という立場を利用して、彼女と接近するためにやったんだろうとぬかしやがったんだ。俺に言わせりゃ、あいつこそ不安に苛《さいな》まれるお姫様のもとに、白馬に乗って駆けつけたい口なんだろうよ」

「あいつ？」

仁木は首を傾げた。

「なんて言ったっけな、あの坊や。彼女、事件のことで俺に相談したと言ったんだって？　おおかたそれで頭に血が上ったんだな。朝一番でやってきたよ、まったくお暇なことで」

仁木にはもうわかっていた。

藤森和希は仁木よりも一足早く、この遠山犬猫病院にやってきていたのである。

いくらか混乱しながらも、仁木はひとまず安梨沙のもとに引き返すことにした。

「あ、所長。お帰りなさい」

雑木林の小道を歩いていくと、安梨沙が弾んだ声を上げた。

「私、ちゃーんと猫ちゃんたちを守っていました。それでね、つい今しがたまでここに、お客さんがいらしていたんですよ。誰だと思います？」

仁木は思わずため息をついた。

「もしかして、藤森和希くん、かい？」

「よくおわかりですね」

安梨沙は目を丸くした。

「ことによると安梨沙、君は本当に猫たちの安全を守ったのかもしれないよ」

遠山は、すべては架空の事件であろうと言っていた。しかしそれだって絶対ではない。また、仮に今までは架空だったとしても、そもそもの狙いが早苗にあったのだとすれば、今度こそ本当に猫が殺されることだって、ないとは言えない。

むろん、姫君はさぞかし嘆き悲しむことだろう。しかし相対的に、ナイトの登場はより重厚かつ華やかなものになることだろう。

そしてむろん、藤森和希はまったくの無実で、純粋な義侠心からの行動ということも、同じ程度の可能性として考えられる。

いずれにしてもすべては想像であり推測でしかない。

仁木から話を聞いて、安梨沙は形の良い眉を寄せた。

「私はその遠山先生にお会いしていないからなんとも言えませんが……でも、和希さんがそういうことをやる人だとは、とても思えないわ」

「しかし、予断は禁物だよ」

たしなめるように、仁木は言った。

「ええ、もちろんです。でも遠山先生がおっしゃっているのは彼の一方的な意見で、それこそひょっとしたら、和希さんの言うとおり遠山先生の仕業かもしれないでしょ？　飼い猫に何か心配事があれば、真っ先に獣医さんに相談するのはとても自然なことだわ」

「それはまあ、そうなんだがね」

仁木はデッキの上にきちんと重ねられた、用紙の束を取り上げてざっと目を通してみた。

「AからDの被害者……いや、被害猫の飼い主の発言が、仮に全部一人の人間によるものだとすれば、そいつは相当な暇人にちがいないと思わないかい？　ドナルドは省《はぶ》くにしても、四匹の猫の特徴だの思い出だの殺されたそれぞれの状況だの、リアルで細かな設定をあらかじめ作って、それぞれがまったくの別人に見えるように文章も変えて、その後山のようにくる慰めの発言に、いちいち丁寧な返事を書いたりしてさ。遠山は地元でも評判の獣医だ。彼に、果たしてそんな時間があるだろうか？」

どう考えても、そんな暇がありそうなのは遠山ではなく和希の方だ。

安梨沙はふいに、「ちょっと貸してください」と仁木から紙の束を取り上げた。そして数枚をめくってから、勝ち誇ったような声を上げた。

「ほら、見て下さい、所長。この、キャンディちゃんの飼い主の発言。これって、昨日の四時頃のものですよ」

「昨日？」仁木は眉根を寄せて考え込んだ。そのときには仁木、安梨沙、早苗はもう、美樹本邸に移動していた。おそらく、〈にゃんパラ〉の実物を見せてもらっている真っ最中だろう。そしてその場には……。

「確かに和希氏もいたな」

しぶしぶ、仁木は認めた。これでアリバイ成立、ということになる。

考えてみれば安梨沙の言うように、和希には今回の事件の犯人像が、いかにも似合わなかった。ＡＢＣ殺人事件に猫を引っかけるような、ある種優雅でかつ悪趣味な洒落《しゃれ》っ気が、和希にあるようには見えなかった。そして同じことは、獣医の遠山にも言える。

もっと別の角度から見てみればどうだろう？　早苗の周辺に、事件の犯人にふさわしい人物は、いやしなかったか？

唐突に、仁木の脳裏にまったく別な人たちの影がちらついた。バラの名前をアルファベットに当てはめて楽しむような、知的で優雅で暇を持てあました人種。中でも、生真面目そのものの仁木に、わざわざ品のない冗談を口にして相手の反応を楽しむような悪癖の持ち主が一人、いやしなかっただろうか？

仁木は携帯電話を取り出し、以前にちょっとした件で顧客になってくれたミセス・ハートの番号を指で辿った。幸い、彼女は在宅していた。

「つかぬことをうかがいますが」そう前置きして、仁木は尋ねた。「昨日のバラの名前のゲーム、発案者はどなただったんですか？」

思いがけない質問に戸惑《とまど》いながらも、ミセス・ハートは愛想良く答えてくれた。

「ああ、あれでしたら、大谷さんです。あの方、バラがとてもお好きなんですって」

やはり、と仁木は一人うなずいた。

——真犯人はおそらく、ミセス・ダイヤだ。

7

「——なぜ、あんな真似をなさったんですか？」

ごく単刀直入に、仁木は尋ねた。

あまり時間はなかった。早苗が昼休みで自宅にいる間に、できれば片づけてしまいたかった。

幸い、ミセス・ダイヤの家はごく近いところにあった。バラが好きなだけあって、門の両脇にはポール仕立ての、家の壁には壁面仕立ての、それぞれ見事なつるバラが華やかな色彩と芳香をまき散らしていた。

つるバラのアーチをくぐってインタホンを押すと、すぐに応答があった。姓名を告げると、ひどく意外そうな、しかし事態を面白がっているような反応が返ってきた。

「どうぞお入りになって。安梨沙さんも」

ドアを開けてくれたミセス・ダイヤは、仁木の腕を引かんばかりに愛想が良い。そしてその顔に浮かんだ笑顔は、仁木がいきなり質問の刃を突きつけても、まるで変わらなかった。

「……何のことをおっしゃっているのかしら？」

にこやかに、ミセス・ダイヤは聞き返した。

おそらく、彼女は知っているのだ。仁木が何ひとつ、証拠を握っていないということを。

ならば、根気よく事実を積み上げていくしかない。

「あなたは実はパソコンにお詳しいそうじゃないですか。ご自宅のバラに関するホームページまでお持ちだとか」

ミセス・ハートから聞いたことだ。

「まあね」ミセス・ダイヤは薄く微笑んだ。「和希に習ったのよ。別にひけらかすようなことじゃないでしょ」

「そしてあなたは弟さん思いで有名だ……その和希くんは、早苗さんに恋い焦がれている」

「ええ、そうよ。可哀想にね。なのに早苗さんたら、猫にばかりうつつを抜かして。和希よりも猫なんかの方がいいなんて！」

憤慨するミセス・ダイヤに、仁木は厳しい面もちで言った。

「だからお灸《きゅう》を据えてやる必要があると、お考えになったわけですか？」

「ああら、なぜ私がそんなことを？」ミセス・ダイヤは大げさに眼を見開いた。「早苗さんは、ま、言ってみれば可哀想な孤児でしょ、ちょっとばかしとうの立った。それにあの通り素直だし、邪心なんてこれっぽっちもないし。私、あの人のこと、大好きなのよ……彼女なら義理の妹になっても、きっとうまくやっていけると思うの。だから今度のことでは和希のお尻を叩《たた》きはしましたがね。昨日のお話を伺った後で……あなたの好きな早苗さんが、とても困った羽目になっているのよって」

「失礼だが、和希氏はもういい年をした大人の男性でしょう。お姉さんの出る幕ではないような気がしますがね」

ミセス・ダイヤの顔から、初めて笑みが消えた。

「本当に失礼だわ。姉が弟の心配をして、なぜいけませんの？　夫婦は離婚したら赤の他人だけど、家族はそうはいかないわ。姉弟は死ぬまでずっと、姉弟なんですからね。家族って、そういうものでしょう？」

「……そうかもしれませんな」

素っ気なく話を打ち切って、仁木は傍らの助手を振り返った。

「もう失礼しようか、安梨沙。長居は無用だよ」

安梨沙も、そしてミセス・ダイヤも何か言いたげな顔をしたが、結局二人とも何も言わなかった。

帰ろうとする探偵とその助手を、ミセス・ダイヤはあのうっすらとした笑いを浮かべて見送っていた。


「――もう少し粘っていれば、犯行を認めてくれたかもしれないのに」

バラのアーチを後にして車に乗り込むと、安梨沙が不服そうに言った。

「それは、時間の無駄と言うものだよ」

穏やかに、仁木は言った。

仁木は安梨沙の倍以上も生きていて、この可愛らしい助手よりはずっと人生経験も積んでいる。

だから、彼にはわかっていた。

世の中のある種の人間は――とりわけある種の女性は、たとえ地獄の閻魔《えんま》大王の前でだろうが、平然と嘘《うそ》をつき通すことができるのだ、と。

彼女は死んでも本当のことは言わないだろう。が、仁木にばれてしまったと知った以上、掲示板を使った悪ふざけをさらに重ねるとは思えない。彼女はそれほど愚かでも悪辣《あくらつ》でもない。

ただの平凡で善良な——というのもおかしな表現だが——有閑マダムなのだ。

「私、知っているわ」車が走り出したとき、無邪気な声で安梨沙は言った。「所長は、あの人がとても苦手なんですよね」

いつもながら、安梨沙は正しかった。

要するに、仁木はひどく居心地の悪い場所から、さっさと逃げ出したかったのである。

8

美樹本邸に戻る途中、自転車に乗った一人の男とすれ違った。きちんと背広を着込んでネクタイまで締めているので、とっさにはわからなかったが、なんと獣医の遠山であった。彼は車の中の仁木には気づかず、どこかひたむきな調子で自転車のペダルを漕《こ》ぎ続けていた。

小道を抜けていくと、ポーチのところに顔を真っ赤にした早苗が立っていた。バラ色に染まった頬を両手で覆い、まるで十代の少女みたいにも見える。

「仁木さん！」初めて逆上がりができたことを母親に報告する子供のような声で、早苗は言った。「今ね、今……遠山先生にプロポーズされてしまったの。あなたと、あなたの家族である猫たちと、みんなひっくるめて守って上げるからって。ああ、どうしたらいいのかしら？」

後半はほとんど独り言である。

「それは……」何と答えるべきか言葉を選びかねて、結局仁木はきわめて散文的なことを口にした。「それはそうと、お仕事の方はいいんですか？　そろそろ昼休みも終わるのでは……」

「まあ大変」

腕時計を見て、慌てたように早苗は叫んだ。そして、「どうしましょう、どうしましょう」とつぶやきながら、雑木林の小道を駆けていってしまった。

「……でも、答えはもう出ているのね」にっこり笑って、安梨沙が言った。「早苗さん、とっても嬉しそうなお顔だったわ」

「思えば、事件のことを早苗さんは、他の誰よりも先にあの先生に相談していたんだっけな」仁木は複雑な思いで、早苗の後ろ姿を見送った。「和希氏には気の毒だが、最初から勝負は決まっていたってわけだ。しかしまあ、それもまた……」

「ディスティニィ——運命、ですね」

終いを引き取って、安梨沙はまた、にこりと笑った。

〈了〉

THE "ABC" MURDERS

連鎖する数字

貫井徳郎

貫井徳郎
ぬくい・とくろう

一九六八年東京都渋谷区生まれ。早稲田大学商学部卒業。不動産会社勤務の後、一九九二年退社。一九九三年に第四回鮎川哲也賞の候補作となった『慟哭』が、受賞は逸したものの予選委員であった北村薫氏の目にとまり、強い推薦を受けて刊行、作家デビューをする。

主な著作

『慟哭』創元推理文庫
『烙印』東京創元社
『失踪症候群』双葉文庫
『天使の屍』角川文庫
『修羅の終わり』講談社文庫
『崩れる』集英社文庫
『誘拐症候群』双葉社
『鬼流殺生祭』講談社ノベルス
『光と影の誘惑』集英社
『転生』幻冬舎
『プリズム』実業之日本社
『妖奇切断譜』講談社ノベルス
『迷宮遡行』新潮文庫
『神のふたつの貌』文藝春秋

1

駄目だろうなぁ。堀田雅史《ほったまさし》はビルを出ると、小さく呟《つぶや》きながら天を仰《あお》いだ。オーディションの結果は、これまで何度も不合格を繰り返すうちに予想ができるようになった。以前に一度、雅史の直前に審査を受けて合格した人がいた。横でその様子を眺めていた雅史は、プロデューサーやディレクターの目の色がはっきり違うのを見て取った。こいつ、アピールしてるなぁ。そのときはただそんなふうに思っただけだったが、いざ自分の順番が回ってきたときに、前の人が合格したことを知った。居並ぶプロデューサーたちは、明らかにどうでもいい態度で雅史に質問をぶつけてきたからだ。スタッフは気に入った人材を見つけた。だからもう、これ以上オーディションを続ける必要はないのだ。熱意の失せた顔がいくつも並ぶ前で、考えてきたアピールトークをするのは空しかった。あのときの白々とした雰囲気は、未だに忘れられない。

あんな経験を経たせいで、プロデューサーたちの顔色が読めるようになってしまった。合格者を前にしたとき、彼らの目は輝くのだ。それなのに今日、彼らは雅史の演技を見てもまったく表情を変えなかった。結果が出るのは三日後だが、雅史にとってはもう聞くまでもなかった。

思わず深くため息をつきそうになったが、口から息が漏れるより先に音だけが耳に届いた。音の聞こえた方に目をやると、雅史と同じくらいの年格好の女の子がうなだれている。その顔には見憶《みおぼ》えがあった。オーディションを受ける者たちが集まる控え室に、確かこの女の子もいたはずだった。

女の子は丸顔にショートカットがよく似合う、キュートな雰囲気だった。学校にこんな子がいたらさぞや目立つだろうと思うが、オーディション会場ではまったく存在感がなかった。この子程度の容姿の女性は、酷な言い方だが掃いて捨てるほどいるのだ。ただかわいいだけではなく、プラスアルファの個性がなければいけない。極端な話、インパクトがあれば顔立ちが整っていなくてもいいのだ。たぶんあの子も駄目だな。雅史は同病相憐《あいあわ》れむ心境でそう考えた。

当人もそれは察しているらしく、だから俯《うつむ》いてため息をついていたのだろう。その横顔があまりに元気なく見えたので、雅史はつい声をかけてしまった。

「駄目そう？」

女の子は驚いたように顔を上げたが、雅史に見憶えがあったのかすぐに言葉の意味を察した。「うん」と答えて、悔しそうに唇を噛《か》む。かわいいのになぁと、この世界の門の狭さに雅史は気持ちがめげる。

「たぶん、おれも駄目。けっこうがんばれたと思うんだけどね」

「あたしも」

女の子は悔しさが込《こ》み上げてきたのか、目許《めもと》を険《けわ》しくさせた。おっ、いいじゃない。こんな顔をすればきっとアピールできたろうに、たぶんプロデューサーの前ではひたすらにこにこしてたんだろうな。だから雅史は、相手の顔を覗《のぞ》き込んで頼んだ。

「ねえ、ちょっと笑ってみてよ」

「なんで」

女の子はますます眉《まゆ》を顰《ひそ》める。顔立ちはかわいい感じでも、けっこう気が強いようだ。まあ、そうでなければ女優など目指すわけがないが。

「怒った顔の方が個性あるよ。キミ、オーディションの間ずっと笑ってたでしょ」

「えっ」

思いがけない指摘だったらしく、女の子はぽかんとした顔をする。それもまたキュートだった。

「今度はさ、やたら愛想《あいそう》振りまかない方がかえって目立つよ。やってみ」

「そんなこと言ったって、それで落ちたらどうしてくれるのよ」

「目立った方が勝ちっしょ」

「そうだけどさ」

「ねえ、名前なんつーの?」

「……マリ。あなたは?」

「雅史。ねえ、駅前にマックがあったでしょ。お茶でも飲まない?」

大学生だったらもっと気の利いたところに誘えるのだろうが、まだ高校在学中の雅史にはファーストフード店がせいぜいだった。それでもマリという女の子も高校生にしか見えないのだから、背伸びしても仕方がない。断られないだろうと思っていたら、案の定マリはあっさり「いいよ」と応じた。

たらたらと歩いて駅前に戻り、コーラのSをふたつ注文した。奢《おご》ってあげるつもりだったが、マリは自分の代金をきっちり払った。いい子だな。そう雅史は感じた。奢られて当然という顔をしている女の子は、あまり好きじゃない。

禁煙席が空いていたので、テーブルを挟《はさ》んで向かい合った。マリは憤然とストローを口に含み、一気に半分ばかり飲み干す。そしてふーと息をつくと、「腹立つなぁ」と慨嘆した。

「いけると思ったのよ。今度のキャラは丸顔をイメージしてるって噂《うわさ》聞いてたからさ。あたし、ほら、このとおり丸顔でしょ。もう少し面長だったらいいのになぁっていつも思ってたんだけど、今回はやったなって感じだったのよ」

今日のオーディションは、来年一月から始まる子供向け特撮番組の主演五人組を選ぶためのものだった。子供向けの特撮番組などというと敷居が低そうだが、実際はぜんぜんそんなことなどない。うんざりするほどの人数が集まり、果たしてスタッフはひとりひとりの見分けがつくのだろうかと不安になるほどだった。

「あれだけ人数が多いと、ほとんど第一印象で決まるよな。演技がよほど下手じゃなけりゃ、見た目で決まるんだ、きっと。落ちたって、別におれたちが認められなかったわけじゃないよ。向こうが持ってるイメージに合わなかっただけなんだ」

雅史が言い切ると、マリは面白がってるような気配を目に滲《にじ》ませた。

「ふーん。楽天的だねぇ。羨《うらや》ましい」

よく言われることだった。それも初対面の人に。これも演技だと知らないからこそ、そんな言葉が出てくるのだ。雅史は内心でため息をつく。おれほど悲観的な人間は他にいないのじゃないかと、実は密《ひそ》かに考えているのに。

「引きずってもしょうがないじゃん。プロデューサーに見る目がなかったんだって思った方が、精神衛生にいいよ」

「いいなー。キミ、オーディション向きだよ」

「何度落ちても平気だから？」

そう答えて、マリと一緒に笑った。その笑顔を見て、いいないいなと雅史は思う。むっとしていた方が個性が出るけど、やっぱり笑ってるときがずっとかわいい。充分魅力的だよと言ってあげたかったが、まだそれは馴《な》れ馴れしすぎると思ってやめた。

なんとなく雰囲気がほぐれたので、互いに改めて自己紹介をした。それによるとマリは、やはり高校生だそうだ。高校一年と言うから、雅史のふたつ下だ。同じくらいと思っていたから、少し雅史は驚く。童顔の割には雰囲気が大人びているのだと、いまさら気づいた。

マリは母親がミーハーで、幼稚園の頃から子役をやっていたそうだ。最初は面倒臭くて仕方なかったが、小学校の高学年になった頃から他人に見られることが快感になったという。それからきちんと演技を勉強し始め、オーディションは大きなものから小さなものまで、贅《ぜい》沢《たく》を言わず片っ端から受けている。それでも役を得たことはまだ数えるほどで、しかもすべて端役《はやく》ばかりだったと、マリは悔しげに言った。

「キミは？」

マリは自分のことを語り終えてから、水を向けてきた。雅史は正直に答える。

運動神経がいいわけではなく、勉強もできず、自分には何も取り柄がなかった。でも平凡なその他大勢のひとりでいるのがどうしてもいやで、目立つためには何ができるかと必死に考えた。考えた末に、俳優になろうと決心した。顔立ちが特別整っているわけではないが、身長だけは高い。個性さえ前面に押し出せれば、充分にやっていけるんじゃないかと判断した。

「もちろん、そんな甘くはなかったけどね」

雅史は自嘲気味につけ加える。そう、学校を飛び出して芸能界に居場所を移しても、その他大勢であることには変わりなかったのだ。おれだけを特別に認めてくれる世界など、この地球上のどこにもないのかもしれない。そう考えると、人生がこれから数十年も続くことに絶望したくなる。今この場で死んだってかまわないと思えてくる。

「甘くないよねー。ホント、甘くない。何が足りないんだろうって考えると、気が狂いそうになるよ」

マリはかわいらしく口を尖《とが》らせ、そんなことを言う。たぶん、燻《くすぶ》っている俳優の卵なら誰もが悩むことだ。昔はそんなこともあったと振り返る日など、永久に来ない気がする。

「このオーディション駄目だったら、一緒に死んじゃおうか」

明るい口調で、雅史は持ちかけた。マリはそれを冗談と受け止めて、はっはっはと声を上げて笑う。

「やーん、それ、心中ってヤツ？　会ったばっかの人と心中なんてできないし、それにあたしまだ死にたくないよ」

「駄目かー。おれマリちゃんと一緒だったら死んでもいいのに」

「何それー。口説いてるつもり?」

　大声で笑ったせいで、マリの気分はずいぶん晴れたようだった。それに引きずられて、雅史もマリとこうして向かい合っているのが楽しくなる。その後はオーディションのことを忘れ、たわいもない無駄話に興じた。一時間も話すと、互いに気が合うことを認めた。携帯電話の番号を交換し、また会おうねと約束して別れた。

　長話をしていたせいで、すっかり遅くなってしまった。オーディション自体が長引いていたこともあり、すでに日は暮れている。自宅の最寄り駅で電車を降り、路上駐輪していた自転車で家を目指した。

　いつもなら、この帰路は気分が重かった。また平凡な日々へと戻っていく自分が情けなくて仕方ないからだ。だが今日は、マリという傷を舐《な》め合う仲間を見つけたせいで、少しはましだった。今度落ちたときは、またマリを呼び出して愚痴をこぼそうと考える。その勢いでマリと付き合えるようになったら最高だな、などと下心も湧いていた。

　ブランコと滑り台と砂場しかない小さな公園の脇を通ったときだった。公園内に子供の姿はもちろんなく、白々とした街灯だけが遊具を照らしていた。道路との境には、銀杏《いちょう》の木が何本か植わっている。まだ夏だから大丈夫だが、秋になるとこの道は落ちたギンナンの臭《にお》いが充満して臭くてならないのだ。それが記憶に染《し》みついているせいで、雅史はいつもこの道は全速力で駆け抜ける。

今日も雅史は、一心にペダルを漕《こ》いでいた。前方に人がいないことだけを確かめ、ただ真っ直ぐに進む。左右に気を配る必要など、まったく感じなかった。

それが、雅史の命取りとなった。不意に銀杏の木の陰から現れた人影が、棒状の物を思い切り振り回した。雅史はその攻撃をまともに額に受け、後頭部から地面に落ちた。網膜に映《うつ》った夜空が、雅史の認知した最後の映像だった。

2

「すみません、お忙しいところ」

出迎えてくれた吉祥院《きっしょういん》先輩に、ぼくは一応恐縮して詫びた。月末だから小説雑誌の締め切りがあるだろうに、先輩は仕事をほったらかしてぼくを呼んだ。たぶん先輩の担当編集者は、やきもきしながら原稿を待つことになるだろう。気の毒だったが、恨むなら月末に人殺しなんてした犯人を恨んでくれ。

「なんのなんの桂島《かつらじま》ちゃん。キミのためなら万難を排して時間を作りますよ」

猫なで声で先輩は言う。ちなみに説明すると、先輩のこんな口調はごくごく珍しい。ふだんはぼくのことを奴隷以下、犬以下猫以下ミミズ以下に扱うのだから、気持ち悪いことこの上ない。調子が狂って仕方がなかった。

「お仕事は大丈夫なんですか」

リビングに足を踏み入れて、立ったまま確認した。先輩は「あぁあぁ」と、いかにも面倒そうに応じる。

「せっかく忘れてたんだから、思い出させるなって。締め切りなんてのは、過ぎてから思い出せば充分なんだよ」

先輩の担当編集者はきっと、ふだんのぼくと同じような扱いを受けているに違いない。想像がつくだけに、心から同情した。

「ま、ま、ま。ともかく坐れって。まだマスコミに発表してないネタがあるんだろ。もったいぶらずに聞かせろよ」

先輩は愛想笑いまで浮かべて、ぼくをソファに坐らせる。先輩の愛想笑いを見るのは、都心部でカブト虫を捕まえるより難しい。担当編集者が見たら腰を抜かすだろう。

とはいえ、先輩がぼくに対してこんな振る舞いに出るのは、これが初めてではなかった。一年に何回かは、こちらが居心地悪くなるほど歓迎してくれる。それはぼくが難事件を持ち込んだときのみの、限定歓待だった。

警視庁捜査一課に所属する刑事と、今をときめく売れっ子のミステリー作家ではまったく接点がなさそうであるが、ぼくらは大学の先輩後輩の関係である。先輩は大学卒業直後に、ある文学賞を受賞して小説家としてデビューした。そのデビュー作はたちまち累計三十万部を超える大ベストセラーになり、吉祥院慶彦《よしひこ》の名は文壇だけでなく広く世間に知られるようになった。先輩は大学在学中から、街を歩いていればモデルや芸能人やホストにスカウトされるほど目立つ容姿だった。何しろ《容姿端麗》などという形容をしてもぜんぜん大袈裟《おおげさ》じゃない外見なのである。ぼくはテレビに出てるタレントまで含めて、先輩以上に整った顔立ちの男性を見たことがない。宝塚の男役のような、リアリティー皆無の美形なのだ、先輩は。

そんなキャラクターであるから、当然のことながら小説雑誌だけでなく、女性ファッション誌やテレビにまで駆り出されることになった。するとますます熱狂的ファンが増える。「吉祥院慶彦の大ファンなんです。本は読んだことないけど」という吉祥院ギャルが日本全国に大量発生しているらしい。先輩はそんな自称ファンにも、渋く知的な笑みで応じる。

大学のサークルに一緒に所属していた当時から先輩は特別な存在だったので、ぼくにとって名前を広く知られるのはちっとも不思議なことではなかった。ただ先輩が有名になれば、当然付き合いが途絶えてしまうだろうことが少し残念だっただけだ。

しかし実際は、今こうして先輩のマンションに招待されているように付き合いは続いている。それはひとえに、ぼくが警察官になったためだ。先輩はミステリー作家になったくらいだから、謎を孕《はら》んだ事件が大好きである。そのため、ことあるごとにぼくから捜査情報や事件の内幕を引き出そうとした。それはぼくが本庁の捜査一課に異動になってから、ますますエスカレートした。たまらずにある日、行き詰まっている捜査についてつい漏らしたところ、先輩は断片的なデータから思いがけない推論を導き出した。驚いてそれを捜査本部に持ち帰ったところ、なんと先輩の予想どおりに犯人が捕まったのだ。すべてにおいて完璧な先輩は、名探偵としての才能まで持ち合わせていたわけである。以来、ぼくは上司の黙認の許、先輩に相談を持ちかけるようにしている。先輩の推理に助けられたことは、一度や二度ではなかった。

先輩は今も、揉《も》み手をせんばかりにうずうずしている。手早く高級な豆でコーヒーを淹《い》れてくれると、テーブルを挟んでぼくと向かい合った。

「連続殺人なんだろ。な、そうなんだろ。で、被害者の間にはなんの繋《つな》がりもないんだろ。ミッシングリンクなんだろ」

殺人が二件も起きているというのに、先輩の態度はまったく不謹慎である。マスコミの目がないときは、たちまち《品性》という単語を忘れてしまう人なのだ。

「確かに、まだ被害者間の繋がりは見つかっていません。でも昨日の今日ですから、今後の捜査で関係が浮上してくることもあり得ます」

ぼくはあくまで生真面目に答える。より正確に言うなら、まだ二件の殺人が同一犯によるものと断定されたわけではないのだ。その可能性がかなり高いのは事実だが。

最初の殺人は、今月二十二日に起きた。世田谷区松原《まつばら》二丁目の路上で、十七歳の少年が撲殺されていたのである。少年の名は市村和将《いちむらかずまさ》。都内の都立高校に通う生徒だった。

市村少年は部活動で帰宅が遅くなって、その帰路に何者かに襲われたようだった。頭部を鈍器で数回殴られ、絶命している。凶器を含めた遺留品は、ひとつの例外を除いてまったくなし。現在までのところ、目撃者もいなかった。

死体発見を受けて捜査本部が設けられ、被害者の交友関係が洗われたが、動機を持つ人物は見つからなかった。怨恨《えんこん》と通り魔と両方の可能性を視野に入れて捜査は進められたものの、日を追うごとに通り魔説が有力になっていった。

そこに、今度の事件が起きた。最初の事件から五日後。まだ高校生殺害の衝撃が冷《さ》めやらぬ中での凶行だった。

「ええと、今回の事件はもう新聞である程度ご存じでしょうが、一応説明しますね」

ぼくは持ってきた資料を開いて、そう説明を始める。先輩は偉そうに、「おうおう」と頷《うなず》いた。

「被害者の名前は堀田雅史。十八歳。都内の私立高校の三年生です。俳優志望だとかで、昨日はテレビ番組のオーディションを受けていました。そのために帰りが遅くなり、奇禍《きか》に遭ったようです」

「ふんふん、それで」

先輩は今にもにやにや笑い出しそうな顔で、相槌を打つ。被害者の遺族にはとても見せられない表情だ。人でなしと罵《ののし》られても文句は言えない。

「死因は頭部への殴打による脳損傷。額の辺りを数回に亘《わた》って殴られています。凶器は現場に残されていません。その他の遺留品も、ほとんどありませんでした」

「ほとんど？」さすがに先輩は、こちらの言葉尻を捉《とら》える。「ほとんどってことは、皆無ではなかったのか」

「ええ、まあ」

ぼくは渋々認める。この点はマスコミにも発表していない重要機密事項なのだ。

「なんだよ、桂島ちゃん。隠し事はなしにしようぜ。おれとお前の仲じゃないか」

いきなり先輩は馴れ馴れしくなる。ふだんは下僕程度にしか思っていないくせに、一気に格上げである。

「まだ伏せてあることだから、絶対に秘密にしてくださいよ。実はこの遺留品は、市村和将殺しのときにもあったんです。だから、ふたつの殺人が同一犯による可能性が浮上してきたんですよ」

「なになに？　遺留品って何？」

先輩は目を輝かせる。ぼくは声を低める必要などないのに、こっそりと言った。

「それが、紙なんですよ」

「紙？」

「はい。文字の書かれた五センチ四方ほどの紙が、被害者の服のポケットに残されていたんです」

「なんて書いてあったんだ」

「ただのアラビア数字なんですけどね。市村殺しのときには、『2』。今回の堀田殺しでは『13』でした」

「『2』と『13』ねえ」

先輩は考え込むように腕を組む。ぼくは説明を続けた。

「紙は、どこでも売っているようなただのコピー紙でした。紙の出所から犯人を辿《たど》るのは難しいでしょう。数字自体はワープロなどで印字されたものではなく、手書きでしたが、何しろただの数字だけですから筆跡鑑定もできません。同一人物の手によるものかどうかすら判定できないとのことです」

「まあ同一人物だよな、普通に考えれば」

「ええ、そうですね。で、さっきも言いましたとおり、市村と堀田の間にはなんの接点もないんです。通っている高校は違うし、それ以前にどこかで知り合っている事実も、今のところ判明していません。だから通り魔による犯行という可能性が強いんですが、となるとこの数字はいったいなんなのかと不思議なんですよ」

「で、途方に暮れてオレ様の知恵を借りに来たってわけか」

先輩は自分がぼくを呼びつけたことを忘れて、ソファの背凭《せもた》れに反《そ》っくり返る。威張るチャンスがあれば、先輩は絶対に逃さない。

「はあ。そういうことです」

でもぼくは、素直に先輩の言葉を肯定した。数字の意味がわからず途方に暮れているのは事実だからだ。

「宇宙からの電波を受けたアブナイ奴が、電波の指示で高校生を殺して回ってる。だから数字の意味なんて、その電波野郎にしかわからない――ってのはどうだ？」

先輩はさも素晴らしい推理であるかのように、人差し指を立てて言うが、その程度の推測なら捜査会議でも出ていた。

「蓋を開けてみればそんなことなのかもしれませんけどね。もしかしたら、あっさり被害者間の繋がりが見つかるかもしれないし」

「なんだよ、まだ完全にデータが揃《そろ》ってるわけじゃないのか」

先輩は不服そうに口を尖らせる。ぼくは「当然ですよ」と反論した。

「何しろ昨日の今日ですから。本当はぼくだって、油を売ってる場合じゃなく聞き込みに走り回ってなきゃいけないんですよ。それを先輩が、話を聞かせろって呼びつけるから……」

「なんだよ、お前。文句あんのか」

「あ、いえいえ、ありませんけど」

すぐに弱腰になるのは、我ながら情けない。

「まあでも、限定状況じゃないこんな広域捜査なら、データが出揃うには時間がかかるか。じゃあまた目新しい情報が出てきたら、オレに報告しろ。いつでも聞いてやるから」

自分が聞きたがったくせに、まったく偉そうな人である。ぼくは「はいはいもちろんです」と受け流して、腰を浮かせた。すると先輩は、澄ました顔でこう言った。

「ところで桂島。手みやげはないのか？」

3

待ち合わせたファーストフード店は、学校帰りの高校生でごった返していた。その光景を見てぼくは、話を聞くには場所を移した方がいいかと一瞬思ったが、席に着いて考えを変えた。両隣の席に坐る女子高生たちは、自分の話に夢中で周囲になどまったく気を配っていなかったからだ。若いというのはいいものだなと、皮肉でなく考えて、自分の爺臭《じじくさ》さに苦笑する。

目印としてオヤジ雑誌をテーブルの上に置いておいたが、浅川麻里《あさかわまり》と落ち合うのにそんなものは必要なかった。店に入ってきてきょろきょろしている女の子を見て、その子がすぐに浅川麻里とわかったからだ。なるほど、女優志願というだけあって、整ったかわいらしい顔立ちである。だがその顔は、マジックペンで大きく《不安》と書いたように曇っていた。刑事との待ち合わせとなると、皆同じような表情をするものである。ぼくは怖がらせないよう、極力にこやかな顔を作って手を挙げた。

浅川麻里はこちらに気づき、少し意外そうに目を見開くと、すぐに近づいてきた。たぶん、厳《いか》めしい顔のスーツ姿の中年男性が待っていると予想していたのだろう。それが、カジュアルな服を着た二十代の男だったことに驚き、同時にホッとしたようだ。警視庁だって、情報提供者が女子高生であれば、それなりの配慮をするのである。一課きっての柔和な顔立ちのぼくが選ばれたのは、まさに適材適所と言えた。自分で言うのもなんだけど。

「わざわざすみません。ご連絡、ありがとうございました」

ぼくは相手が高校生だからといって、ぞんざいな口は利かなかった。優しくしなければ相手がぴたりと口を閉ざすことを、これまでの経験から学んでいたからだ。

浅川麻里は自分の前にジュースの載ったトレイを置いたが、それに手を伸ばそうとはせず、両手を腿の上に置いて身を強張《こわば》らせていた。ぼくの言葉にも、「いえ」と短く応じるだけで顔を上げない。仕方ないので、取りあえず当面の問題から片づけることにした。

「ジュース、いくらでした？　こちらでお支払いしますよ」

訊《き》くと、浅川麻里はようやく顔を上げ、値段を言った。ぼくは財布を取り出して、硬貨をテーブルに並べる。浅川麻里は礼を口にして、硬貨をしまった。

「こちらこそ、すみません。こんなふうに会ってもらえるとは思いませんでした」

蚊の鳴くような声だが、その口振りはしっかりしていた。この調子なら、きちんと話してもらえるだろう。そう考えながら、ぼくは答える。

「警察署まで呼びつけられるかと思いました？　来ていただく必要があるときにはそうしますけど、お話を聞くだけならこちらから出向きますよ」

浅川麻里から電話があったのは、昨日の夜のことである。殺された堀田雅史と最後に会ったのは自分ではないかという通報だった。そんな重要な通報を、警察が放っておくわけもない。すぐに落ち合う日時が決められ、ぼくが派遣されたというわけだった。

浅川麻里の話は、電話であらかた聞いている。だがもう一度、同じ内容でも直接話してもらう必要があった。電話と直接では、やはり伝わるものが違う。それに相手も、電話では忘れていたことを思い出すかもしれないからだ。ぼくは急《せ》かさず、順を追って被害者との接触の様子を尋ねた。

「……明るい人だなぁと思いました。オーディションは落ちてるはずなのに、ぜんぜんめげてないんです。たぶんああいう前向きな人の方が、きっといつかいい役がもらえるんだろうなと思いました。そんなにかっこいいわけじゃないけど、笑った顔が感じよくて、印象はよかったんです」

浅川麻里は、一度しか会っていない被害者をそう評した。おそらく付き合いが続けば、淡い好意はもっと強くなっていただろう。そう思わせる口調だった。

「話したことは、オーディションについてだけですか？　他には何も話さなかったの？」

促《うなが》すと、浅川麻里はすぐに首を振る。

「いいえ、オーディションのことはちょっと話しただけで、すぐにお互いのことを教え合いました。軽そうな感じだから最初は警戒してたんですけど、なんとなく気が合う感じで結局喋《しゃべ》っちゃってたんです」

「なるほどねぇ。じゃあ堀田君が誰かに恨まれるようなタイプとは思わなかったんだ」

「ぜんぜん。むしろ誰とでもすぐに仲良くなれるんじゃないかな。ああいうのってナンパなのかもしれないけど、話しかけ方がすごく自然だったから、こっちも簡単に相手しちゃったし。本当はあたし、警戒心すごく強いんです」

強調するように浅川麻里は言うので、ぼくは「わかるよ」と相槌を打った。本当によくわかったのは、被害者の人となりだが。

「じゃあ、堀田君が話してくれた自分のことについて教えてくれないかな。どんなことを話してくれたの？」

「特別なことは何も。どうして俳優になろうと思ったのかとか、高校での話とか、家のこととか」

そう言って浅川麻里は、できる限りすべてを思い出そうと眉を寄せる。だがその口から出てくる話は、すでに知っていることばかりだった。初対面の相手に話すことだから、基礎的なパーソナルデータになるのはむしろ当然だろう。収穫はなさそうだなと、ぼくは思いかけた。

「ありがとう。ずいぶん参考になったよ。じゃあまた質問なんだけど、そういう話の中で君が特に印象に残っていることはないかな。あれっと思ったとか、ふうんと感心したとか、そういうことはなかった？」

　こちらの質問に、浅川麻里は真剣に考え込んだ。そして「そう言えば」と不思議そうに顔を上げる。

「冗談ですけど、オーディション駄目だったら一緒に死のうか、って言われました。あのときは笑って聞き流しちゃったけど、今から思うとちょっと意外かも」

　ぼくの頭の中で、カーンと鐘が鳴る。そんな話が出てきたのは、これが初めてではなかったからだ。

　堀田雅史の中学当時の友人から出てきた情報だった。なんと被害者は、中学在学中に同級生の女の子と心中未遂を企てたことがあるらしい。カッターナイフで手首を浅く切るだけの、ほとんどままごとに近い行為だったそうだが、それが学校での出来事だったので騒ぎになった。そんなことをした理由は、中間試験の成績が悪かったからだという。

　その話を提供してくれた友人は、堀田雅史の決意をあまり本気に受け取っていなかった。

『あいつは目立ちたがり屋なんですよ。自分が目立つためなら、なんだってするんです。だからあの心中未遂だって、ぜんぜん本気じゃないですよ。ただ注目を浴びたかっただけでしょ』

堀田の友人は、特に悪意を込めるでもなく淡々と言った。堀田のことを嫌っているわけではなく、自分の意見が正解だと確信しているような口振りだった。そしてそれがひとりだけの意見に留まらず、当時の同級生の共通認識であることが、聞き込みの成果を捜査会議で照らし合わせてみた結果判明した。

堀田雅史が浅川麻里に「一緒に死のう」と持ちかけたのは、やはり目立ちたいからだろうか。それとも冗談めかした本音が、その言葉には少しでも込められていたのか。どちらとも判断がつかなかった。

「一緒に死のうなんて言っておいて、結局自分だけ死んじゃったんですね。なんか、信じられない」

浅川麻里はようやく堀田の死を実感したように、少し呆然として呟いた。そしてわずかに涙ぐみながら、葬儀に顔を出したいと言うので、日時と場所を教えてあげた。堀田雅史の人生は短すぎたが、その最後にこの女の子と知り合えたのは、ささやかな幸せだったろうとぼくは考えた。

4

財布を開いてみると、一万円札しか入っていなかった。田代浩二《たしろこうじ》は少し迷ってから、結局札を取り出さずに財布をポケットにしまった。一万円札はどういうわけか、一度崩してしまうとあっという間になくなってしまう。今月は小遣いをもらったばかりだし、携帯電話の通話料も払わなければならない。この一万円を使ってしまうわけにはいかなかった。

「おれ、帰るわ」

ＵＦＯキャッチャーに夢中になっている孝史《たかし》に、そう断った。孝史は「ん？」と応じながらも、レバーの操作から気を逸《そ》らさない。浩二は邪魔をしないように、プレイが終わるのを待った。

レバーはパンダのぬいぐるみの足を摑《つか》んだものの、結局それを投入口まで運ぶことができず、途中で落としてしまった。孝史は小さく舌打ちして、浩二に振り返る。

「なに？　もう帰るのか。まだ八時じゃないか」

「金がねーんだよ」

「しけてんなぁ。バイトでもしろよ」

「バイトは校則で禁止されてんの。おれはお坊ちゃん学校に通ってるからさ」

「よく言うよ。かったりーだけだろ」

「そうとも言う」

軽く応じて、「じゃあな」と手を挙げた。本当に浩二が帰るとは思っていなかったらしく、孝史は「おいおい」と呼び止める。

「待てよ。お前に帰られちゃつまんねーじゃねえか」

「お前もたまには早く帰れよ」

「金がねえんなら貸してやるからさ」

「悪いな。ちょっと頭が痛いんだよ」

「なんだよ、風邪か？」

「そんな感じ」

認めると、それほど強くもなかった頭痛が不意に意識された。額の三センチ奥辺りがずきずきと痛む。本当に風邪の前兆かもしれなかった。

「しょうがねえなぁ。じゃあ薬服《の》んで寝てろよ。また明日電話するからよ」

「ああ」

答えて、ゲームセンターを後にした。外に出たとたんに、濃密な湿気を伴った熱気が襲ってくる。日はとっくに暮れたというのに、おそらく気温は軽く三十度を超えているだろう。あまりの暑さに急激に苛立《いらだ》ちが募《つの》り、浩二は「くそっ、くそっ」と口の中で悪態をついた。

ゲームセンターの中は、寒いほど冷房が効いていた。中に入ったときには、外との気温差に体が驚き、しばらくくしゃみをしていたほどだ。全身にかいていた汗が、瞬時に冷えて気持ち悪かった。これじゃあ風邪をひいても当然かと、苛々しながら浩二は考えた。まったく、日本の夏は狂っている。

駅に向かって少し歩いただけで、たちまち汗が噴き出してきた。それを拭くハンカチなどは持ち歩いていないので、流れるに任せなければならないのが不快だ。早く家に帰って冷たいシャワーでも浴びたかったが、そんなことをすれば風邪が悪化してしまうかもしれない。無性に腹が立ったものの、それがこの異常な暑さに対する怒りか、それとも何か他の対象への腹立ちか、自分でも判然としなかった。

駅の改札は、定期券で通った。高校は夏休みに入っているが、定期券は今月いっぱい使える。これが切れれば来月は電車賃まで気にしながら遊ばなければならないかと思うと、今度はろくに小遣いをくれない親への怒りが沸々《ふつふつ》と込み上げてきた。そうだ、親に対する怒りならぶつけようがある。家に帰ったら貧相な母親に当たり散らしてやろうと考え、密かに溜飲《りゅういん》を下げた。

駅のホームはくそ暑かったが、やってきた電車に乗るとまたしても寒冷地獄だった。震えが来て、くしゃみが立て続けに出る。周りの乗客がいやそうな顔をして身を遠ざけたが、浩二はかまわずくしゃみを続けた。電車の中がこんなに寒いのは、真夏でもスーツを着ているサラリーマンに合わせているからだ。てめえらのせいでおれが風邪をひくんだから、くしゃみくらい自由にさせろ。内心で車両内のスーツ姿を呪いながら、浩二は傍若無人《ぼうじゃくぶじん》に振る舞い続ける。

ようやくくしゃみが収まったので、浩二はドアに体を凭せかけた。ドアの外は暗く、そのためにガラスが鏡のようになって浩二の顔を映す。浩二は髪型を整えながら、毛根近くの色が黒くなってきたなと考えた。そろそろもう一度脱色し直した方がよさそうだが、半日はそれに掛かり切りになるのが面倒だった。どうしておれの周りには、こんなにもかったるいことが多いんだろう。浩二は高校生である身の不自由さを嘆く。早く大学に行って、遊び歩きてえ。最近はそのことばかりを念願するが、卒業までまだ一年半もあることを思うと気持ちが萎《な》えた。受験の存在を思い出すと、さらに気分が落ち込む。くそっ、くそっ。浩二は呟く。周りの乗客が気味悪そうに見て見ぬ振りをするのも、いっこうに気にならない。

自宅の最寄り駅で降りると、またしても全身が熱気に包まれる。頭痛が一段と激しくなる。明らかに病状が悪化したことを感じ、浩二はうんざりした。早く家に帰って、とっとと寝てしまいたい。それだけが今の望みだった。

駅前の商店街を抜けると、夜道は静かになった。細い路地のせいで、前後を行く人影もない。駅から歩いて十五分もかかる自宅の遠さが、また浩二の苛立ちの一因となった。駅前で自転車を盗んでくれればよかったと後悔したが、いまさら遅かった。

歩くごとに足が重くなってくるようだった。アスファルトの路面からは熱が放散され、今日も熱帯夜になることは確実だった。こんなふうに道をアスファルトで埋め尽くしてしまうから、都会が異常に暑くなってしまったんだ。後先を考えない日本人は馬鹿ばっかりだ。くそっ、くそっ、くそっ。

苛立ちが頭を支配していたせいで、人の気配は直前まで感じなかった。すぐ背後に誰かがいる。それに気づいて振り返ろうとしたが、結局浩二は相手の顔を見ることはできなかった。後頭部に強い衝撃を感じ、そのまま前方につんのめったからだ。

地面に両手をついたときまでは、意識があった。頭から生暖かい液体が伝い落ちてくる。それを血だと認識する前に、意識が途絶えた。続く第二撃が、浩二の命を奪い去っていた。

5

捜査会議が終わったときには午前一時を回っていたが、それでも吉祥院先輩は今から来いと言う。先輩のマンションに行っている暇があったら自宅に帰って少しでも寝たかったけれど、先輩が必ずしもただの興味本位でぼくを呼びつけているわけでないのはわかっている。瞬く間に事件を解決してくれるなら、こちらとしても万々歳なのだ。だからぼくは先輩の命に逆らわず、タクシーを飛ばしてマンションまで赴《おもむ》いた。

小説家の先輩は、さすが日頃から不摂生な生活を送っているだけあって、こんな時刻でもちっとも眠そうじゃなかった。ただ、先日のようににこにこしているわけではない。さすがに連続殺人も三件目ともなると、少しは真剣な顔をしている。出してくれたコーヒーは豆を挽いたドリップ式ではなく、ただのインスタントだったが、疲労で思考が飽和状態になりかけている頭にはありがたかった。

「三件目、なんだな」

先輩は単刀直入に、そう尋ねる。ぼくは素直に認めた。

「そうです。例の紙片も、やっぱりポケットに入ってました」

「今度は何が書いてあった？」

「同じく、数字です。アラビア数字で『19』でした」

「2、13、19か」

先輩はこれまで現場に残されていた数字を、続けて口にする。しっかり暗記しているようだ。もっとも、ぼくも頭にこびりついて離れないが。

「まだマスコミには発表してないんだよな。でも連続殺人である可能性は匂《にお》わせてるのか」

「それはしょうがないですから。隠しておいても勝手にマスコミが騒ぐでしょ。何しろこれだけ状況が酷似してるんですからね」

ぼくが答えると、先輩はテーブルの上に置いてあるリモコンを取り上げた。それでテレビを点《つ》け、ビデオを再生し始める。テレビ画面には、今夜七時に放送されたニュース番組が映し出された。

最初にキャスターが事件発生を告げ、すぐに警察署前からの中継に切り替わった。中継をするレポーターの背後で、髪を茶色に染めた若者たちがピースサインをしたり、携帯電話を耳に当てたりしている。彼らはどんな事件が起きたかわかっているのだろうかと、こんな光景を見るたびに思う。きっとわかっていないのだろう。

「被害者は高校生、死因は頭部への殴打。ただし、前ふたつの事件との繋がりは不明。こんなマスコミ発表で、間違いはないんだな」

画面が他の事件へと替わったところで、先輩はビデオテープを停《と》めて確認する。「そうですね」とぼくは応じて、手帳を開いた。

「被害者の名は田代浩二。都内の公立高校に通う二年生。十七歳です」

「被害者の共通点は、高校生だってことだけか」

「そうです。やはり今回の被害者も、これまでの被害者と付き合いはありません」

「ただ、家は近いようだな」

「そうなんですよ。みんな、世田谷区在住なんです。この辺に何かあるんじゃないかと睨《にら》んでいるんですけど」

「例えばゲームセンター辺りで知り合っていたとか？」

「そうです。本当に接点がなかったのか、捜査本部の刑事が足を棒にして調べ回っているところですよ」

「ふん」

公僕の仕事ぶりにはさして感銘を受けなかったようで、先輩は鼻を鳴らしてソファに凭れる。そしていつものように不謹慎なことを言った。

「繋がりがあっさり見つかったらつまんねえな」

「またそういうことを。つまるとかつまらないとか、そういう問題じゃないでしょ」

「そりゃそうだけどよ、オレは安楽椅子探偵なんだから、くたびれたコートを着た刑事なんかに解決されたら立つ瀬がないじゃないか」

「今は真夏ですから、誰もくたびれたコートなんて着てません」

「たとえ話だよ、たとえ話。相変わらず話が通じない奴だなぁ、お前は。まあいいや、せっかくこうして一課の敏腕刑事様にいらしていただいたんだから、安楽椅子探偵のオレとしては考えられる限りのことを考えてみようじゃないの」

隙《すき》あらば嫌みを言うのを忘れない、素敵な性格の先輩だが、助言を得られるのはありがたい。なんといっても、実績があるのは確かなのだ。ぼくは手帳のページを捲《めく》る。

「被害者の共通点は、くだらないと思われる点まで捜査本部で列挙されました。聞いていただけます？」

「おう、聞いてやろう」

「まずひとつ目。全員高校生である。ふたつ目、世田谷区内に住んでいる。三つ目、みんな茶髪である」

「茶髪、ねぇ」

あまりピンと来ないようで、先輩は腕を組んで首を傾げる。かまわずぼくは続けた。

「四つ目、全員両親が健在である。ただ、兄弟はそれぞれまちまちです。市村は妹がいますが、堀田はひとりっ子、今度の田代は兄と弟がいます」

「兄弟は関係なさそうだなぁ」

「ぼくもそう思いますけど、一応念のため。五つ目、学校の成績は全員いまいちですね。六つ目、学校へは電車で通学してます」

「おっ、ちょっと待て。その電車でいつも一緒になってるってことはないか」

「それは我々も真っ先に着目しました。ですが、結果から言えば空振りです。市村は京王《けいおう》線、堀田は世田谷《せたがや》線、田代は小田急《おだきゅう》線と、見事にバラバラでした」

「うーん、その三本じゃ、ターミナル駅すら重ならないな。せめて新宿が接点になるかと思ったが」

「ならないんですよ。さらに七つ目。全員携帯電話を持ってました」

「今どき珍しくないんだろ、高校生が携帯持ってたって」

「そのようですね。つけ加えますと、メール交換していた形跡もありません。被害者たちの携帯電話のメモリーには、それぞれのメールアドレスも電話番号も登録されていませんでした」

「まあそうだろうな。そんなもんが見つかってりゃ、お前だってオレの知恵を借りに来るわけないもんな」

「はあ、そうなんですよ。で、捜査本部で挙げられた共通点はこれくらいです。相違点ならいくらでもあるんですけど」

「なんかさぁ。共通点って言っても、ずいぶん大雑把《おおざっぱ》じゃないか。そんな条件なら、当てはまる者は他にいくらでもいるだろ」

先輩はもっともなことを言う。ぼくは渋い顔で肯定した。

「まったくおっしゃるとおりで。殺された特別な理由がこの三人だけにあるんだとしても、まだ我々はそれに気づいてないんですね、残念ながら。でもいくら調べてもこれ以上の共通点は出てこないので、やはりただの無差別殺人ではないかという意見が強くなってきてます」

「無差別殺人にしちゃ、わざわざ残していく遺留品が思わせぶりだよな。絶対何か意味があるはずなんだよ」

「ここはやっぱり、先輩の出番じゃないですか。我々のような愚鈍な頭じゃ、この謎は解けそうにないですよ」

「そうかぁ。そうだよなぁ、やっぱり」

ちょっとおだてたら、先輩はとたんに目尻を下げてにやにやした。操縦しやすい人である。

「おし、じゃあいっちょ検討してみようか。犯人が残していく数字には、果たして意味があるのか。捜査本部ではこの数字について、どんな意見が出てるんだ?」

「いや、それがほとんど何も」

「何も? なんだそりゃ。お前らの頭はぬかみそか」

「考えてはいるんですけどね。みんなあんまり数字は得意じゃなくって」

「微分積分やってんじゃないぞ。まったく情けないな。そうは言っても、ひと目見てわかる点には気づいてるんだろ」

「ひと目見てわかる点?」

そんなもん、あったっけ?

「情けないねー。中学から勉強し直せよ。ほら、この数字は全部素数《そすう》じゃないか」

「素数? そうですか?」

「そうですかじゃないよ、ボケ」

「いやさすが先輩。それで数字が素数ってことから、いったい何がわかります?」

「知らん」

「えっ、知らん？　そんな、意地悪しないで教えてくださいよ」

「本当に知らんよ。素数だってこと以外に、何がわかるってんだ」

そんなに胸張って言われても。こちらはそれを教えて欲しくて頭下げてるのに。

「これ、何かの暗号ですかね。そういう意見も出てるんですけど」

「まあその可能性はなくもないよな。ただし、解くにしても数字が少なすぎて、まだ何も言えないが」

「そうですか。そうですよねぇ」

ぼくは露骨に落胆する。数字が少なすぎるってことは、もっと殺人が起きなければデータが揃わないということではないか。そんな結論は、警察官としてはいささか受け入れかねた。

「まさかとは思うが、何か言い忘れてることはないだろうな。数字以外の記号が書いてあるとか、『2』はひらがなの『こ』にも読めるとか」

「ああ、そう言えば」

些細《ささい》なことだと思ったので、まだ先輩には言っていなかったことがあった。先輩は「なんだと」とばかりに険しい顔をする。

「今回の数字には、ちょっと汚れが付いてたんですよ。数字の右上くらいにですかね。こ

「う、点々っと」

「点々? そんな大事なこと、どうして言わないんだ」

「だって、あれはただの汚れですよ。そんなことまで報告しなきゃいけなかったんですか」

「当たり前だ! ぬかみそ頭で判断するな」

まるで上司に怒られているようである。民間人にどうしてここまで言われなければならないのだろうと、我が身の不幸を天に嘆いた。

「それで、点々が付いてると何か違いますか？」

「わからん」

先輩はあっさりと言う。こういう人なんだよなぁ。

しかし先輩は、悪びれた様子もなく指を一本突き立てた。それをぼくに突きつけて言い放つ。

「そんな情けない顔するな。ひとつだけわかることがあるぞ。これは犯人のメッセージなんだ」

「メッセージ？」

「ああ。犯人は何か世間に訴えたいことがあるんだろ。だからただの通り魔殺人に見せかけようと思えばできるのに、わざわざこんな数字を残しておくんだ。その犯人の訴えたいことさえ判明すれば、きっとこの数字の意味もわかるはずなんだがな」

なるほど。いつももったいぶって最後まで有益なことを言ってくれない先輩だが、この意見は傾聴に値した。証拠品を残してまで訴えたいことはいったいなんだろう。犯人の気持ちになって考えてみたが、ぼくにはまだ何も思いつけなかった。

6

校門から少し離れたところで呼び止めると、門倉《かどくら》孝史は目を大きく見開いて驚きを示した。どうやら少し怯《おび》えているようだ。ぼくはすぐに警察手帳を取り出し、笑いかける。安心してくれという意思表示のつもりだったが、どうやらあまり通じなかったらしく、門倉はますます警戒するように目つきを鋭くした。

「君、亡くなった田代浩二君とは仲がよかったんだよね。ちょっと話を聞かせてくれないかな」

「話って、なんだよ」

門倉は顎《あご》をしゃくって、無愛想に答える。警察になんか協力してやるものかと言いたげな、小生意気な態度だった。連れの橋本《はしもと》刑事が腹立たしげに何か言いかけたので、ぼくは「まあまあ」と宥《なだ》める。本当なら年齢が下のぼくこそ怒る役回りのはずなのに、本当に腹が立ったのだろう。自分の生意気な息子のことでも思い出したのだろうか。

「君だってさ、友達の敵《かたき》はとりたいでしょ。だったら知ってることを話してよ」

「だから、何を話せってんだよ」

少し声のトーンがダウンする。ここで刑事を怒らせてもなんの得にもならないと、ようやくわかったのだろう。

「田代君の交友関係とか、日頃の言動とか、そういうことだよ」

「ゲンドーって何?」

「ふだん喋っていたことだ」

横から橋本さんが口を出す。門倉はそれをものの見事に無視して、ぼくにだけ応じる。

「そんで?」

「どこかに坐って話そうか。お茶でも奢るよ」

「あ、そう。じゃあこっち行こうぜ」

門倉は言って、ついてこいとばかりにさっさと歩き出す。橋本さんは憤然と、ぼくは軽く肩を竦《すく》めて後に続いた。

門倉は駅前の、おしゃれな雰囲気の喫茶店に迷わず入っていった。コーヒー一杯千円くらいしそうな店だ。席についてメニューを見ると、自分の予想が当たっていたことを知って、つい苦笑する。先日の浅川麻里がますますかわいく思えてきた。

「おれ、ブルーマウンテンね」

味ではなく値段で決めているんじゃないかと疑ったが、駄目だとも言えなかった。門倉にだけブルーマウンテンを、そして我々は一番安いブレンドコーヒーを注文した。さすがにちょっと腹が立ってくる。

しかしそんなことはおくびにも出さず、ぼくはにこやかに話しかけた。茶髪にピアスという典型的な今どきの若者の門倉は、それだけ底が浅く御《ぎょ》しやすい相手とも言える。何しろぼくは、日頃気むずかしい吉祥院先輩の相手をして鍛えられているのだ。高校生ひとりの相手をするくらい、どうということもなかった。

「田代君とは、中学時代からの付き合いなんだよね」

「そーだよ。よく知ってんね」

特に驚くでもなく、門倉は応じる。自分で案内したくせに、この店に入るのは初めてらしくしげしげと周囲を見回していた。たぶん、これまでは入りたくても高くて入れなかったのだろう。そんなところは年相応にかわいげがあった。

「調べたからね。君が事件当日にも田代君と遊んでいたこともわかってるんだ」

「おれが犯人じゃねーぞ」

ぎょっとしたように、門倉は表情を強張らせる。少し小気味よかったが、ぼくは愛想笑いを絶やさなかった。

「わかってるよ。心配しないでもいいって。じゃあまず、あの日の田代君の様子から訊こうか。ふだんと変わった様子はなかった？　例えば、何かに怯えているみたいだったとか」

「何かって、何よ？」

「だから、例えばだって。そんな様子はなかったのかな」

「ねーよ。頭痛いとかで、あんまし元気なかったけど」

「頭痛い？」

「ああ。風邪ひいたみたいだとか言ってたぜ」

「風邪ねぇ」

それはふだんと変わったことと言えたが、今回の事件とは関係ないだろう。他には何か気づいたことはなかったかと尋ねたが、門倉は「別に」とはかばかしい返事を寄越さなかった。

「そうか。まあいいや。じゃあ田代君の性格について訊こうか。田代君はどういう人だった？」

「どういうって、よくいる今どきの若者じゃねーの」

自分たちのことをよくわかっているじゃないか。この返事には、先ほどから仏頂面をしている橋本さんも思わず苦笑を漏らした。ぼくは「そうかぁ」と応じながら、さらに突っ込んだ質問をする。

「茶髪にピアスして携帯持ち歩いて夜遊びしてるんなら、そりゃ今どきの若者だよな。でもそうは言っても、みんながみんな同じ性格してるわけじゃないでしょ。田代君はどういう人だったのかな」

「一緒にいりゃ面白い奴だったよ。でもちょっと怖いとこもあったかな」

「怖い？」

「ああ。凶暴っつーの？　キレたら何するかわかんない感じがあったな。と言っても、キレたことがあるわけじゃねーよ」

それはすでに調査済みである。田代浩二が過去に暴力行為で補導されたことはなかった。

「じゃあ、どうしてそう思うの？」

「うーん、なんつーかなー。そういう雰囲気っつーの？　突然爆発しても不思議じゃないって、そんな感じがしたんだよ」

「それは、今どきの若者ならみんなそうなんじゃないのかな」

「ちげーよ。おれは至って温厚な性格だぜ」

門倉は真顔で言い張る。まあ本人がそう主張するならそうなのだろう。今は田代の性格が問題だった。

「怒りっぽかったのかな」

「そういうのとも違うんだよなー。むしろ、腹が立ってもそれをどんどん溜《た》め込むって感じ？　もっと簡単にキレた方が、怖くないいんじゃないかな」

「なるほどね。じゃあ辺りかまわず喧嘩《けんか》売ったりして、誰かの恨みを買うようなタイプじゃなかったんだ」

「ああ、そういうことが訊きたいの？　そりゃ違うなぁ。あいつが恨まれてるなんて、そんな話は聞かないぞ」

「ふうん」

　悪さをして回ってどこかで恨みを買っているのではと予想をつけていたのだが、どうやら的外れだったようだ。被害者ではなく、加害者の人となりを聞いているかのようだ。

「あ、そうそう。ほら、いつだったかさ、人を殺してみたかったとか言ってなんの恨みもないおばさんを殺した奴がいたでしょ。あの話を聞いて、あいつ、おれもやってみてぇとか言ったんだ。それ聞いて、こいつ実は怖いかもって思ったんだった」

「人を殺してみたい、ねぇ」

　なんとも不愉快な話である。そんなことを思うから自分が殺されるのだ、と考えるのは刑事にあるまじき感想だろうか。

「あー、なんかどんどん思い出してきた。そういえばあいつ、マジでそういう事件に興味あったのかも。ほら、二月に小さい女の子がさらわれた挙げ句にイタズラされて殺されたって事件があったじゃん。あれにも興味あったらしくてさ、犯人が捕まったときわざわざ警察まで顔見に行ってたんだよ。テレビでニュース見てたら、あいつが中継に映ったんでびっくりした」

「中継に」

「そうそう。あいつ、映りながら電話かけてきてさ。なんかテレビ電話みたいで面白かったよ。こっちにピースしてやがった」

ますます田代浩二への同情心が薄れていく。両親は息子を失って悲しいだろうが、田代の死を悼《いた》んでくれる人は少ないに違いない。

その後も、犯人の心当たりなどを中心にあれこれと質問を向けたが、目新しい情報は引き出せなかった。依然として、被害者間の繋がりは見いだせない。コーヒーを飲み終わったところで席を立ち、門倉を解放した。門倉は「ごちそうさまー」と調子のいい挨拶《あいさつ》をして先に帰っていく。礼を言うだけましなのかなと、ぼくは少し門倉を見直してやりたい気分になった。

7

ぶらぶらと立ち去っていく門倉を見送り、次の聞き込み対象の許《もと》に向かおうとしたときだった。連れの橋本さんが真剣な顔つきで、「ちょっといいかな」と言った。何か話があるのかと思いきや、それ以上言葉を重ねずすたすたと歩き出す。仕方なく、ぼくはその後を追った。

　捜査本部でコンビを組むことになった橋本さんは、所轄署《しょかつ》の刑事である。四十代半ばほどの、ぼくより遥かに経験を積んだベテランだった。たぶん冬になれば、年季の入ったコートを着て聞き込みに歩くのだろう。つまり吉祥院先輩がイメージするような、いかにも刑事然とした厳つい顔の人だった。名字に「山」が入っていれば、きっとヤマさんと呼ばれていたに違いない。

「さっき話に出た事件、知ってるよな」

　橋本さんは振り返らず、おもむろにそう話しかけてくる。ぼくは横に並んで、「ええ」と応じた。

「よく憶えてますよ。ひどい事件でしたからね」

「おれ、担当だったんだ」

　この地域で起きた事件なのだから、所轄署の刑事課に所属する橋本さんが担当したのは当然のことだ。いまさらそれに思い当たり、ぼくは言葉をなくす。

　その事件は今年初め、外を歩くにも勇気がいるような厳しい冬のさなかに発生した。五歳になる幼女が、行方不明になったのだ。

　両親の通報を受けて、警察と地元の消防団が捜索を始めた。だがふた晩経《た》っても幼女は見つからない。もともとこの辺りは、付近に山や用水路があるような地域ではない。事故ではなく、なんらかの事件に巻き込まれた可能性が強くなった。

行方不明になって三日目、幼女は県境を越えた神奈川県川崎《かわさき》市の緑《みどり》ヶ丘《おか》霊園で発見された。すでに息はなく、目を見開いたまま茂みの中に放置されていたという。死因は絞殺。何者かに誘拐され、命を絶たれたのは明らかだった。

それだけでも悲劇なのに、解剖の結果、もっと悲惨な事実が判明した。幼女は死亡前に、性的な乱暴を受けていたのだ。ぼくは遺族となった両親の反応を直接見たわけではないが、受けたであろう衝撃の強さは想像がつく。犯罪にも許せる事件と許せない事件があるとしたら、この殺人は許せない事件の最たるものだった。

捜査自体は、さして長引くことはなかった。過去に変質的行為で逮捕歴のある人物を洗ったところ、簡単に容疑者が浮上した。アリバイがない上に、遺体発見現場付近で目撃された不審車両と同じ車を持っている。誰の目にも、限りなく黒く映る人物だった。

任意同行を求め、血液型を調べた。分泌型のA。つまり幼女の体内に残された精液と一致する血液型だった。

そこまで状況証拠が揃えば、捜査令状を取るのは簡単だっただろう。住居と車が、それこそ塵ひとつ残さぬほど綿密に調べ上げられたはずだ。そして車のトランクから、幼女の毛髪が何本も見つかった。容疑者逮捕に繋がる、決定的な証拠だった。

「おれな、遺体を見たんだよ。服なんてほとんど着てなくて、首の周りには黒い手形がついてて、顔が倍くらいに膨《ふく》れてた」

橋本さんは訥々《とつとつ》と語る。あまり聞きたい話ではなかったが、やめてくれとも言えなかった。

「ひどいもんだったよ」

ぽつりと言って、橋本さんはそれきり口を噤《つぐ》んだ。さらに言葉が続くのかとしばらく待ったが、もう橋本さんは何も言わなかった。

十五分ほど歩いて、車がすれ違えるほどの幅がある道に出た。片側にガードレールがあり、ランドセルを背負った子供が歩いている。通学路らしい。

「この通りで、被害者の女の子は連れ去られたんだ。犯人は前から目をつけてたわけじゃなく、たまたま通りかかった女の子を強引に車に乗せたと自供した。だからこの道は、女の子にとって運命の分かれ道だったたんだよな。その日その時間にここを通らなければ、辛い目に遭《あ》わずに済んだんだ。そう思うと、なんというか、理不尽な感じがしてな」

ようやく橋本さんは口を開き、前方を見やる。まだ刑事になって数年のぼくだが、橋本さんの無力感は痛いほど理解できた。

「だから、おれは近くに来たときは必ず、ここで手を合わせることにしてるんだ。そんなことしてもなんにもならないのはわかってるけど、しないよりはましだろうと思ってな」

橋本さんは少し早口に言った後、不意に足を止めた。視線が一点に固定する。その先には、箒《ほうき》でせっせと路上を掃除している男性がいた。

「佐藤《さとう》さん」

橋本さんはその男性に話しかけた。身を屈めていた男性は、呼びかけに応じて顔を上げる。ぼくより少し上の、三十代前半くらいの年格好だった。

「ああ、これは刑事さん」

佐藤と呼ばれた男性は、橋本さんの身分を知っていた。すぐにぼくは、この人物が事件の遺族だと直感する。橋本さんに紹介されてみると、案の定被害者の父親だった。

「今日はお仕事お休みなんですか」

橋本さんが尋ねると、佐藤は照れ笑いのような表情で頷く。

「ええ。月に一回は休みを取ることにしてるんで」

佐藤は手に持った箒を持て余すように、何度も左右に持ち替えた。痩身で細面で、いかにも気が弱そうに見える。銀縁眼鏡の奥の目は、臆病《おくびょう》そうに何度も瞬《まばた》きしていた。

「ここをお掃除してるんですか」

「はあ、まあ。なんか、ちょっとね」

佐藤の口調は曖昧《あいまい》だった。見られたくない場面を見咎《みとが》められたような、決まり悪げな態度だった。

「ここが、ほら、娘が最後に通った場所でしょ。ここまでが娘の日常で、これから先がそうでなかったと思うと、どうにも不憫《ふびん》で。だからたまに掃除してるんです」

「そうだったんですか」

　ぼくはさりげなく道の前後を見渡した。なるほど、ゴミひとつ落ちていない。その丁寧《ていねい》さに、佐藤の無念が籠《こも》っているように感じられた。

「私の家は、あそこでしたでしょ」佐藤は右手を挙《あ》げて、近くのマンションを指差す。「で、コンビニがすぐそこじゃないですか。こんな短い距離だし、大きな通りだから、妻もつい安心して娘をひとりで外に出しちゃったんですよ。真冬だってのに、娘がジュースを飲みたいなんて言い出したもんで。駄目ですよねぇ、子供がひとりでお使いできるようになったからって喜んでちゃ。たった数百メートルの距離が、人間の運命を左右しちゃうんですよね」

　佐藤の声は湿っていなかったが、淡々としているだけに抑えきれない後悔が伝わってきた。きっとこの人は、死ぬまでこの後悔を抱えて生きるのだろう。殺人事件の被害者の遺族とは何度も顔を合わせたことがあるが、だからといってこんなときに気の利いた台詞《せりふ》を言えるようになるわけでもない。そのためぼくは、ひたすら橋本さんの後ろで黙り込んでいた。

「刑事さん、また事件ですか」

　佐藤は不意に話題を変えた。こちらが言葉を失ったことを悟ったのだろう。橋本さんはぎこちなく、「ええ、まあ」と答える。

「大変ですね。がんばってください。では、私は」

会釈すると、佐藤は箒とゴミ袋を手にして去っていく。ぼくたちはそれを見送ってから、しばしその場で合掌した。

8

夜の十一時過ぎにかかってくる電話だから、ただならぬ用件であろうことは受話器を取る前から予想していた。波田伸吾《なみたしんご》は軽く緊張しながら、電話に出る。すると案の定、上擦《うわず》って聞き取りにくい女性の声が耳に飛び込んできた。「阿部《あべ》です、阿部ですけど」と二度繰り返され、相手が友人の母親だとわかった。

「ああ、どうも。こんばんは――」

間が抜けていると思ったが、他に応じる言葉がなかった。相手は挨拶もそこそこに用件を切り出す。

「すみません、夜分遅くに。そちらに次彦《つぎひこ》はお邪魔してませんでしょうか」

「次彦君？　いないんですか？」

「ええ。帰ってこないんです」

伸吾は反射的に時計に目をやった。十一時二分。常識的には遅い時刻ではあるが、十九歳の息子が帰ってこないからといって大騒ぎするには少し早い。相変わらず子離れができない母親だな、と伸吾は密かに考える。だから息子がマザコンになるんだ。

「うちには来てませんけど。どこかに行ったんですか」

「来てないんですか。来てないんですか」

目に見えるほど落胆し、母親は繰り返す。どうやら慌《あわ》てると言葉を重ねるのが癖らしい。

伸吾はもう一度尋ね直す。

「次彦君はどこかに出かけたんですか？」

「コンビニに行くって、十時くらいに出ていったんですよ。十時くらいにね」

「その後どこかに寄り道してるんじゃないですか」

「でもね、でもね、寄り道するところなんてあるかしら。波田君、どこか心当たりはあります？」

訊かれても、次彦が行きそうなところなどなかった。彼がよく行くアニメショップは、もうすでに閉まっている。夜遊びをするタイプではないから、確かに一時間も帰ってこないのは奇妙だった。

「コンビニには行ってみたんですか？」

「行きましたよ。でもいませんでした」

「どこのコンビニに？　何軒か見てみました？」

「主人が見て回ってます。でもまだ見つけたって連絡はないんです」

「変ですね」

次彦がコンビニに行ったのは、雑誌を立ち読みするためだろう。しかし立ち読みも、長くてもせいぜい二十分程度しかできないはずだ。臆病なところがある次彦は、店員の目が気になってそれ以上の長居はできないだろう。となると、帰ってこないのはいかにも変ではあった。

「ええと、他の友達のところにも電話してみましたか？」

「いいえ、まだよ。と言うか、波田君以外に友達なんていないでしょ。誰かいるかしら？」

逆に問い返され、愚問だったと思った。伸吾は次彦のただひとりの友人なのだ。だからこそ母親も、真っ先に電話をしてきたのだろう。

「ともかく、うちには来てないんですよ。連絡もありません」

「そうなんですか……」

母親は消沈する。それが気の毒に思え、伸吾はついよけいなことを言った。

「こっちでも、知り合いに当たってみますよ。おれのところに来てないなら可能性は低いと思いますけど、心配ですから」

「そう？　そうしてくれる？　ああ、本当にありがとう、ありがとう」

母親が電話機に向かってぺこぺこと頭を下げている姿が想像できた。伸吾は戸惑《とまど》いながら受話器を置く。いったい次彦の身に何が起きたのだろう。

「どうしたの?」

普通でない気配を察したのか、寝室から母が顔を出した。伸吾は短く、「次彦がいなくなったらしいんだ」と答える。母はぽかんとした顔をした。

「次彦君が？　どうして？」

「知らないよ、そんなこと」

母の相手をしていても埒《らち》が明かないので、伸吾は顔を背けて自分の考えに没頭した。次彦の知り合いに電話をかけるべきか。だが伸吾の知る限り、中学の同級生で未だに付き合いがある相手はいないはずだった。

次彦は高校を卒業したきり、大学にも行かず就職するでもなく、そしてアルバイトもせずに家で自堕落な生活を送っている。そもそも中学在学時から、少し変わった奴と気味悪がられていたのだ。友情など芽生えるわけがないし、少しの交流があっても継続させるのは不可能だ。伸吾だって、アニメという共通の趣味がなければ、付き合いは途絶えていたかもしれない。

自分の気持ちに正直になれば、次彦に友情を感じているのかどうかも疑問だ。伸吾にとって次彦は、都合のいい存在だった。アニメ番組のエアチェックは絶対に失敗しないし、高価なＤＶＤボックスも次々に買う。それを気前よく貸してくれるからこそ、これまで付き合ってきたのではなかったか。もし次彦がビデオテープやＤＶＤを貸してくれなかったら、伸吾はとっくに次彦と縁を切っていた気がする。何しろあいつは、中学の頃から嫌われ者だったのだ。

そんな自分の打算を不意に突きつけられたような気がして、伸吾は落ち着かなくなった。次彦は確かに変人ではあるが、孤独を愛しているわけでは決してない。だからこそ、伸吾の関心を引こうとあれこれ貸してくれたり、融通してくれたのではなかったのだろうか。そう思うと、次彦が憐れに思えるのと同時に、自分がとてつもない卑怯者に感じられる。本当の友人なら、こんなときこそ行動を起こすものではないか。

伸吾は電話をやめ、自室に戻った。手早く着替え、外出の支度をする。次彦の行き先に心当たりなどなかったが、家でじっとしていることはできなかった。

次彦を捜してくるとだけ言い置いて、外に出た。真夜中近くにもかかわらず、外は日中と変わらず暑い。今日も熱帯夜になるのだろう。少し歩いただけで汗が噴き出してきて、伸吾はなおさら異常事態が起きたことを確信した。軟弱な次彦が、こんな暑い夜に外をぶらぶらしているわけがない。

まず伸吾は、近所のコンビニエンスストアを覗いてみた。次彦の父親が捜した後かもしれないが、入れ違いということもある。わずかな期待を抱いて足を運んだものの、店内に次彦の姿はなかった。

次彦の行動範囲は狭い。他人からはほとんど引き籠りも同然の生活を送っていると見られても仕方がないほどなのだ。それでもひとつだけ、次彦が興味を覚えそうな店があることに思い至った。レンタルビデオショップだ。レンタルビデオショップなら、深夜の一時まで開いていたはずだ。コンビニにいないなら、行き先はそこしかないだろう。伸吾は足を速めて、この地域でただ一軒のレンタルビデオショップに向かった。

暗い夜道の先に、皓々《こうこう》と光るネオンがあった。外から見ても店内には人が多く、夜間とはとても思えない。ここにこそいるはずと、伸吾は自動ドアが開くのももどかしく中に飛び込んだ。

次彦がいるならアニメコーナーだ。そう見当をつけて、真っ先にその棚に向かった。だが先客は誰もいない。違ったかと幼年向けの棚も覗いたが、こちらにも人影は見られなかった。

棚の間を抜けて、新作コーナーに行こうとしたときだった。人にぶつかりそうになり、慌ててよけた。相手は「失礼」とだけ言って、伸吾の横を通り抜けようとする。それが見知った顔だったことに驚き、伸吾は声をかけた。

「次彦君のお父さん」

コンビニを捜しているという次彦の父親は、伸吾と同じようにレンタルビデオショップに息子がいる可能性に思い至ったようだ。しかしその形相からすると、ここも空振りだったらしい。目尻が吊《つ》り上がるほど血相を変えた父親は、伸吾を見てわずかに表情を和らげた。

「ああ、君は……」

「波田です」

伸吾は次彦の母親から連絡をもらい、心配になって捜していることを手短に告げた。最初は喜びを顔に上せた父親だったが、すぐに不安が取って代わる。息子が見つからない状況には、なんの変わりもないからだ。

「ありがとう。こんな遅くに申し訳ないね」

「いえ、心配ですから」

母親に言ったことと同じ台詞を口にする。父親はもう一度「ありがとう」と繰り返してから、小さく首を振った。

「きっとここだろうと思ったんだが、いなかった。私は違うところを捜してみるつもりなんだ」

「警察には連絡しましたか」

「いや、まだだけど。そうすべきかな」

「連絡した方がいいでしょう。真剣にとり合ってもらえるかどうかわからないけど」

「うん、そうだね。派出所じゃなく、署まで行ってみよう」

「じゃあぼくが、この辺りを捜してみます」

「そうしてくれると、本当に助かる」

父親はさらに礼を言って、ビデオショップを出ていった。伸吾もその後に続く。

ここにいないなら、もう心当たりはなかった。それでも家に戻る気にはなれない。無駄と承知しつつ、伸吾たちが通っていた中学校へ足を向けた。

途中、近道をするために公園を通り抜けようとした。中学在学当時は下校時によく寄り道した公園だ。ベンチこそ新しい物に取り替えられているが、基本的には何も変わっていない。当時のことを少しだけ思い出し、伸吾は公園内に目をやった。

ふと、視界の端で何かを捉えた。その正体をはっきり認識する前に、足が止まる。目を凝《こ》らして、伸吾はぎょっとした。

見えたのは、靴の裏底だった。ひと揃いの靴が、こちらに底を見せて転がっている。その向こうは茂みと暗闇に紛《まぎ》れ、はっきりとしなかった。

伸吾は不吉な予感に突き動かされ、そちらに近づいた。街灯の光が届きにくい場所のため、不安ともどかしさが拮抗《きっこう》する。だがぼんやりと、そこに落ちているのが靴だけでないことがわかってきた。靴を履いた人間が、地面に俯《うつぶ》せに寝ているように見えた。

柵を乗り越え、茂みを掻《か》き分けた。人が寝ているのは見間違いなどではなかった。伸吾は揺り起こそうとし、「ひっ」と息を呑む。顔半面を地面に押しつけている人物は、虚ろな目を見開いていた。

死人はこんな顔をしているのか。それが伸吾の感想だった。寝ている人が生きていないのはわかっても、それが捜す相手だということにはなかなか気づけずにいた。

9

二階から下りてきた波田伸吾は、見るからに憔悴《しょうすい》していた。無理もない。捜していた友人を死体で発見するような目に遭えば、誰だって精神に強いダメージを受ける。捜査一課刑事のぼくですら、未だに死体を見るのは勘弁して欲しいくらいなのだ。波田がショックから立ち直るには、長い時間がかかるだろう。

「このたびはお気の毒でした」

友人が死んだことと、波田自身の衝撃の両方を慮《おもんぱか》り、そう切り出した。応接セットの向かいに坐った波田は、俯き加減のまま小さく頷く。キッチンでお茶の準備をしている母親が、心配そうにこちらを見ているのが視界の端に映った。

「辛いところを申し訳ないんですが、昨晩のことを初めから、順を追って話していただけますか」

ぼくはわざと、事務的に話を進めた。その方が証言をする側の気持ちが楽になると、これまでの経験から知っていたからだ。隣に坐る橋本さんは、ぼくにすべてを任せてメモを取ることに専念している。波田も厳つい顔の橋本さんより、年が近いぼくの方が話しやすいだろうという計算があった。

波田は幾度かつかえながらも、理性的に自分の経験を語った。その説明は、被害者の両親の証言と完全に合致する。時刻までいちいち確認している点が、我々にしてみればありがたかった。

「なるほど、どうもありがとう。ではひと目見て、阿部さんが亡くなっているとわかったんですね。それは阿部さんが、誰かに殺されても不思議ではないと思っていたからですか」

ぼくは話を引き取って、おもむろに本題に入る。波田は驚いたように目を見開いて、「とんでもない」と首を振った。

「あいつが誰かに恨まれるなんて、そんなわけないですよ」

「どうしてですか？　絶対にあり得ないとは言い切れないでしょう」

「それは確かにそうですけど……。でも恨みなんて、人間関係が濃くないと生まれないでしょう。そもそもあいつは、ぼく以外の人とは誰とも付き合ってなかったんだ。だから恨まれるようなことがあるわけないですよ」

被害者の日常生活は、一応両親から聞いている。極端に他人との接触が少ない生活であったのは事実のようだ。果たしてこれは動機なき殺人なのか。それとも隠された怨恨や利害関係があるのか。それを探り出さなければならない。

母親がお茶を出してくれ、ぼくたちは礼を言う。だがそれには手を伸ばさず、念を押した。

「つまり波田さんは、阿部さんの友人を他に知らなかったんですね」

「知らないですね。ぼくと阿部は中学からの付き合いですが、当時の同級生とは完全に切れてるはずです。卒業して疎遠になったってわけじゃなく、あいつは在学中から気持ち悪い奴って見られてたんですよ」

「気持ち悪い奴？」

「ええ。あいつ、外見からわかるとおり、典型的なオタクでしょ。美少女アニメとか、ギャルゲーとかが大好きで、話題はそれしかないんですよ。アニメくらいならまだしも、ギャルゲーとなるとけっこう引く人もいますからね。特にあいつは、十八禁のソフトでもやってましたから」

「十八禁のギャルゲーね」

それだけで、完全に被害者の人物像ができあがってしまった。類型化して考えるのはよくないと思いつつも、分厚い眼鏡をかけた脂肪過多の容姿を知っていると、もうどうにもならない。中学以来の友人が典型的オタクと語るくらいだから、ぼくの抱いたイメージも決して間違ってはいないだろう。

「ギャルゲーってなんだ」

　こちらの会話についていけなかったのか、初めて橋本さんが口を挟んだ。ぼくはいささか気恥ずかしさを覚えつつ、説明する。

「アニメの美少女が出てくるゲームのことですよ。ギャルの出てくるゲームだからギャルゲー」

「そんなのに十八禁なんてあるのか」

「実写だったら犯罪になるようなのがあるらしいですよ」

　橋本さんは厳つい顔をますます顰《しか》め、うーんと唸《うな》る。ぼくは話を戻した。

「それで、阿部さんはギャルゲーをやってるオタクだから気持ち悪いって思われてたの？」

「いや、それだけじゃなくて……」

　確認すると、波田は口籠《くちご》る。ぼくは相手の戸惑いを見透かして、質問を重ねた。

「もしかして、阿部さんはロリコンだった？」

「……ええ、はい」

　認めるのは本意じゃないんだと言いたげに、波田は渋々頷く。隠したってどうせわかることだから、責任を感じることはないと言ってやりたかったが、きっと慰めにもならないだろうと思ってやめた。

「写真を撮るんですよ、あいつ。公園で小さい女の子の」

「はあ、写真ねえ」

被害者の部屋からは、多数の幼女の写真が見つかっている。阿部次彦がロリコンであることは、証言を得る前から予想済みだったのだ。

「お菓子とかいっぱい買って公園に行って、それを餌《えさ》に女の子をジャングルジムに上らせるんですよ。で、下から写真を撮るんです。ばっちりパンツまで映ってました。しかも、その写真を大事そうに学校に持ってきて見せびらかすもんだから、一年の頃から浮いてましたよ」

そんな被害者の生前の振る舞いに動機が隠されているのではないかと、捜査本部では推測されていた。だからぼくは、言いづらそうにしている波田に同情しながらも、質問の手を緩めない。

「でも君は、未だに付き合いが続いてたんだよね。もしかして、趣味が合ってた？」

「おれもロリコンかって訊いてるんですか？　とんでもない。おれはあいつのあの趣味だけはいやでしたよ」

「そうなんですか。じゃあ共通の趣味はギャルゲーとかアニメですか」

「アニメだけです。ぼくはギャルゲーはやりません」

心外だとばかりに、波田は言い張る。ギャルゲーが趣味だって別にかまわないとぼくは思うが、橋本さんの手前、口にはしないでおく。

「じゃあさ、そんな感じでロリ仲間ってのもいたんじゃないの、阿部さんには」

「さあ。聞いたことないですね」

波田は首を傾げる。被害者の住所録やメールの送受信ログにも、それらしい相手は見つかっていない。ロリコン趣味を共有する相手は、どうやら存在しなかったようだ。

「ええと、これは被害者の名誉を傷つけるつもりじゃなく、あくまで犯人を捕まえるために質問するんだけど、阿部さんは実践派じゃなかったんだよね。写真を撮るだけで満足してたわけだね」

「実践って――。具体的にどういうことですか」

一瞬絶句し、波田は問い返す。ぼくだってこんなことは口にしにくいから、抽象的な質問にしているのだ。訊き返さないでくれ。

「いや、だから、小さい女の子に触ろうとしたりとか」

「そんなことはしてないでしょう。あいつは度胸ないですから」

「そうですか。そうですよね」

被害者の部屋から大量の幼女の写真が見つかってすぐ、変質者のリストを洗い直した。その中に被害者の名前がないことはすでに確認されている。それでも念のため、表面化していない事件があるのではないかと考えたからこその質問だった。波田の態度は、知っていて庇《かば》っているという感じでもない。この線は見込み違いなのかもしれないとぼくは考えた。

「あ、でも……。いや、なんでもないです」

波田は何かを思い出したように顔を上げたが、すぐに言い淀む。そんな物言いを、刑事が追及しないわけがない。

「なんですか。何かがあったんですか」

「いや、別になんでもないんです」

「隠す気持ちはわかりますが、どうせ調べればいつかわかることですよ。被害者のことを気の毒に思うなら、我々の手間を省《はぶ》いてください」

強く言うと、波田は消沈して素直に応じる。

「……今年の冬に、この近所で小さい女の子が誘拐されて殺されたでしょ。あいつ、あの事件には興味持ってました」

近くで起きた大事件だから、周辺住人が興味を持つのは当然のことだ。だがロリコンと聞いていれば、その意味も変わってくる。阿部次彦はもしかして、犯人の行為に憧れていたのだろうか。

「自分でもやってみたい、なんて思ってたわけじゃないよね」

「違いますよ。違うと思いますよ。それはいくらなんでも誤解です」

波田は強調する。だがこちらとしては、なんとなく引っかかる話ではあった。

「あいつはあんな残酷なことできないですよ。だからギャルゲーなんてやってるんじゃないですか。繰り返しますけど、あいつにそんな度胸はないです。女の子に乱暴したことを恨まれて殺されたって考えてるなら、ぜんぜん的外れですよ」

捜査本部の見込みにようやく気づいて、波田は必死に主張した。ぼくが黙っていると、不安になったらしくさらに言い募る。

「あいつが人に危害なんて加えられるわけがない。そんなことをするくらいなら、自殺してますよ、あいつ」

「自殺？　そりゃ極端だね」

「でもそうなんです。あいつはオタクでロリコンだったけど、だからって異常な人間だったわけじゃないですよ。人並みにものを感じるし、いろいろ考えたりもするんです。友達が少ないとか、女の子に相手にされないとか、そういうことはあいつだって辛かったはずなんだ。だから何度か、自殺したいって漏らしたことがあるんです。本当に死にたいわけじゃなかったろうけど、でもほんの少しくらいは本気が混じってたんですよ、きっと。今ならわかります」

偏見を持っているなら絶対に訂正してやる、という気概の籠った剣幕だった。友達のために必死になるその姿にぼくは好意を覚え、「よくわかりました」と応じて頷いた。そんな反応に安心したのか、波田は胸に溜めた息を小さく吐き出した。

10

「四人目だろ。詳細は？」

　ぼくを招き入れるなり、先輩は前置きもなくそう言った。捜査会議から直接やってきたぼくは、疲れが溜まっていたので、「せめてお茶くらい飲ませてくださいよ。自分で淹れますから」と頼んだ。

「そうか。インスタントコーヒーの置いてある場所はわかるよな。お湯は沸いてるから、勝手に飲め」

　先輩は冷たく言い放って、自分はソファに凭れる。どうやらついさっきまで仕事をしていたらしく、今日は機嫌が悪い。

「あ、ついでにそこら辺を掃除しておいてくれてもいいぞ。お前、最近掃除してないだろ」

　まるでここがぼくの家であるかのような言い種《ぐさ》である。こっちは捜査本部を抱えて死ぬほど忙しいんです、なんて反論しようものなら、言葉が三倍になって返ってくるのは確実だ。だからぼくは何も言わず、コーヒーだけ淹れてリビングに戻る。仕方ないから、この事件が終わったら掃除してあげましょう。

　ぼくは手帳を取り出し、阿部次彦の事件について順を追って語る。先輩は殊勝にも、おとなしく耳を傾けていた。

「というわけで、被害者の周辺に容疑者は見当たりませんし、前三人の被害者との接点もありません。その点はこれまでどおりと言えます」

「行きつけのコンビニやレンタルビデオショップが共通していた、なんていうこともないんだな」

不機嫌でも頭の調子は鈍ってないようだ。さすがに先輩は的確な質問をしてくる。

「過去三人の被害者は、阿部が通っていたレンタルビデオショップの会員にはなっていません。それとコンビニも、生活圏が重ならないので行ってなかったでしょう。だから、そこでなんらかのトラブルに同時に巻き込まれたという可能性も、現時点では低いです」

「ふん。まあそうだろうな。そう来なくちゃ面白くない。で、今回は犯行方法が違ってたよな。ナイフで心臓をひと突きにされてたんだろ」

「そうなんです。凶器は登山用のサバイバルナイフでした。サバイバルナイフとしては一番普及している商品で、こちらから犯人に辿り着くのはちょっと難しいでしょう。心臓への刺創で、阿部は即死。凶器は遺体に刺されたまま現場に残されていましたが、指紋は検出されていません」

「それでも一連の連続殺人と同一犯と考える根拠は？」

「数字です。例のメモ」

「今度はいくつだったんだ」

「『17』でした」

「『17』ね」

先輩は繰り返すと、なにやら口の中でぶつぶつと呟き始めた。あいうえお、と言いながら指を折っている。そして仏頂面を不意に崩すと、「わかった」と叫んだ。

「わかったぞ、桂島ちゃん！　オレ様はなんて天才なんだ」

「えっ、わかったって、数字の意味がですか？」

ぼくのことをちゃん付けで呼ぶのは、機嫌がよくなった証拠である。どうやら本当に何か摑んだらしい。

「ひとつ質問だ。阿部次彦は、自殺願望があったんじゃないか」

「えっ、どうしてそんなことがわかるんですか。確かに死にたいと漏らしていたことはあったそうですけど」

「そうだろそうだろ。そうじゃなきゃおかしいんだ。その他にも、そんなことを言ってた奴はいなかったか」

「二番目の被害者の堀田雅史が、過去に心中未遂を図ったことがあります。死ぬ直前にも、女の子に冗談めかして『一緒に死のう』と持ちかけていたようですけど」

「ますますいいねえ。ついでにさらに確認だ。人を殺してみたがってるような馬鹿はいなかったか」

「先輩は千里眼ですか？　三番目の被害者の田代浩二が、まさにそんなことを言ってましたよ」

「そうかそうか。あー、ここに関係者一同がいないのが残念だね。『皆さん、事件の真相は明らかになりました』って演説できたのに」

「本当ですか」

疑うわけではないが、思わずそう口にしてしまった。言った後でしまったと思ったが、先輩は気を悪くした様子もない。不気味なほどにこにこ顔である。

「じゃあいくぞ、桂島。いよいよ解決編だ。耳の穴をかっぽじってよく聞け」

「聞いてます」

ぼくがメモを構えると、先輩は「よしよし」と頷いて立ち上がった。そして無意味にリビングをうろうろし始める。

「死体に残されていた数字は、オレ様が言ったとおりメッセージだったんだ。だがこのメッセージは、解読する頭脳を持った者にしか届かない。暗号みたいなもんだな。暗号にしちゃ、ちゃっちいが」

「やっぱり暗号ですか」

それは考えないでもなかった。だが考えても何もわからなかったのだ。

「ここで暗号講義と行きたいが、面倒臭いから省略だ。自分で本でも買って勉強しろ。ともかく今回は、置換法《ちかん》とだけ認識すればいい」

「痴漢法？」

「置き換えって意味だぞ。つまりこの数字は、言葉に置き換えられるってことだ。それも特に複雑じゃない。五十音に当てはめて、そのまま拾っていけばいいんだ」

「五十音にですか。でもその程度は捜査本部でもやったんですけど」

「うるさい、水を差すな。順番にいくんだから黙って聞いてろ。数字は2、13、19、17だよな。これを素直に五十音に当てはめてみろ。どうなる？」

ぼくは言われたとおり、さっきの先輩のように指を折ってあいうえおと唱える。

「い、す、て、ち、ですか」

「そうだ。だがそれだけじゃ足らない。三つ目の数字には、右肩に点々が付いてたんだろ。それは濁点なんだ。だから、い、す、で、ち、と読むのが正しい」

「なるほど」

とは言ったものの、まだぜんぜん意味はわからない。それからどうするんです？

「で、これは順番が違うんだ。す、い、ち、で、と並べ替える。そしてさらに、もう一回これをローマ字に置き換えるんだよ。ここがちょっと難しいかな」

「ローマ字にですか。って言うと、SU、I、CHI、DEですね」

「『ち』のHはいらない。それで続けて読んでみろ」

「すいちで」

「阿呆！　中学校からやり直せ。スーサイド、つまり自殺じゃないか」

「じ、自殺？」

それで先輩は、自殺願望云々と言っていたのか。しかしどの事件をとっても明らかに他殺なのだが、どうして自殺などという言葉が浮かび上がってくるのか。

「だ、誰が自殺だって言うんです？　阿部次彦ですか」

「全員だ」

「全員？　阿部は指紋の付着していないナイフで刺されて、他の三人は鈍器で頭を殴られてるんですよ。そんな自殺がありますか」

「あったんだよ。これがこの事件の面白いところだ。正確には、本当に自殺したのは最後の阿部次彦だけだけどな。ここは推測になるが、おそらく最初の市村和将を殺したのが堀田雅史、堀田を殺したのが田代浩二、田代を殺したのが阿部だろう。そして阿部が自殺したというわけだ」

「どうしてそんなことを？　いや、その前に阿部が自殺ってのはあり得ないですよ。だって心臓ひと突きで即死だったんですから。ナイフの柄から指紋を拭き取っている余裕はなかったんです。まさか、自殺幇助《ほうじょ》者が他にいたって言うんですか」

「いたっていいんだが、指紋を残さずに自殺する方法はあるぞ」

「どうやって？」

「お前も警視庁の刑事だろ。たまには自分の頭で考えてみろよ」

そう言われても、指紋を残さずに自殺したなんていう事件は聞いたこともない。考えてもさっぱりわからなかった。

「世話が焼けるなぁ、桂島ちゃんは。まあ、いいでしょう。親切な先輩が手取り足取り教えてやるよ」

「すいませんです」

取りあえず頭を下げておく。事件を解決してくれるなら、何を言われようと我慢できるというものだった。

「いいか、こうだろ」

先輩はようやく立ち止まると、不意にフローリングの床に四つん這《ば》いになった。

「こうやって、ナイフの刃を上に向けて構える。で、ゆっくり上体を倒して、地面と自分の体でナイフを軽く挟むんだ。ナイフの刃先は心臓の上。少し刺さるかもしれないが、まあ我慢だな」

先輩はボールペンをナイフの代わりにして、実地で演じてくれる。ぼくは疑問を挟んだ。

「そんなことしたら、痛くないですか？」

「これから自殺しようってんだから、少しくらい痛くても我慢しろ。でな、ほら、これなら両手を離してもナイフは倒れないだろ。こうしておいてナイフの柄を拭《ぬぐ》うんだ。拭った布きれは、石でも包んで遠くに投げる。で、一気に上体をナイフの上に倒せば、ぐさっ。凶器に指紋の残っていない自殺が可能になるってわけだ」

「な、なるほど」

ぼくは思わず感心する。だがすぐに、次の疑問が湧いてきた。

「でも先輩。指紋を残さず自殺できることはわかりましたが、そんなことをしてどういう意味があるんですか？　それと、どうしてドミノ倒しみたいな自殺だか他殺だかをしなきゃいけないんです？」

「お前、自殺する度胸はあるか？」

「えっ、ないですよ、そんなもん。そもそも自殺なんてしたくないですし」

「そうだろ。自殺ってのはけっこう勇気がいるもんなんだ。その上、なんか人生の敗北者のような感じがして悔しいだろうしな。だから四人は、死にたいけども自分では死ねなかった。そんな悩みを持った奴らが、たまたま知り合った。そこで、順番に自分を殺してもらうことにしたんだよ。取りを務めた阿部だけは、まあ勇気があったと誉めてやってもいいな」

「そんなこと誉めないでください。つまりなんですか、この事件はすべて、委託殺人というか委託自殺だったって言うんですか」

「おっ、いい表現を使うじゃない。そうそう、まさにその委託自殺だったってわけだ。中には人を殺してみたいなんて馬鹿も混じってたわけだろ。めったにできない経験ができて、田代浩二も満足だったんじゃないか」

「ちょっと、整理させてください。四人の被害者はみんな、死にたいと考えていた。でも自殺する勇気はないし、外聞が悪いことも気にした。だから自殺であることを隠し、明らかに他殺という状況で殺してもらった。最後にひとりになった阿部だけは、指紋を残さない工夫をして自殺した。こういうことですか」

「そうだ、そのとおり。百点」

「でもそれじゃあどうして、わざわざ〝自殺〟なんて言葉を込めた数字を残しておいたんでしょうか。それは隠さないといけないことでしょ」

「自己顕示欲って奴かな。せっかくこんなことを思いついたんだから、彼らも誰かに自分たちのアイディアを知って欲しかったんだろう。だが露骨に書き残すわけにはいかない。そこでオレ様のような天才にだけわかる暗号にしたというわけだ」

「うーん、そういうもんですか。なんか今ひとつ釈然としないんですけど」

「今どきの若者なんて、そんなもんなの」

「そうですかぁ」

堂々と言い切られると、反論も難しかった。そこでもうひとつ、現場の刑事としては最も気になる点を突っ込んだ。

「じゃあそれはそれでいいとして、先輩の推理によれば、四人の被害者には接点があったってことですね。でもそんな事実は見つかってないんですけど」

「そりゃお前たちの努力不足だろ。もっと真剣に洗い出せば、きっと見つかるはずだよ」

「そうですかねぇ」

「なんだ、お前。オレ様の神の如き名推理を疑うってのか？」

「いえいえ、そんなつもりは。うん、確かにそうですよね。これですべての疑問には説明がつきますか」

「そうだよ。またひとつ、オレ様の輝かしい事件簿に名声が刻み込まれたんだから、脇役のお前は素直に賞賛しろ」

「いやもちろん、先輩の推理にはほとほと感心しましたよ。さっそく捜査本部に持ち帰って、本部長に報告したいと思います」

「オレ様の推理だってことを言い忘れるなよ」

「はいはい」

先輩の辞書に、奥ゆかしさとか謙譲の美徳という言葉はない。ぼくは慌ただしく礼を言い、先輩のマンションを飛び出した。

11

一週間前に掃除をしたばかりだというのに、路上はもう汚されていた。たばこの吸い殻、踏みつけられたチラシ、空になった缶。佐藤春夫《はるお》は娘の死を汚されたように感じ、ひどく不愉快だった。持ってきた箒で、丁寧に路上を掃き始める。

だが道路の清掃は、佐藤にとって苦痛ではなかった。大がかりな掃除を終えた今は、ただ三十分ばかり箒を動かしていれば終わる路上清掃など何ほどのこともない。ゴミで汚されることは不快でも、それらを一掃したときの達成感は格別だった。娘のためにしてやれることがあるのは、佐藤に残された最後の幸せのように感じられた。

休みの日の清掃を日課にしていると、顔馴染みの人が何人かできる。道を通り過ぎる際に、「いつもご苦労様です」と声をかけてくれる人がいるのだ。だが彼らは、なぜ佐藤がここを掃除し続けるのか知らないだろう。その匿名性《とくめい》が、佐藤にとっては心地よい。ただでさえ、娘の死には縛りつけられているのだ。他人から同情の目を向けられ、あのときの気持ちを否応なく思い出させられるのはたまらない。これ以上の苦しみは、もうたくさんだった。

娘がいなくなったとき、佐藤は会社にいた。妻はなんとか自分ひとりの力で捜し出そうとして、佐藤に連絡をしなかった。その判断が娘の命を左右したわけではないが、佐藤は今でも妻を恨んでいる。自分の知らないところで事態が終わっていたことが、どうにも悔しくてならなかった。

七時過ぎになってようやく、娘が行方不明になったことを知った。佐藤は電話をしてきた妻を怒鳴りつけ、すぐに警察に助力を求めた。五歳の幼女が七時過ぎまで帰ってこなければ、なんらかの事件か事故に巻き込まれている可能性が高い。警察はすぐに動いてくれたが、しかし娘の行方は杳《よう》として知れなかった。

地獄だったと、振り返って思う。娘が発見されるまでの三日間は、まさに生き地獄だった。文字どおり一睡もせず、娘の帰還を待ち続けた。だが時計の針が刻一刻と進むたび、希望が薄れ絶望に取って代わられる。身を切り刻む焦燥とは、あのような気持ちを言うのだろう。自分の命を投げ出して済むことであれば、喜んでそうしたい。しかし実際には何もできることがなく、ただひたすら電話が鳴るのを待ち続けなければならないのが、死にも勝る苦痛だった。

それでも、最後まで諦めなかった。きっとどこかで生きているはずと、ひたすら己に言い聞かせた。自分が諦めてしまったら、その時点で娘の命が絶える。そんな根拠のない思いつきに縋《すが》り、存在など信じてもいない神に祈り続けた。

だがやはり神はいなかった。祈りは届かなかった。娘は変わり果てた姿で発見された。妻はその凶報を聞き、卒倒した。佐藤も目の前が暗転したが、意識は失えなかった。気絶した方が楽なのにと、心の隅で他人事のように考える自分がいた。

人間の一生に起きる、考え得る限り最悪の事態だと思った。だがそれは、まだまだ甘い認識だったと後に思い知らされた。娘の遺体は憐れにも解剖され、そして恐ろしい事実が明らかになった。理不尽だと思いつつも佐藤は、その解剖結果を知らせてくれた刑事を今でも恨んでいる。あんな話は、決して知りたくなかった。

警察の動きは迅速だった。解剖結果を受けて容疑者を割り出し、逮捕に結びつけた。その見事なスピード逮捕に、佐藤は復讐という二文字を思い浮かべる暇《いとま》もなかった。あまりに大きい音を耳許で鳴らされると、その後しばらく音が聞き取りにくくなる。おそらくあのときの佐藤は、ちょうどそんな心境だったのだろう。容疑者逮捕の朗報にも、心はなんの反応も示さなかった。

容疑者が逮捕され、所轄署に連行されたのは、ちょうど夜のニュースの放映時間中だった。そのため中継車が所轄署に集結し、レポーターがたどたどしく断片的な情報を伝えた。佐藤はほとんど無意識に、その映像をビデオに録画した。今は何も感じられなくても、後で必ず容疑者についての情報が欲しくなる。そんな考えに基づいての行動だったが、それは今思うと何者かに操られた結果のようにも感じられた。あのときの自分に、そんな冷静な判断が下せるはずもなかったからだ。

自分を操ったのは神などではないはずだった。神の不在は、娘が死んだ瞬間に思い知った。ならばあれは何者か。大いなる悪意とでも言い表すべき、何か巨大な意思だったのだろうか。佐藤は何度か考えてみたが、結論は出なかった。佐藤にとってもあまり重要なことではなかった。

月日は否応なく流れ、生きてゆくためには悲しみの底に沈んでいることすら許されなかった。廃人のように毎日呆然と過ごす妻を羨ましくも妬《ねた》ましくも感じながら、佐藤は会社に復帰した。周囲の同情の眼差しが痛く、平凡な日々が佐藤にとっては苦痛に満ち満ちていた。なぜこんな毎日を送らなければならないのか。自分たち夫婦のどこに落ち度があったのか。そう考えるとあまりにすべてが理不尽に感じられ、体を内側から食い破るような激烈な怒りが込み上げてきた。怒りが、ようやく佐藤の体にエネルギーを吹き込んだ。

そのときになって初めて、佐藤は犯人を憎いと思った。この手で殺してやりたいと、強く望んだ。しかしもう逮捕されてしまった今は、そんなことは不可能だ。せめて極刑をもって報いて欲しいと思うが、死刑判決はめったに出ないという話も聞く。なんともやるせなく、空しく、怒りのぶつけどころを探すために佐藤はビデオデッキを動かした。容疑者逮捕の瞬間を追体験し、この理不尽な事態に抗う力を得たいと考えた。

佐藤は再生された映像を見た。そして、ある意味では娘の死に匹敵するほどの衝撃を受けた。沈鬱《ちんうつ》な面もちで容疑者逮捕の経緯を語るレポーター。そしてその後ろで、これがなんのための中継かも考えずに大騒ぎをする茶髪の若者たち。彼らはあろうことか、画面に向かってピースサインを出し、どこかに携帯電話で連絡をとっていた。おそらく、今テレビに出ているぞと友人に自慢しているのだろう。画面の中で娘の死は尊厳を失い、貶《おとし》められ、意味を抹消された。五歳の幼児が乱暴された上に殺されても、何も感じずに浮かれ騒ぐ者ども。佐藤は頭の芯がすっと冷え、心が一点に固着するのを意識した。自分のなすべきことを画面の中に見つけ、活力を得た。

若者たちを捜し出すのは、それなりに骨が折れた。だが佐藤は決して諦《あきら》めなかった。若者たちは必ず所轄署の周辺に住んでいる。そして、連日夜遊びをしているに違いないのだ。そうでなければあの時刻に、所轄署前に集結できるわけがない。そう信じて、佐藤はひたすら歩き続けた。

ニュース映像で顔が確認できた若者は、四人だけだった。その背後にはさらに数人の若者がいたが、残念ながら顔は判別不能だった。だから佐藤は、顔がわかる四人だけに狙いを絞った。それ以上となると自分の手には余るので、適切な人数ではあった。

半年がかりで、四人の身許を突き止めた。ファーストフード店、ゲームセンター、コンビニエンスストア、ビデオレンタルショップといった、あの種の若者が集まりやすい店を根気よく回り続けた結果だった。四人の身許が判明したとき、佐藤は娘の復讐を開始した。そう、それは娘の復讐以外の何物でもなかった。

三人に対しては、怒りを込めて頭を殴りつけた。一撃で殺しては、慈悲深すぎる。何度でも殴りつけることでようやく、彼らに自分の愚かさを思い知らせてやれることができる。佐藤はそう考えた。

だがひとりだけ、太って眼鏡をかけた男だけは、カメラに向かってピースサインを出さなかった。なにやらむっつりとした表情で、じっと護送される犯人を見つめていた。興味本位の野次馬であることには変わりないが、罪一等は減じてやってもいい。だから太った男だけは、撲殺ではなく心臓をひと突きにして殺した。男を刺し殺した瞬間、佐藤は巨大な達成感に身悶《みもだ》えした。娘を喪ってからずっと感じ続けていた息苦しさが、嘘《うそ》のように消え失せていた。

殺された若者たちは、なぜ自分が死ななければならないのかわからなかっただろう。それが唯一残念なことではあった。だから佐藤は、自分にだけわかるメッセージを必ず残した。ニュースのあの報道が流れたのは、二月十三日十九時十七分だった。あの日あのときの恨みを晴らしているのだという意味を込めて、四人の死体に数字を残した。無駄な行為であることは、己がよくわかっている。だがそうすることで自分の怒りが癒《い》え、娘の供養にもなるかと思えば、佐藤にとっては決して無意味ではなかった。

清掃は終わった。達成感を得られた。佐藤は満足だった。胸に空いたどうしようもない欠落感は決して埋まらないだろうが、それでも今後生き続けていけるだろう。佐藤はそんな充足感を抱え、路上の掃除に没頭する。

腰を屈めて箒を動かしていると、背後から声をかけられた。振り返ると、いつぞやここを通りかかったふたり組の刑事だった。彼らはまだ、被害者たちの繋がりを探している。警察が真相に辿り着くことは、決してないだろう。

「どうもご苦労様です」

佐藤は皮肉でなく、素直にそう挨拶した。

12

「せんぱーい。どうしても被害者たちの接点が見つからないんですけど」

「阿呆！　泣き言言わずにきびきび働け」

ぼくは先輩に怒鳴られた。

THE "ABC" MURDERS

ＡＢＣＤ包囲網

法月綸太郎

法月綸太郎
のりづき・りんたろう

一九六四年松江市生まれ。京都大学法学部卒業。在学中は京大推理小説研究会に所属。『密閉教室』で作家デビュー。『雪密室』以来、著者と同姓同名の名探偵・法月綸太郎が登場、活躍中である。

主な著作
（☆印は講談社ノベルスと講談社文庫両方に収録）
密閉教室☆
雪密室☆
誰彼（たそがれ）☆
頼子のために☆
ふたたび赤い悪夢☆
法月綸太郎の冒険☆
パズル崩壊（講談社ノベルス）
法月綸太郎の新冒険
（講談社ノベルス）

Ｉ「起」の章

「3日午前6時ごろ、足立区千住仲町《せんじゅなかちょう》28番地、千住仲町公園の敷地に、若い女性の遺体が放置されているのを付近の住民が見つけ、警察に通報した。亡くなったのは、同町30番地のマンション『メゾン北千住』に住んでいた宝石店勤務・磯部《いそべ》朋代《ともよ》さん(25)。遺体には首を絞められた痕があり、警視庁は殺人の疑いで千住署に捜査本部を設置した。

　警視庁の調べでは、2日深夜、仕事から帰宅した磯部さんを、何者かがマンション前の路上で待ちぶせ、殺害現場となった公園まで無理に連れだした可能性が高い。磯部さんは昨年暮れごろから、いやがらせの電話が相次ぐなどの被害に悩まされており、警視庁はストーカーによる犯行の疑いもあるとみて、関係者から事情を聞いている」

（「毎朝新聞」二〇〇一年二月四日付朝刊）

「起承転結」というのは、もともと漢詩（絶句）の構成を示す用語である。すなわち、第一の起句で詩想を提起し、第二の承句で起句を承《う》け、第三の転句で詩意を転じ、第四の結句で全体を収束する。

*

あとになってから法月綸太郎が指摘したように、鳥飼《とりがい》俊輔《しゅんすけ》という男の脳髄に宿った奇妙な殺人計画は、この「起承転結」のセオリーを地で行くようなものだった。その筋書きは必ずしも見かけ通りではなかったが、別の角度から見れば、始めから終わりまで、驚くほどストレートな意図に貫かれていた——文字通り、一本の直線によって。

前置きはこれぐらいにしておこう。鳥飼俊輔が最初の行動を「起」こしたのは、二月十七日土曜日のことである。

その日、警視庁捜査一課の久能《くのう》警部は、朝から千住署の捜査本部に詰めて、地検に提出する関連資料のチェックに余念がなかった。連日のハードスケジュールにもかかわらず、表情は明るい。二週間に及ぶ磯部朋代殺しの捜査が大詰めを迎え、早ければ週明けにも逮捕状が取れそうな見込みが立っていたからだ。

容疑者は、草加市に住む三十七歳の元会社員。

殺された磯部朋代は、銀座の宝石店「ジュエリー松野」の店頭で接客と販売を担当していたが、昨年暮れごろから、自宅に匿名《とくめい》のいやがらせ電話がかかってくるようになった、と同僚や友人にこぼしていた。人目を引く容姿に加えて、過去にも交際を断った男性からしつこくつきまとわれた経験があることなどから、捜査本部は当初、典型的なストーカー犯罪の線で、被害者の交友関係を洗うことにした。

ところが、聞き込みを重ねるうちに、ストーカーの線は消えた。該当する人物がいなかったのと、もっと有力な動機の持ち主が捜査線上に浮かんできたからである。

事件の四ヵ月前、磯部朋代は通勤に利用している営団日比谷線の車両内で痴漢行為を目撃、その場で犯人を取り押さえ、被害にあった二十二歳の看護婦とともに警察に突き出していた。告発された会社員（当時）は身に覚えのないふりをしたが、朋代の証言が決め手になって、しぶしぶ痴漢行為を働いたことを認めたという。

その後の調べでこの男性は、刑事告発を理由に勤務先の会社を解雇され、昨年十二月から妻子とも別居していることがわかった。男性はそのころから、あの女がしゃしゃり出てこなければ、こんな理不尽な仕打ちを受けることもなかったのに、と親しい知人に洩《も》らすようになっていた。いつか思い知らせてやる、そんな物騒な台詞《せりふ》も聞かれたという。

元会社員は痴漢と名指《なざ》しされたのを根に持ち、被害者の看護婦ではなく、進んで証人となった磯部朋代を逆恨みして、いやがらせの電話をかけ始めた。それだけでは収まらず、ついに二日深夜の凶行に及んだにちがいない。

捜査本部は元会社員を徹底的にマークし、いやがらせ電話の発信元とみられるプリペイド式携帯電話の購入先を特定。さらに事件当日、現場付近の路上で目撃された不審車両の車種を絞り込んで、この男性が所有する自家用車の特徴と一致することを確認した。あとは、犯行前後の足取りを固める裏付け捜査が完了するのを待つばかりである。

この間、マスメディアはこぞって事件を取り上げ、興味本位の憶測をかき立てていたが、犯人特定のニュースはまだどこにも漏れていない。日比谷線の痴漢事件に関しても、情報は極力伏せられている。昨年末に世田谷で起こった一家四人惨殺事件では、報道機関への対応が拙劣をきわめ、捜査活動に支障をきたした反省から、今回、捜査本部は記者発表等の内容に関して、特に慎重になっていた。

捜査情報のリークに上層部が神経をとがらせているので、TVワイドショーを筆頭に、世間では未だにストーカー犯行説が最有力視されている。それが功を奏したのか、元会社員も今のところ、浮き足だった動きは見せていないようだった。

「久能警部」

と呼ぶ声がして、書類の綴《つづ》りから目を上げる。声をかけたのは、この半月ですっかり顔なじみになった千住署の婦人警官。内勤の三原巡査部長である。本庁組の中でも、久能はわりと所轄《しょかつ》の受けがよく、事務方《じむかた》の署員とフランクな関係を築いていた。

「ちょっとお邪魔していいですか。今、千住仲町公園で殺された女性について、情報を提供したいという方が見えてるんですが」

「情報提供？　どんな人物ですか」

「サラリーマン風の中年男性。地元の人ではなさそうな感じですけど」

「どういう種類の情報を？」

「さあ。重要なことなので、捜査の責任者に直接会いたいと」

巡査部長は男に手を焼いているような言い方をした。そうでなければ、こっちにお鉢が回ってくるわけがない。

「責任者ね」

「どうしましょうか」

久能はこめかみをボールペンで押しながら、本部が置かれている会議室を見回した。捜査の責任者といっても、上級幹部の出る幕ではないし、専従捜査員はほとんど聞き込みのため出払っている。午後二時を回ったところで、がらんとした部屋に残っているのは、連絡通信担当の係官ぐらいだった。

困惑顔の巡査部長を前に、久能はため息をついた。慢性的な人員不足は、どこの署でも同じこと。自分が相手をするよりなさそうだが、今さら重要な情報と言われても、あまり食指が動かなかった。一週間前ならともかく、犯人逮捕を目前に控えた現在、容疑を固める証拠はあらかた出尽くしている。男の話が聞くに値するものだったとしても、せいぜい捜査本部が知っていることの裏書き程度にしかならないだろう。

もちろん、一般市民からの情報提供の申し出は、いついかなる時でも歓迎する、というのが警察の建前である。しかし、そうやって寄せられた手がかりの中で、実際に捜査の足しになるものは、二割にも満たないのではないか。ましてや、マスコミが大々的に取り上げる事件であればあるほど、その割合は低くなる。自首マニアや虚言癖《きょげんへき》の持ち主、常習クレーマーみたいな連中が殺到して、情報のエントロピーを増大させるからだ。すでに通報件数のピークは過ぎていたが、今回のケースもその例外ではなかった。しかもそういう困った連中に限って、意味もなくVIP扱いを要求する傾向がある。男の話に食指が動かないのは、そのせいもあった。

かといって、何も聞かずに男を追い返すわけにもいかない。被疑者を自供に追い込む決定的なネタが見過ごされているかもしれないし、そうでなくても、相次ぐ不祥事と職務の怠慢で、警察に対する国民の信頼が大きく揺らいでいるご時世である。時間と労力のムダになりそうでも、きちんと対応するのが公僕《こうぼく》の務めではないか。自分にそう言い聞かせて、久能は書類の綴りを閉じた。

「話だけでも聞いてみるか。その男はどこに？」

「刑事課の控え室に通しました」

「了解。手っとり早く片付けよう」

パネルで仕切った来客用のスペースに入っていくと、中で待っていた男がソファから立ち上がった。四十歳ぐらいの小柄な人物で、几帳面《きちょうめん》そうな顔に銀縁《ぎんぶち》の眼鏡をかけている。身なりはこざっぱりしていたが、腰回りが細く、顔色もさえない。日ごろからストレスを強く感じて、毎食後、欠かさず胃腸薬を飲み続けているようなタイプ。おどおどしているくせに、レンズの奥の眼に険《けん》があって、緊張の度合いがうかがわれた。

久能は控え室のドアを閉めた。かけるように言って、男の向かいに腰を下ろす。

「磯部朋代さんが殺された事件について、何かご存じのことがあるそうですが」

男は質問に答えるかわりに、こっちを値踏みするような目つきで、

「捜査本部の責任者の方ですか？」

とたずねた。よっぽどそのことにこだわっているらしい。

肩書きと名前を告げると、男はその場で暗記するように復誦《ふくしょう》した。それでやっと安心したようである。頑《かたく》なな態度が解けて、見るからに小心そうな面持ちになった。

「お話を聞く前に、あなたの名前と住所をうかがいましょう」

男は鳥飼俊輔と名乗った。新宿区中井二丁目のマンションに住んでいるという。

「お勤めは？」

「新宿区役所です。今は都市計画部の計画調整課に」

同じ公務員というわけだ。それで肩書きにこだわるのかもしれない。メモを取りながら少しだけ親近感を覚えたが、ふと疑念がわく。

殺された磯部朋代は営団日比谷線の利用者で、被疑者の元会社員も東武伊勢崎線（日比谷線の直通区間）の沿線住民である。一方、鳥飼の住所は西武新宿線の沿線で、勤務先も新宿区役所。犯人・被害者のいずれとも、生活圏がまったく重ならない。

それならどういう経緯で、事件に関する重要な情報を知りえたというのか？　内心、眉《まゆ》に唾《つば》をつけながら、久能は事務的に段取りを進めた。

「さて、前置きはこれぐらいにして、鳥飼さん。千住仲町公園で起こった事件について、いったいどんな情報を提供してくださるんですか？」

「――私自身です」

鳥飼俊輔は口ごもるように答えた。何だって？　久能が首をかしげると、鳥飼は身を乗り出すようにして、今度ははっきりとこう言った。

「私があの女性を殺したんです――磯部朋代さんを」

久能はあっけにとられて、鳥飼を見た。顔つきは真剣そのもので、からかっているような様子はない。固唾《かたず》を呑《の》んで、久能の反応を待っている。一大決心を実行に移したことを物語る気負ったまなざしが、目に痛いほどだった。

「今、何とおっしゃいましたか？」

「ですから、私が磯部朋代さんを殺した犯人だと」

完全にその気になっている。久能は舌打ちしたいのをこらえ、発言を真に受けたような顔をしてうなずいた。

「わかりました。しばらくここで待っていてください」

鳥飼をそこに残して、久能はいったん控え室を出た。三原巡査部長を呼んで事情を話すと、彼女も目を丸くして、

「真犯人、ってことはありえないですね。自首マニアの類《たぐい》ですか？」

「たぶん」

「気がつかなくてすみません。そんなふうには見えなかったんですが」

「こっちも驚いた。まだ木《こ》の芽《め》時《どき》には早いのに」

「即刻、お引き取り願いますか？」

「――いや」

少し考えてから、久能は首を横に振った。ひどく思い詰めているようだから、何か騒ぎでも起こされたらまずい。それに万一、ということもある。

会ったばかりではっきりした根拠はないのだが、どうも男の目つきが気に障《さわ》ってしょうがない。おどおどしているわりに、熟慮の跡が見え隠れするきっぱりした表情で、単なる自首マニアとして片づけるには、直感的にそぐわないところがある。ひょっとして、被疑者の元会社員をかばうのが目的だろうか？　自ら罪をかぶるほど大きな借りのある人物なら、捜査の過程で名前ぐらいは浮かんできそうなものだが……。

「何か出てくるかもしれない。一応、調書だけでも取っておいた方が無難でしょう。刑事課の任意取調室は？」

「空《あ》いてます。うちの署の者に引き継ぎますか」

「交代したら、へそを曲げるだろうな。このまま、自分が聴取に当たります」

「いいんですか？」

「当分、本部に動きはなさそうだし、その方が時間の節約になる。速記をひとり付けてください。それから、男の身元の照会を」

久能は取ったばかりのメモを巡査部長に渡して、

「新宿区役所に問い合わせて、鳥飼俊輔という職員が在籍しているかどうか、確認してくれませんか。もしわかれば、最近の勤務状況なども」

「わかりました。すぐ問い合わせてみます」

　鳥飼俊輔は取調室の椅子に坐って、殺風景な室内をきょろきょろ見回していた。どこかに目に見えない仕掛けがしてあって、自分の反応を逐一《ちくいち》モニターしているのではないか、と懸《け》念《ねん》するような顔つきで。

「こういうところは、初めてですか」

　久能が口を開くと、鳥飼はやっとよそ見をやめた。取調室の空気がプレッシャーを募《つの》らせているのだろう、さっきより少しかすれた声で、

「警察の建物に入ったことはあります。だいぶ前ですが、免許の住所変更手続きで」

「今まで交通違反以外に、警察の厄介《やっかい》になったことは？」

「ありません。ですからこんな時は、どこからどうやって話せばいいのか」

「私が質問するので、それに答えてください」

「はい。よろしくお願いします」

　鳥飼は律儀《りちぎ》に頭を下げた。カマトトぶっているわけでもなさそうだが、油断は禁物である。速記官に合図して、尋問に取りかかった。

「最初から順を追ってうかがいましょう。殺された磯部さんと知り合ったきっかけは？」

「知り合いといえるかどうか。面と向かって話したのは、数えるほどなので。初めて会ったのは、去年の十月、銀座の『ジュエリー松野』という宝石店でした」

「彼女の勤め先ですね。指輪でも買いに？」

「家内にせがまれて仕方なく。その時、店に出ていたのが磯部さんでした。いろいろ見せてもらっただけで、結局、何も買いませんでしたが、最後まで親切にしてもらって。好感の持てる女性だな、と思ったのを覚えています」

「最初は奥さん同伴だったわけですね。次に会ったのは？」

「一ヵ月ほど後、また銀座に出る用事があって。今度は私ひとりでしたが、店先を通りがかった拍子に、彼女のことを思い出して、ふらふらと足が勝手に店内へ。前の晩に家内とつまらぬことで揉《も》めて、気持ちがくさくさしていたせいでしょう。磯部さんは私の顔を覚えていました。それどころか、ずいぶん歓迎されたので、かなり舞い上がってしまったようで。指輪を見るふりをして、ひとしきり話を聞いているうちに、急に彼女を自分のものにしたいという欲望を感じました」

「自分のものに？　若い女性に対して、よくそういう欲望を感じることが？」

「いいえ。魔が差したというか、あんなことは生まれて初めてです。そのつもりで食事に誘ってみましたが、上手に断られてしまった。それでもあきらめがつかず、近くのコーヒーショップで待ち伏せることにしたんです。帰宅する彼女のあとを尾《つ》けるために。日比谷線の電車に乗って北千住で降り、駅前からマンションに着くまで、尾行には気づかれなかったと思います。住んでいるところを突き止めたので、その夜は満足して家に帰ったんですが——」

「また彼女のマンションへ？」

「休みの日や、仕事が早く片付いた時など、幾度となく北千住に足を運びました。彼女の姿を見かけたい一心で、マンションの周りをうろつくのが習慣になって」

「『ジュエリー松野』には、顔を出さなかったんですか？」

「もう一度だけ。その日は磯部さんは休みで、ほかの店員が出てきたんです。いたたまれなくなって、あたふたと店を出てしまったので、変な客だと思われたにちがいない。それ以来、店の方には顔を出しづらくなって……。毎晩のように、彼女が夢に出てくるようになったのは、ちょうどその頃からです」

「夢？　どんな夢ですか」

「それはちょっと。口に出すのもはばかられるような、あさましい夢です」

鳥飼は答をはぐらかしたが、その声は自己憐憫《れんびん》の響きを欠いていた。伏し目がちの表情にも、羞恥《しゅうち》の色はない。やれやれ、と久能は思った。磯部朋代の夢を見たことなど一度もない、と告白しているようなものだった。

やはりこの男、殺しとは無関係だ。発泡スチロールでこしらえた、解けない雪のようにシロである。自らをストーカーになぞらえようとしているのは、ＴＶや雑誌の報道内容を鵜呑《うの》みにしている証拠だった。思いつきのでたらめを並べているだけで、実際は生前の被害者と会ったことすらないだろう。

問題は鳥飼の意図が読めないことである。関係妄想に取りつかれた自白狂や、他人の注目を浴びたいがために虚言を弄《ろう》する連中なら、話の感触ですぐにそれと見分けがつくのだが、目の前にいる男はそのようなサインを発していなかった。立ち居振る舞いも正常な範囲内で、精神的にバランスを崩しているとは思えない。何かほかの理由で、自分を見失うほどの罪悪感につきまとわれているふうでもなかった。

何か妙な魂胆《こんたん》があるなら、この場で尻尾《しっぽ》をつかんでやる。久能はそしらぬ顔で聴取を続けた。鳥飼は去年の暮れ頃から、被害者の自宅に無言電話をかけ始めたという。彼女の声が聞きたかったから、という理由で。驚くには当たらない。それも新聞に書かれていたことである。

「どうやって彼女の電話番号を?」

「マンションの玄関の郵便受けから、電話料金の領収通知書を盗みました」

「その番号を覚えていますか?」

案の定、鳥飼は答えられなかった。自分の携帯の電話帳に登録したきり、番号そのものは忘れてしまったという。久能が不満を示すと、その携帯も犯行後に処分した、と苦しい言い訳を重ねながら、鳥飼はうっすらと汗をかき始めた。

室内の温度は、肌寒さを感じさせるものだというのに。殺害の動機と、犯行の具体的な状況に質問が及ぶと、鳥飼の答はますます支離滅裂《しりめつれつ》になっていった。

ひと通り話を聞いたところで、久能はいったん休憩をはさむことにした。取調室から出て、三原巡査部長に声をかける。巡査部長はすでに、鳥飼に関する照会をすませていた。

「鳥飼俊輔、三十九歳。住所は本人の申告通り。既婚者ですが、子供はいません。新宿区役所の都市計画部、計画調整課に勤務していることを確認しました」

「前科は？」

「検挙歴や悪質な交通違反の記録はありません。念のため、過去に出頭して、虚偽の自白を行ったことのある空想虚言者のリストにも当たってみましたが、鳥飼俊輔という名前は登録されていませんでした」

「だろうと思った。最近の勤務状況は？」

「今年に入ってから、特に欠勤や早退が目立ってはいないようですね。それと区役所の話では、そろそろ年度末を控えて、計画調整課の職員は、連日深夜までの残業が続いているから、二日の夜も遅くまで残っていたのではないかと。電話口での回答なので、確実なアリバイとはいえませんが」

巡査部長はこともなげに言った。電話でどういう問い合わせ方をしたのか知れないが、それだけわかれば上出来である。

「連日の残業続きか。まともそうに見えたが、案外、過労のストレスが高じて、いきなり何もかも投げ出したくなっただけかもしれない」

「では、やっぱり信頼できない供述を？」

「信頼どころか、ワイドショーと週刊誌のまちがった報道ばかりつぎはぎしたような、矛盾だらけの内容で。しかも都合の悪いところは、忘れましたの一点張り。あれはたぶん、現場の千住仲町公園にも行ったことがないんじゃないか」

「本人は、嘘《うそ》をついているという自覚がないんですか？」

「いや、自分でもちゃんとわかってるはずだ。こっちが向こうの言い分をまったく信用していないということも。それなのに、自分が殺したと言い張っているんです」

「どうしてそんな見えすいた嘘を。ひょっとして、容疑者をかばうために？」

三原巡査部長が真顔でたずねた。もしそうなら、捜査本部にとってもなにがしかの使い道があるのだが、久能は首を横に振って、

「こっちも真っ先にそれを疑ったんですがね。容疑者に借りがあって、犯行について何か知っているなら、赤の他人のふりをしても、必ずどこかでボロを出すはずだ。そう思って何度か鎌をかけてみたけれど、これといって何のリアクションもない。よほどの役者でない限り、犯人とは縁もゆかりもない人物でしょう」

留保付きの返事をしたが、この判断には自信があった。特定の知人をかばおうとして、偽りの供述をする証人は、真実をよけて通ろうとするために、おのずと話の内容にも不自然な偏《かたよ》りが生じる。だが、鳥飼の供述にそうした偏りはなかった。あるわけがない。一から十ま

で、根も葉もないでたらめに終始しているのだから。

「だとしたら、本当に過労のストレスかもしれませんね」

釈然としない口調で、三原巡査部長が言う。こちらの態度が乗り移ったように。

久能は頰《ほお》をすぼめて、しばらく考えにふけった。男のちぐはぐな言動がどうしても腑《ふ》に落ちない。何かよからぬことを企《たくら》んでいて、その布石のための自首なのではないか？　買いかぶりすぎなのかもしれないが、そんな気がしてならなかった。

「――残業のアリバイは、まだあやふやでしたっけ？」

ふと突拍子《とっぴょうし》もないことを思いつき、無理は承知で、巡査部長に聞いてみる。

「だったら、こっちの事件は当て馬で、別件のアリバイ工作ということもありうる。二日の夜、磯部朋代殺しのほかに、都内の別の場所で未解決の事件が起こっていないかどうか、すぐわかりますか？」

「本庁のコンピュータにアクセスすれば。でも、そこまで手の込んだことを？」

「何か魂胆があるとしたら、それぐらいしか考えられない」

と答えたが、久能も本気で勝算があるわけではなかった。駄目でもともと、むしろ気休めのようなものである。

三原巡査部長はデスク端末のキーボードをたたいて、二月二日夜から翌日未明にかけての事件記録を呼び出した。二十三区内だけでなく、都下の各市町村と近隣三県警の日報もチェックしてみたが、めぼしい事件はひとつも見つからない。

「空振りのようですね」

と巡査部長が言った。もう鳥飼俊輔を引き止める理由はない。久能は肩をすくめて、取調室に引き返した。

「あなたの供述は、いっさい事実と合致しない。何もかもでたらめだということです。どうしてこんな嘘の供述をしたんですか?」

久能は休憩前までの見せかけのポーズを捨てた。単刀直入に問いつめると、鳥飼俊輔はごくりと唾を飲んで、弱々しくかぶりを振った。

「——う、嘘じゃない」

とつぶやく。久能はむっつりした表情で、証言の速記録に目を走らせた。先ほどの供述の矛盾点をひとつひとつ指摘していくと、鳥飼は目を伏せて石のように黙り込んだ。何と言われようと、梃子《てこ》でも動かない覚悟を決めたらしい。歯を食いしばりながら、何度も眼鏡を外して、目の周りの汗を拭《ぬぐ》った。根が臆病《おくびょう》なくせに強情を張ろうとしているせいで、メーキャップを半分落としたピエロみたいな顔つきになっていた。

傍《はた》から見れば、往生際《おうじょうぎわ》の悪い犯人が追いつめられて、にっちもさっちも行かなくなったように映《うつ》るだろう。ところが、実際はその逆なのである。無実を認めさせようと躍起《やっき》になっているのは、久能の方だった。

「なぜこんなことを？」

繰り返しそうたずねても、やはり答える気配はない。鳥飼は見かけよりしぶとく、恫喝《どうかつ》も甘言《かんげん》も、捨《す》て鉢《ばち》な沈黙の前に空回りするばかりだった。

自首マニアの中には、ある種のマゾヒストがいる。犯人のふりをして、取調室に拘束され、こわもての刑事に問責されることに、倒錯した快感を覚えるような輩《やから》である。あるいは、犯罪捜査のプロの言葉を通してでなければ、自分が罪を犯していないことを確信できない者もいる。彼らは四六時中、不安とやましさにつきまとわれているが、取調室を出ていく瞬間だけは、かりそめの心の平穏を得ることができるのだ。

しかし鳥飼俊輔の反応は、そのいずれでもなかった。

目の前にいる男はただひたすら、自分で招いたこの状況に耐えているだけだった。何の見返りも求めず、付け焼き刃の嘘がばれているのも承知のうえで。

どうにも手の施しようがない。久能はついに根負けした。

「――これ以上何を聞いても、時間の無駄のようだ。お引き取りください」

退室を命じると、鳥飼はきょとんとした顔で、久能を見つめた。言いつけに従うべきかどうか、決めかねているようである。けっして安堵《あんど》の表情ではなかった。

久能は黙って席を立ち、ドアを開けた。廊下の方へ顎《あご》をしゃくると、鳥飼はようやく、よろよろと立ち上がった。背中を丸めた格好で、おとなしく久能の前を通り過ぎる。戸口のところで足を止め、振り返りざま、ひとことだけ言った。

「私が殺したんです」

久能はきっぱりと首を横に振り、鳥飼を取調室の外へ押し出した。まだ起こっていない未来の殺人のリハーサルをしにきたみたいだ——廊下を去っていく男の後ろ姿を見送りながら、ふとそんな奇妙な考えが脳裏をかすめた。


鳥飼俊輔が再び久能の前に現れたのは、それから一週間後のことである。

II 「承」の章

「14日午後4時50分ごろ、北区田端《たばた》1丁目のマンション『レジデンス田端台』の北側駐車場で、倒れている男性が見つかった。

男性はすぐに病院に運ばれたが、全身を強く打っていたために死亡。現場の状況から、同マンションの屋上（9階）から飛び降り自殺を図ったものとみられている。男性は年齢40～50歳くらい、身長約165センチ。身元などは不明」


（「毎朝新聞」二月十五日付夕刊）

＊

二月二十四日土曜日。警視庁捜査一課の自分のデスクで、久能は午後いっぱい、ため込んだ書類の整理に追われていた。昨日までずっと、千住仲町公園の殺人事件にかかりきりだったため、ほかに抱えた継続事案の処理が後回しになっている。ルーティンワークの遅れを取り戻すだけで、土日がつぶれそうだった。

磯部朋代殺しの犯人は、週明けの月曜日に逮捕された。千住署に身柄を拘束された被疑者の元会社員は、まもなく犯行を自供、金曜日に送検されたばかりである。連日マスコミをにぎわせた大きな事件が無事解決して、ほっと一息と言いたいところだが、ゆっくり休んでいる暇《ひま》はなかった。

暗い世相を反映して、凶悪犯罪の発生件数は増加の一途をたどっているのに、犯人の検挙率は右肩下がり――俗なたとえだが、客の入りを度外視して、ひっきりなしに新しい皿を追加している回転寿司店みたいなものである。ベルトコンベヤの上がとっくにパンク状態になっているのは、いうまでもない。

ただし、刑事の仕事が回転寿司店の客とちがうのは、ネタの選り好みができないということだ。

五時を回った頃、デスクの電話が鳴った。内線で、下の受付からだった。久能に面会客が来ているという。

誰かと約束した覚えはない。客の名を聞くと、

「鳥飼俊輔という男性です。捜査一課の久能警部に会って、話したいことがあると。名指しで、面識もあるようなそぶりですけど、ご存じの方ですか？」

名前を聞いたとたんに、一週間前の出来事を思い出した。メーキャップを半分落としたピエロのような顔が目に浮かぶ。

「またあいつか……」

「差し障りがあるなら、不在だと伝えましょうか？」

舌打ちしたのが聞こえたらしい。ほんの一瞬、久能はためらいを覚えたが、鳥飼俊輔に対するもやもやした疑念を見過ごすわけにはいかなかった。

月曜日に逮捕された元会社員は、鳥飼の名を告げても、まったく知らない人物だと首をかしげるばかりだった。見ず知らずの他人が自分をかばう理由はないという。鳥飼の行動は依然として不可解だったが、少なくとも犯人逮捕のニュースは、耳に届いているはずである。今度は何をしにきたのか、話だけでも聞いておかねば。

「いや、会いましょう。すぐに降りていくと伝えてください」

「わかりました。相談室にお通しします」

久能は受話器を戻し、ため息をついた。前と同じだ。それを聞きつけたのか、背中合わせのデスクでパソコンとにらめっこしていた仲代《なかだい》刑事が、椅子《いす》ごとくるっと振り向いて、

「何かよくない知らせでも？」

とたずねる。

「一度パスしたトリ貝の皿がひと回りして、また目の前に流れてきたんだ」

「──何の話ですか？」

久能は肩をすくめて席を立ち、刑事部屋を後にした。

「お忙しいところをお邪魔《じゃま》して、すみません」

久能の顔を見るなり、鳥飼俊輔はそう言って頭を下げた。

先週ほどおどおどした様子が見られないのは、二度目の対面になるからだろうか。その点を除けば、第一印象を裏切るような変化はなかった。前回、嘘つき呼ばわりして追い返したことに、悪感情を持ってはいないようだが……。

「今日はどうしてこちらへ？」

「千住署の方に問い合わせたら、本庁へ行くようにと言われたので」

久能の聞きたいこととは、微妙にずれた答である。答える方もわかっていて、わざとはぐらかしているのかもしれない。

「ニュースはご覧になりましたか？」

「磯部朋代さんを殺した犯人が捕まったことですか。それなら、火曜日に新聞で」

「だったら、もうお気づきでしょう。今だから打ち明けますが、あなたが自首しにきた時は、すでに容疑が固まっていた。話を聞く前から、嘘だとわかっていたんです」

鳥飼は口をつぐんで、どっちつかずな顔をした。いっこうに悪びれたふうでなく、むしろ自分には関わりのないことだとでも言いたげな表情である。遠回しな聞き方では、らちが明かないようだ。

「教えてくれませんか？　どうしてあんな嘘の供述をしたのか」

率直にたずねると、鳥飼はぎくしゃくと首を横に振って、

「そう決めつけないでください。私はけっして、嘘をついたわけではないんです」

「――警察の誤認逮捕だと？　しかし被害者は、洗いざらい犯行を認めましたよ」

「ですから、そういう意味ではなくて」

「じゃあ、どういう意味です？」

「意味があるとかないとか、そういう次元の問題じゃないということです。犯人がほかにいたとしても、磯部さんが殺されたことに関しては、私にも責任の一端が――」

鳥飼は途中で口ごもった。悔しそうに唇を嚙《か》みながら、銀縁眼鏡のレンズ越しに、何かを強く訴えるようなまなざしを向けてくる。言っていることは相変わらず支離滅裂だが、その

目つきには、のっぴきならない決意と熟慮の跡がありありとうかがえた。それがどうしてなのか、わからない。わからないから、余計に気に障る。前の時もそうだった。久能が黙ってその視線を受け止めると、鳥飼はやがてか細いため息を洩らし、負け惜しみのように付け加えた。

「いずれ、わかります」

久能はかぶりを振った。いずれでは困るのだ。

ひょっとしたら謝罪、ないし弁解の言葉が聞けるのではないか、と密《ひそ》かに期待していたのだが、それは甘い考えにすぎなかったようである。根も葉もない嘘をついたことはわかりきっているのに、鳥飼に反省の色は見られない。久能は頭を抱えた。この男はわざわざ警視庁くんだりまで、いったい何をしにきたのだろう？

「お話というのは、それだけですか？　だったら、今日は忙しいので――」

「ま、待ってください。用件というのは、それとは別のことです」

会見を切り上げようとすると、鳥飼はあわてて久能を引き止めた。そのあわてぶりを目にして、なんとなく先が読めたような気がしたが、久能はそしらぬ顔で坐り直し、

「別の用件、というと？」

「人を殺しました。磯部さんではない、別の人を」

今度は前とちがって、驚きはなかった。予想した通りの台詞だったからだ。

だからといって、腹立ちがまぎれるわけではない。そう何度も同じ口車に乗ると思ったら、大まちがいだ。久能は無表情にうなずくと、おもむろに顎をしゃくって、

「計画調整課のお仕事は、毎日残業続きで、大変な重労働だそうですね。精神的なストレスも、並々ならぬものがあるんでしょう。同じ公務員としてわからないでもないが、ここへ相談にくるのは、お門《かど》ちがいなんじゃありませんか？　率直に言って鳥飼さん、あなたに必要なのは、警察ではなく、カウンセラーの助けのようだ」

そう告げたとたん、鳥飼の目に非難めいた色が浮かんだ。

「私の頭がおかしいと？　あなたなら、ちゃんと話を聞いてくれると思ったのに」

「そうは言いません」

久能は目を細めて、冷ややかに応じた。

「今の世の中、心になにがしかの問題を抱え込んでしまうのは、誰よりも正常な人間であることの証拠だ。もしご希望なら、信頼できる先生を紹介しましょう。それがいちばん妥当《だとう》な解決方法ではありませんか？」

鳥飼は頬をすぼめてうつむいた。久能の提案は口先だけで、本気で精神状態を疑っているわけではない。半分は嫌味《いやみ》なのだが、もう半分は一種の挑発で、相手がどういう反応を見せるか、試してみたい気持ちもあった。顔をのぞき込もうとして体を傾けると、鳥飼は眼鏡のブリッジを指で押し上げた。

そのしぐさを見て、久能ははっとした。目の錯覚かもしれないが、手の甲で半分顔が覆い隠されたせいで、ふっと笑いを嚙み殺すような表情に見えたからだ。

「——飯島タツオ、四十二歳」

久能のとまどいを見透かしたように、鳥飼がぽつりとつぶやいた。

「は？」

「タツオは、友達の達に英雄の雄という字を書くんです」

盗み見るように顔を上げると、鳥飼は上ずりがちの性急な口調で、

「自宅は練馬区光が丘、奥さんと子供が二人います。昨年まで『新星不動産』という会社に勤めていましたが、暮れにリストラで解雇され、失業中の身でした」

「鳥飼さん！　いい加減にしてください」

思わず声を荒らげると、鳥飼は身をすくめながら、真顔で首を横に振った。ピエロもどきのぎこちないパントマイムに、久能は気勢をそがれた。やれやれ、またしても同じことの繰り返しである。だが……。

久能は記憶をあらためた。過去三ヵ月間に都内で起こった殺人事件の被害者は、担当の有無にかかわらず、すべて頭に入っているはずだが、飯島達雄という名前には心当たりがない。磯部朋代のケースとは異なって、マスコミで騒がれている事件というわけではなかった。前回同様、口から出まかせだとしても、被害者の身元に関する供述が妙に具体的なのが

引っかかる。

行方不明者だろうか。またしても鳥飼のペースに巻き込まれるのは承知のうえで、久能は職務を優先した。まず事実を確認しなければ。

「それはいつ？　どこで？」

「先週の水曜日――」

「先週の水曜というと、十四日ですね」

「そうです。その日の夕方、田端一丁目の『レジデンス田端台』というマンションの屋上から、飯島達雄を突き落としました。この手で、私が――」

「ちょっと調べてほしいことがあるんだが」

久能はいったん席を外《はず》すと、内線で刑事部屋の仲代刑事を呼び出した。十四日水曜日、田端一丁目のマンションで、飯島達雄という男性が転落死した事件がなかったかどうか、至急確認してくれと頼む。

「――自首マニアの類ですか？」

仲代がどこかで聞いたようなことを言う。久能は鼻を鳴らした。鳥飼の話を鵜呑みにするつもりはなかったが、日時と場所がはっきりしているので、まったくの事実無根とも思えない。

「田端一丁目というと、滝野川《たきのがわ》署の管内ですね。殺人の報告は来ていませんが、念のため問い合わせてみます」

「自殺か事故として処理されているかもしれない。すぐに詳細を知りたいから、何かわかりしだい教えてくれ。こっちは相談室にいる」

内線を切り、相談室に戻った。鳥飼は先週と同じ鼠色《ねずみ》のコートを後生大事《ごしょうだいじ》に抱えて、いつでも移動できるように準備している。久能はパイプ椅子に腰を下ろしながら、

「失礼しました。話の続きをうかがいましょう」

「――ここで、ですか？」

中腰のまま、鳥飼はやや不満そうにたずねた。取調室に席を移して、正式な調書を取ってほしいようだ。前回は万一に備えてそうしたのだが、結果があれでは、また同じ手間をかける気はしなかった。

「今、所轄に問い合わせているところです。確認が取れるまで、あなたの身柄を拘束するわけにはいかない。扱いに不満があれば、いつお帰りになってもかまいませんが」

鳥飼はもじもじしながら坐り直し、折りたたんだコートを元の場所に戻した。久能はテーブルに手帳を広げると、ぶっきらぼうな口調で、

「今日は二度目になりますから、もう要領はおわかりでしょう。飯島達雄という男性と、あなたの関係は？　去年まで不動産会社に勤めていたということは、計画調整課の仕事を通じ

て知り合ったのですか?」

鳥飼の返事はノーだった。公務とは関わりがなく、プライベートな事情だという。

「プライベートな事情、というと?」

「家内と不倫の関係を持っていたんです。iモード《アイ》の出会い系サイトというのですか、そういうところで知り合って」

鳥飼はそっけない言い方をした。三面記事めいた月並みな筋書きに、自分でもうんざりしているみたいに。これもでたらめだとすれば、だいぶ場慣れしてきた感じがする。前回の経験から、気負いすぎの告白はかえって嘘臭くなることを学習したのかもしれない。

あるいは夫婦の関係が、本当にまずくなっているのだろうか? たしか先週も、そんなことを匂《にお》わせていたようである。ヤマ勘《かん》に近い思いつきだったが、鳥飼の不可解な行動の背後に、妻に対する何らかの鬱屈《うっくつ》した感情が潜んでいる可能性は低くない。

「——奥さんの名前は?」

「千秋《ちあき》といいます。千の秋と書いて」

「おいくつですか?」

「三十、いや三十一だったかな。見合い結婚して、七年になります」

「お子さんはいませんね?」

千住署の三原巡査部長から得た情報を質問に織り込むと、鳥飼の視線がわずかに揺らいだ。無言でうなずいた後も、表情がこわばっている。なぜ子供がいないことを知っているのか、聞き返そうともしなかった。

演技ではない、と久能は直感した。子供のできないことが夫婦生活のネックになっているのは、十中八九、まちがいないと思っていいようだ。それが嘘の自白をすることと直接に結びつくのかどうか、今の時点ではあやふやだとしても……。

こないだの借りを返せるかもしれない。久能は内心でほくそ笑んだ。だが、漠《ばく》としてつかみどころのない鳥飼の言動に、ほんの少しでも真実らしい匂いを嗅《か》ぎつけることができたのは、その瞬間だけだった。

鳥飼俊輔が妻の不貞を察知したのは、去年の秋口のことだという。

具体的な発覚の経緯について問いただすと、鳥飼の返事はまた薄っぺらになった。興信所に浮気調査を依頼して、飯島達雄という人物と頻繁《ひんぱん》に会っていることを突き止めたと言うのだが、実話雑誌のリライト記事をそのまま引いてきたような供述で、本人が見聞きしたはずの細部に乏しく、とても実際に起こった出来事とは信じられない。意図的に言及を避けているのか、妻の千秋の人となりもさっぱり伝わってこなかった。

話のでたらめさ加減では、前回と五十歩百歩である。そもそも、ｉモードとテレクラのちがいさえ把握《はあく》していないのだから、真に受ける方がどうかしている。それでも久能は辛抱強く、半ば意地になって事情聴取を続けた。

「――興信所の調査結果を奥さんに突きつけて、別れるように迫ったのですか？」

「いいえ。家内には、私が感づいていると知られたくなかった。浮気の証拠をつかんだ時点で、相手を殺そうと決心していたからです。リストラで失業中だとわかったので、自殺に見せかけるのは簡単だろうと。家内にも、私のしわざと悟られないつもりでした」

「犯行当日の行動ですが、どうやって被害者を犯行現場まで？」

「その前々日の月曜日、マンション管理会社の人事担当者の名をかたって電話をかけました。求人採用の予備面接をしたいと持ちかけて、水曜日の午後四時、ＪＲ西日暮里《にしにっぽり》駅近くのファミリーレストランで会う約束を」

「その日、区役所の仕事は？」

「朝は普通に出勤して、午後から早退しました。新宿のデパートでサバイバルナイフを買い、山手線で西日暮里へ。飯島は時間通り、指定した店に現れました。電話の話を真に受けていたようです。鳥飼千秋の夫だと名乗ると、仰天していましたが、ほかの客や店員の目もあるので、冷静に話し合おうと」

「どんな話を？」

「証拠を見せると、飯島はあっさり浮気を認めました。私は家内と手を切るように迫り、その場で念書を取った。便箋《びんせん》とペンを渡して、『すみません。すべて私の不徳の致すところです。こうなったことを許してください』と書かせ、署名させたんです」

「遺書を捏造《ねつぞう》するために、そういう文句を？」

「はい。変な文章だと思ったようですが、飯島は逆らいませんでした。それから、歩きながら話したいことがあると言って、『レジデンス田端台』の方へ飯島を連れ出すと、マンションの駐車場でサバイバルナイフを突きつけ、屋上に上がるよう命じました」

「そのマンションを犯行現場に選んだ理由は？」

「飯島が『新星不動産』に勤めていた頃、営業で担当していた物件だと調べがついたので。リストラを苦に自殺したように見せかけるには、元の勤め先に関係した場所がふさわしいと考えたからです」

「しかし彼が担当していた物件なら、ほかにいくらでもあるのでは？　その中から田端のマンションを選んだのはなぜです？」

「大学時代の友人が近所に住んでいたことがあって、あのへんは前から土地鑑《とちかん》が。しかも『レジデンス田端台』は出入りのチェックが甘くて、非常階段を使えば、住人でなくても怪しまれずに屋上へ上がることができる。それであそこにしたんです」

「なるほど。その大学時代の友人という方の名前は？」

「——すみません。今ちょっと、度忘れして」

「思い出せませんか。まあ、いいでしょう。で、被害者と屋上に行ってから？」

「ナイフで飯島を脅して靴を脱がせ、羽交《はが》い締《じ》めにした格好で手すりのところまで。そこで少し揉み合いになりましたが、私の方が力が勝っていて、なんとか突き落とすことができたんです。店を出てからずっと手袋をしていたので、指紋が残る心配もなかった。飯島の靴を念書の上にそろえて置き、人目につかないよう、すぐその場を去りました――」

久能はメモを取りながら、何度も不満の声を洩らしそうになった。滝野川署からの返事を聞くまでは、態度を保留するつもりだったが、遺書の文面と、田端のマンションに関するくだりがもっともらしく聞こえる点を除けば、妻の浮気相手を殺害したと称する鳥飼の供述は、前回以上に無理が目立ち、これっぽっちも信用できない。

小柄で線の細い体つきを見れば、ナイフ一本で男の動きを封じるのは困難だろう。それに千住署の三原巡査部長の報告（十七日）によれば、鳥飼は今年に入ってから、特に欠勤や早退が目立っていなかったそうだ。つまり十四日の午後、仕事を早退したという話からして、嘘の可能性が高いということである。

久能は時計を見た。そろそろ六時が近い。仲代から何か報告が入ってきそうな頃合いだった。具体的な犯行の検討はそれからでいいとして、久能はもうひとつ、鳥飼に確かめておきたいことがあった。

「先週、千住署に出頭してきた時は、今回の事件に関して、ひとことも触れませんでしたね。すでに飯島さんを殺した後だったはずなのに。あれから一週間経《た》って、突然、田端の事件について、犯行を打ち明けようと決心した理由は何ですか？」

鳥飼は何度もまばたきをすると、眼鏡を外してまぶたをこすった。見覚えのあるしぐさなのは、都合の悪いことを聞かれると、ついそうする癖があるらしい。

眼鏡をかけ直してから、今度は咳払《せきばら》いをした。答に詰まって、時間稼ぎをしているのが明らかだったが、その時ノックの音がして、鳥飼の返事はお預けになった。

ドアを開けると、仲代が来ている。久能は事情聴取を中断し、廊下に出た。

「――警部の言った通り、十四日の午後五時頃、飯島達雄という四十二歳の元会社員が、田端一丁目のマンションから転落死しています。でも所轄の判断では、百パーセント自殺にまちがいないと」

「やはりそうか。詳細を聞かせてくれ」

仲代は滝野川署の捜査結果を要約した。現場のマンション屋上から、そろえて脱いだ靴と署名入りの遺書が見つかって、当初から自殺の線が濃厚だったという。現場検証と監察医による死体の検案でも、それを覆《くつがえ》すような証拠は出ていない。

さらに遺族の証言で、飯島達雄は三ヵ月前に不動産会社をクビになり、再就職が決まらないのを深刻に悩んでいたことが明らかになった。死の数日前から、自殺をほのめかす言動が見られたらしい。飛び降りたマンションが、退職前に営業を担当していた物件だったことも、自殺の動機を裏付ける根拠とされている……。

　久能は浮かない顔で顎をさすった。そこまでなら、鳥飼の供述と矛盾しない。しかし、さっきの話が本当なら、他殺を示す証拠がいくらでも残っているはずである。

「死体の着衣に揉み合ったような乱れは？」

「いいえ。担当者の話では、そのような形跡はなかったと」

「飯島達雄の最後の足取りに関しては？　午後四時頃、西日暮里駅近くのファミリーレストランで、誰かと会っていたのを目撃されてはいないだろうか？」

「現場周辺で、不審な第三者が目撃されたという報告はありません。死んだ男の足取りですが、わかっている限りでは、四時四十分頃、田端駅で電車を降り、ひとりでまっすぐ飛び降り現場のマンションへ向かったようです」

　仲代の返事を聞いて、久能はひとまず安心した。それだけの事実がわかっていれば、事件への鳥飼の関与はありえない。

「どうやら自殺にまちがいないようだ。とすると、問題は鳥飼がどうして飯島達雄に目を付けたかということだが。詳しい報道が出たのかな」

「新聞はどこもベタ記事扱いですが、今週発売された週刊誌にもう少し突っ込んだ続報が載《の》ってるんです。資料室に寄って、問題の記事のコピーを取ってきました」

「手回しがいいな。見せてくれ」

久能はさっそく、「特集・リストラ中年の悲喜劇」と題された寄せ集め記事に目を通した。自殺者の名前は仮名にしてあるが、クビになった不動産会社の支店名まで、わかる人間にはわかるような書き方になっている。鳥飼は新宿区役所の都市計画部、計画調整課の職員だから、公務にかこつけて退職者の氏名を照会することもできたはずである。

それだけではない。遺書の文面や「レジデンス田端台」を死に場所に選んだ理由も、鳥飼の供述とそっくり同じことが記事に書かれていた。そこだけ妙に説得力があると思ったら、何のことはない、それも含めて全部、週刊誌の受け売りでしかなかった。

なぜ鳥飼は先週の土曜日、田端の事件について語らなかったのか？　つい先ほど久能が抱いた疑問も、この記事を見て氷解した。鳥飼は今週号の週刊誌を読むまで、転落死事件に関する詳しい情報を手に入れられなかったのだ。おそらく、自分が殺したと主張する男の名前さえ知らなかったにちがいない。

思わず落胆のため息が洩れる。タネを明かされると、鳥飼俊輔に対する意地とこだわりが急速に薄れていくのがわかった。事件の知名度に差があるだけで、結局、前回の磯部朋代殺しの時と同じ手口の繰り返しにすぎない。おおかた、夫婦喧嘩《げんか》の腹いせか、持って回ったストレス解消法に付き合わされているのだろう。

「担当者の話だと、遺書の文面はこれよりもっと長かったそうです。週刊誌に洩れたのは一部だけで、残りの文章はプライバシーに触れないよう、公表を控えたと」

「なるほど。やっこさんを追っ払うには、それで十分だ。調べてくれたことに、礼を言うよ。余計な手間をかけさせて、悪かったな」

ねぎらいの言葉をかけると、仲代はまんざらでもなさそうに、

「お互いさまです。まあ、お返しにうまい寿司でもおごってもらえれば、言うことなしですけどね。警部の前ですが、トリ貝は好物なんです」

「わかったよ。回転寿司なら、いくらでも食わせてやる」

仲代の肩をたたいて、久能は相談室に戻った。


それから三十分後、久能は問答無用で、鳥飼俊輔を相談室から追い出した。前回同様、鳥飼はだんまりを決め込んで、嘘の自白をした理由をひとことも話そうとしなかった。一週間前の繰り返しで、何も得るところのないひとり相撲である。

これ以上、あの男の嘘に振り回されるのはごめんだ。何とも言いがたい徒労感につきまとわれながら、久能はあらためて自分に誓った。今度、鳥飼が自分の前に姿を見せても、けっして相手にはするまい、と。

——だが、その誓いは半月後に破られた。

Ⅲ　「転」の章

「7日午前10時20分ごろ、文京区大塚5丁目の営団地下鉄丸ノ内線新大塚駅構内で、ホームにいた男性が線路に転落、進入してきた池袋発荻窪行き電車にはねられ、全身打撲のため即死した。

亡くなったのは、同区内の大学院生・塚本公彦さん（24）。遺書などはなかったが、大塚署では自殺と事故の両面から原因を調べている」

（「毎朝新聞」三月八日付夕刊）

＊

物事が繰り返されることをたとえて、「二度あることは三度ある」という。だが、同じ繰り返しでも、「三度目の正直」を信じて報われることもあれば、「仏の顔も三度」でそれっきり、ということもある。

鳥飼俊輔が三度目に久能を訪れたのは、三月十日土曜日のことだった。

鳥飼は例によって、性懲《しょうこ》りもなく嘘の自白を重ねたが、これまでの二回とちがって、話はそれで終わらなかった。鳥飼と前後するように新たな登場人物が姿を見せ、一連の出来事に思いがけない「転」機をもたらしたからである。

久能はその日、朝から柏市の科学警察研究所に赴《おもむ》いて、火災研究室の模擬実験に立ち会っていた。先月二十五日未明、板橋区蓮根二丁目の店舗から出火し、二階の住居で眠っていた六十二歳の店主が焼死した事件の捜査の一環で、店主の甥《おい》が保険金目当ての放火殺人を企て、現場に時限発火装置を仕掛けた可能性が強まったからである。

焼け残った遺留品などから、発火装置を復元して行った模擬実験の結果は、捜査本部の推測——正確に言うと、時限発火装置のメカニズムを最初に解明したのは、久能の上司である法月《のりづき》警視の息子で、推理作家の法月綸太郎《りんたろう》にほかならないのだが（それはまた別の話である）——を裏付けるものだった。

遺留品の鑑定報告書を携《たずさ》えて、久能が警視庁に戻ったのは、午後二時過ぎ。刑事部屋の自分のデスクに向かうと、不在の間に、仲代がメモを残していた。

「14：00　トリ貝再来。相談室で聴取中」

と書いてある。タッチの差で、すれちがいになったようだ。

またあいつか、とつぶやいて、久能は卓上カレンダーに目をやった。鳥飼俊輔がやってきたのは、半月ぶりである。二週続けて久能を悩ませた後、先週の土曜日は姿を見せなかったので、さすがに懲りたのかと思っていたが、どうやら甘い判断だったらしい。

もう二度と相手にしないと誓ったことを思い出し、久能はメモを丸めてゴミ箱に放り込んだ。あらためて自分が出ていかなくても、仲代がうまく追い払ってくれるだろう。貧乏くじを引いた仲代には悪いが、科警研の模擬火災実験の結果について、急いで立ち会い報告書をまとめておかなければならない。

鳥飼のことを頭から追い出して、三十分ほど、こむずかしい専門用語を相手に四苦八苦していると、仲代が刑事部屋に入ってきた。見るからに、げっそりした表情をしている。まっすぐ久能の席にやってきて、

「戻ってたんですか。机の上にメモを置いといたんですが」

「メモ？　いや、見ていない」

久能はとぼけたが、仲代は目ざとくゴミ箱の中をのぞき込んで、

「知らん顔して、厄介者を押しつけましたね」

「まあ、そう怒るなよ。報告書を仕上げる方を優先したんだ。それに俺が出ていったら、あいつをつけ上がらせるだけだろう。追い返してくれたのか？」

仲代は肩をすくめて、かぶりを振った。手に余る、というポーズである。

「見かけ以上に強情ですね。警部に話を聞いてもらうまでは、梃子でも動かないと」

久能もつられて首を振り、頭を掻《か》きながら、

「弱ったな。何で見込まれたんだろう？　また誰かを殺したと言い張ってるのか」

「七日の水曜日、丸ノ内線の新大塚駅で、塚本公彦という学生を殺したそうです。荻窪行きの電車が駅に入ってきたところへ、ホームから突き落としたと」

「今度は地下鉄か。場所も手口もバラバラだな。殺害の動機は？」

「わかりません。詳しいことは、久能警部に話すの一本槍で」

「最初にまともに取り合ったのがまずかったか。やはり今度も、嘘なんだろうな」

「たぶん。虫も殺せない男、という印象を受けましたから。ちょっと話しただけですが、とても平気で人を殺せるような人間には見えない」

久能も同感だった。人は見かけによらないというけれど、あの気弱そうな男が、実際に誰かを手にかけられるはずがない。鳥飼俊輔は、殺人者の素質に欠けている。第一線の刑事として培《つちか》った経験と勘が、はっきりとそう告げていた。

善人であるか、悪人であるかとは関係なく、どんなに切羽詰まった状況に追い込まれても人を殺すことのできない人間がいるとしたら、鳥飼はまさしくそのタイプだった。事故や過失で人を死なせることはあるかもしれないが、具体的な殺意を成就することは絶対にありえない。仮に誰かを殺そうと決意しても、必ず本番でしくじってしまうからだ。

ひょっとしたら、誰よりも鳥飼自身がそのことを一番よく知っているのではないか？　久能はふとそんなふうに思った。だとしたら、鳥飼が嘘の自白を繰り返す理由も、そこらへんに原因があるのかもしれない。

「――該当する死亡事件があるかどうか、いちおう確認してくれないか」

気乗りしない口調で、久能は言った。できれば鳥飼に会うことは避けたいが、乗りかかった舟だから仕方ない。仲代がデスク端末を操作して、事件記録を呼び出した。

「ありました。三月七日水曜日、午前十時二十分。営団丸ノ内線新大塚駅構内の軌道上で、同名の学生の轢死《れきし》が報告されています。自殺か事故の線が濃いようですが」

久能は鼻を鳴らした。これまでと同様、新聞かＴＶで第一報に接したとすれば、驚くには当たらない。二回続けて殺人でない事件を選んだのは、最初で懲りたせいだろう。警察が真犯人を特定しているのに、出頭して嘘の自白をするほど間抜けなふるまいはないからだ。もっとも鳥飼の場合、そんな小細工をしたところで、とうに無益なのだが。

平日の午前十時台なら、勤務時間内である。勤め先にアリバイを問い合わせれば一発だとしても、この際、新宿区役所に出向いて直接確かめた方がいいかもしれない。

「新大塚駅というと、所轄はどこだ？　巣鴨署か、大塚署か」

「文京区内だから、大塚署の方ですね。殺人の可能性は低そうですが、念のため現場の担当者に連絡して、捜査の進捗《しんちょく》状況を――」

仲代が言い終わらぬうちに、久能のデスクで電話が鳴った。受話器を取ると、内線で下の受付からだった。久能に面会客が来ているという。半月前、そっくり同じやりとりをした記憶があった。待ちぼうけを食わされて、鳥飼がゴネているにちがいない。

「それならもう聞いてます。鳥飼俊輔という男性でしょう?」

「いいえ。それとは別の、トリガイチアキという女性ですが、ご存じですか?」

「鳥飼、千秋?」

鳥飼の妻の名前であることに気づいて、久能は目を丸くした。こちらが一方的に名前を知っているだけで、面識はないはずである。なのにどうして、彼女が自分に面会を?

夫婦そろって、何がなんだかわからないことばかりだ。肩の付け根のあたりを軽く受話器でたたいてから、久能はあらためて受付に指示を伝えた。

「すぐに行きます——先に来ている男と鉢合わせしないよう、別室を用意してください」

「初めまして、鳥飼千秋と申します」

鳥飼の妻は坐ったままの格好で、窮屈《きゅうくつ》そうに頭を下げた。邪魔にならないようテーブルをどけ、膝詰めに近い格好で腰を下ろす間も、久能は驚きを隠せなかった。

鳥飼千秋が立ち上がろうとしないのは、尊大ぶっているからではない——車椅子に坐っているからだった。妻の人となりについて、鳥飼俊輔は意図的に、いちばん肝心なことを伏せていたのである。

家に引きこもりがちなのか、三十そこそこにしては顔色がさえず、表情も精彩を欠いていた。肌の色はメイクでごまかすこともできるのに、そこまで気を回す余裕がなかったようだ。急に外出を思い立ったらしく、髪のほつれが目立つ。というより、長らく美容院に行きそびれているような感じだった。

目の動きやちょっとしたしぐさに、まだぎこちないところがある。車椅子との一体感が不足しているせいだった。もともとは健康体の持ち主で、車椅子での生活を強いられるようになったのは、比較的最近のことなのだろう。そうなる前はもっと明るくて、外向的な性格だったかもしれない。だが、少なくとも鳥飼がほのめかしたように、今の彼女が外で男と浮気している姿を想像することはできなかった。

「お話をうかがう前に、ひとつお聞きしたいことが。受付の者に、捜査一課の久能警部をと指名されたそうですね。どこで私のことを？」

「すみませんでした」

責めているわけではないのに、相手の目に怯《おび》えの色が浮かんだ。警視庁の一室で、見知らぬ刑事と対面しているのだから、ひるむのは当然だが、それだけではなさそうだ。もっと差し迫った理由があるにちがいない。

久能の推測を裏書きするように、千秋は不安を隠しきれない口調で、

「いきなりご迷惑かと思いましたが、どうしても気がかりなことがあって。刑事さんの名前

を知ったのは、夫の部屋にそう書かれたメモが残っていたからです」

「ご主人の部屋に?」

「はい。ですが、以前からの知り合いとは思えないふしがあって……。主人の留守中にこっそり見つけたものですから、直接たずねる勇気もありませんでした。それで、もしあの人がわたしに内緒《ないしょ》でおかしなことを企んでいるなら、何かご存じかもしれないと思って、藁《わら》にもすがるような気持ちで相談にうかがったんです」

「奥さんに内緒で、おかしなことを?」

千秋は固唾を飲むようにうなずいた。はっきり口に出しかねているが、かなり深刻な疑いを抱いているようだ。久能はテーブルを引き寄せ、手帳を広げながら、

「ご主人というのは、新宿区役所にお勤めの鳥飼俊輔さんのことですね」

「はい。ではやはり、主人のことを?」

「いや、知っているといっても、鳥飼さんとは二度会ったきりです。先月の十七日と二十四日——二度とも、人を殺したと自首しにきたんですがね」

「主人が、人を殺した?」

千秋の声が震えた。命綱にしがみつくみたいに、膝の上に置いたバッグの持ち手を強く握りしめている。久能はすぐ首を横に振って、

「ご心配なく。二度とも嘘の自白でした。そのうち一件は真犯人が逮捕されていますし、も

う一件も明らかに自殺です。ご主人の犯行とは考えられないので、厳しく注意したうえで、お引き取り願いました。ただ、どうして鳥飼さんが虚偽の自白を繰り返すのか、その理由がさっぱりわからない。奥さんは、何か心当たりがありませんか?」

千秋の反応は明らかに思い当たるふしがあることを示していた。夫の自白が嘘だったと聞かされても、不安は解消されないどころか、むしろ怯えの色がいっそう濃くなっていくように見える。車椅子のハンドリムをつかんで上体を支え、なけなしの勇気を絞り出すように深呼吸してから、おそるおそる口を開く。

「主人が嘘の自首をした事件というのは、二月二日の夜、千住仲町公園でＯＬが殺された事件と、バレンタインデーに田端のマンションから失業中の男性が飛び降りた事件のことでしょうか?」

「ええ。ということはやはり、何かご存じ――」

「それだけですか?」

千秋は久能の返事をさえぎって、自分で自分をせき立てるように、

「ひょっとして、主人は三番目の事件についても、自首しにきたのでは?」

「三番目の事件、というと?」

久能は与《あずか》り知らないふりをして、顎をしゃくった。千秋は意を決したように身構えると、今までに見せたことのない怖い顔になって、

「一昨々日、丸ノ内線の新大塚駅で、学生が電車に轢《ひ》かれて死んだ事件です」

久能は見るともなしに天井を見上げ、顎下の剃《そ》り残しの髭を触った。一対一のポーカーの勝負で、順番にカードをオープンしているような気分だった。しかし夫の鳥飼とちがって、千秋はカス札だけで下手なブラフをかけているわけではない。そろそろ手の内を明かして、協力を求める頃合いのようである。

「おっしゃる通りです。今まで黙っていましたが、実はご主人もここに来ている。ほかの者が話を聞いたところ、新大塚駅の事件について、やはり自分が殺したのだと」

千秋は急に色を失い、それとわかるほどそわそわした様子を見せ始めた。

「それで、主人はまだここに？　それとも先に帰らせたんですか」

「別室にお引き止めしています。真偽は別として、まだ供述の裏が取れていないので。もちろん、奥さんが来ていることは、ご主人に知らせていません」

それを聞いて、千秋は少しほっとしたらしい。だが、気持ちが急《せ》いていることに変わりはなかった。もうためらっている場合ではないというように、いきなり膝の上のバッグを開けると、中から大判の封筒を取り出して、

「ここ一ヵ月ほど、主人の様子がおかしいので、思いきって留守中に部屋を調べてみたんです。そうしたら、机の抽斗《ひきだし》からこんなものが——」

「拝見してもかまいませんか？」

「どうぞ」

鳥飼の職場の部課名入りの封筒だった。その中に、新聞や週刊誌の切り抜きと、四つに折りたたんだ用紙が入っている。久能は切り抜きの方から調べることにした。千住仲町公園の殺人事件と、田端の飛び降り自殺に関するさまざまな記事を集めて、別々にクリップで留めてある。三件目の新大塚駅の轢死事件については、発生から日が浅く、ニュースバリューも乏《とぼ》しいせいか、第一報を告げる短い新聞記事しか見当たらなかったが。

磯部朋代殺しの切り抜きを集めた方には、先ほど千秋が言った通り、久能の肩書きと名前を記した手書きのメモがはさまれていた。二月十七日、千住署から帰宅した後に、加えられたものだろう。最初に顔を合わせた時、鳥飼が妙に久能の肩書きにこだわっていたのをあらためて思い出した。今にして思えば、あの日から自分も、鳥飼俊輔の計画の一部に組み込まれていたことになる。

飯島達雄の自殺を報じた切り抜きの中には、案の定、前に仲代がコピーしてくれた「特集・リストラ中年の悲喜劇」の記事も含まれていた。赤ペンであちこちに線が引いてあるのは、事実関係を暗記するための涙ぐましい努力の跡にちがいない。言い換えれば、これらの切り抜きの存在こそ、いずれの事件に関しても、鳥飼俊輔がまったく関与していないことの確かな証拠だった。

四つ折りにたたまれた用紙を広げると、東京都の地図であることがわかった。一万分の一の区域図を縮小コピーして、テープで貼《は》り合わせたものらしい。カバーしている範囲は、板橋区・北区・足立区のそれぞれ下半分（区南部）と、豊島区・文京区・荒川区・台東区のほぼ全域、それに新宿区の上半分（区北部）。鳥飼は新宿区役所の都市計画部、計画調整課の職員だから、都内の地図を手に入れるのは朝飯前だろう。

じきに久能の目は、地図上に描かれた一本の線に吸い寄せられた。

図面の右上から左下にかけて、定規で引いたまっすぐな線が斜めに横切っている。直線上には四つの×印がついていて、それぞれ横のところにボールペンで日付のような数字が書き込んであった。縮小コピーをかけているせいで、地名の表示がつぶれて読みにくい。久能は目を凝《こ》らし、指の先で線をなぞった。

×印が打たれた地点を右から順に確認しながら、久能は思わず息を呑んだ——。

A　足立区千住仲町（二月二日）
B　北区田端一丁目（二月十四日）
C　文京区大塚五丁目（三月七日）
D　新宿区中井二丁目（三月十九日？）

四つの×印のうち、三つはいずれも鳥飼俊輔が出頭して、虚偽の自白を行った事件の現場

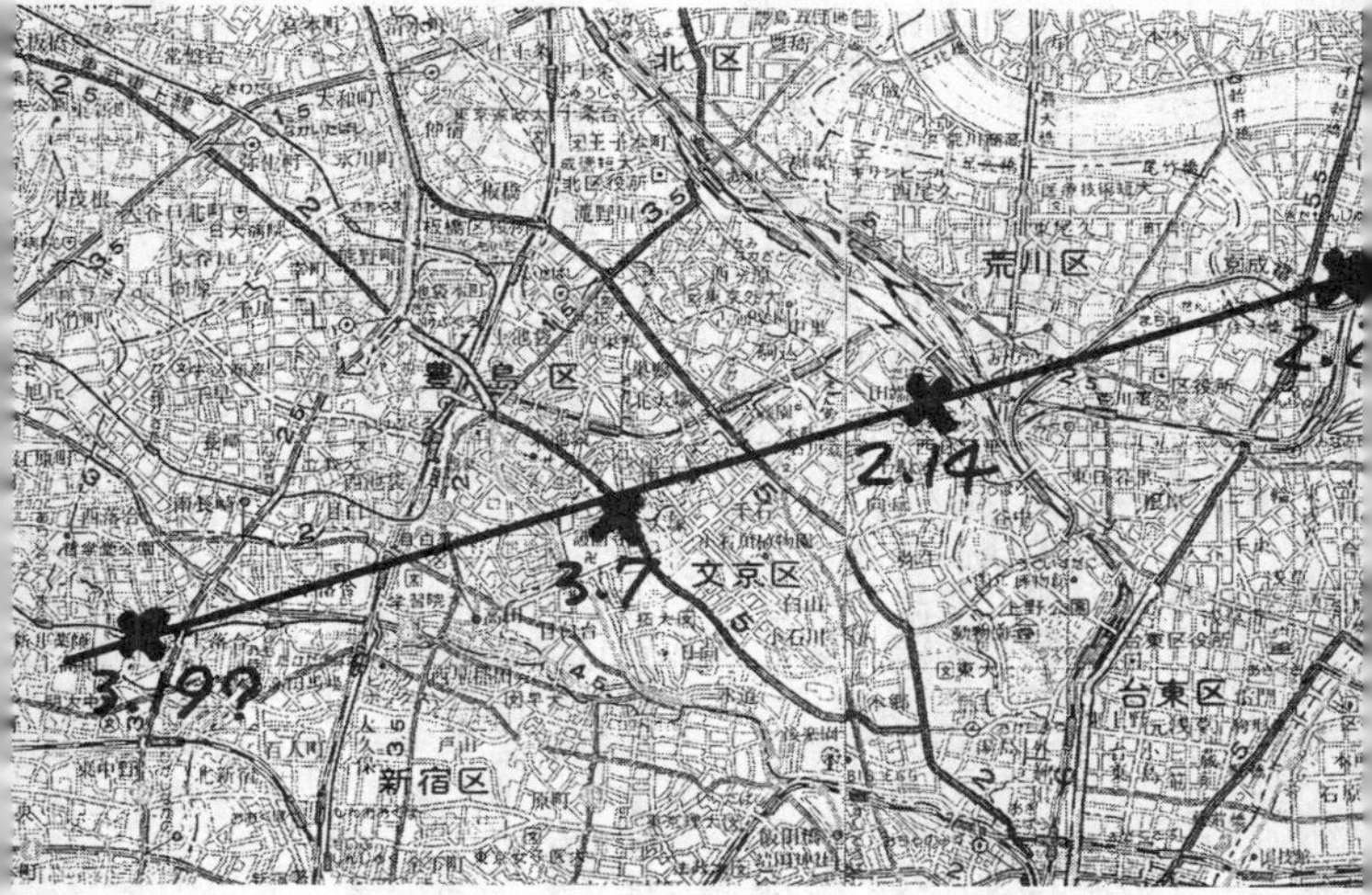

を示していた。添記された数字が、それぞれの発生日を表していることはいうまでもない。そしてそれら三つの地点は、一直線上に並んでいる！

事件への関与の有無は別として、鳥飼の不可解な行動には明らかな一貫性があった。場所も手口もバラバラだな――さっき仲代の前でそう決めつけたのは、久能の完全な見落としである。

任意の二点を結ぶ直線は、つねに一本だけ存在する。しかし、任意の三点をすべて通過する直線となると、話は別だ。よほどの偶然でもない限り、無作為に選んだ三つの事件の現場が、まっすぐな線上に行儀よく整列するはずはない。

久能の指は三点を結んだ直線の、さらに延長線上にある四番目の×印の上で止まった。新宿区中井二丁目のあたりだ。その住所にも、久能はどこかで聞き覚えがあった。

「中井二丁目というと、たしか」

「わたしたち夫婦が住んでいるところです」

と千秋が言った。その視線は、久能と同様、三月十九日という日付と、その末尾に記された疑問符の上に釘付けになっている。

久能はようやく地図から目を離し、鳥飼千秋の顔をのぞき込んだ。

「まさか、奥さん。あなたのご主人が密かに企んでいることというのは——？」

「そのまさかです。主人は、わたしを殺そうとしています」

鳥飼千秋の足が不自由になったのは、今から九ヵ月前、去年の六月のことだという。

原因は不慮の事故だった。その日、千秋はクラシックの演奏会を聴きに、池袋のホールへ向かう途中、ＪＲ池袋駅のホーム階段のてっぺんでつまずいて、そのまま階段を転げ落ちてしまった。すぐに救急車で病院に運ばれたが、打ちどころが悪かったせいで、検査の結果、脊髄《せきずい》に損傷が見つかった。手術が成功して、翌月には退院できたものの、後遺症の回復が思わしくなく、未だに車椅子なしでは日常生活すらおぼつかないそうだ。

しかし、事故によって千秋が失ったものは、下半身の自由だけではなかった。ちょうどその時、彼女は身重の体だったからである。

「——赤ちゃんの胎教にいいからと勧められて、張り切って出かけた演奏会なのに、そのせいであんな目に遭《あ》うなんて、皮肉なものですね。六ヵ月の安定期に入っていたので、油断があったのかもしれません。体を丸くして、お腹の赤ちゃんを守ろうとしたのは覚えていますが、頭をぶつけて意識がなくなって、その後のことは何も……。病院で意識を回復してから、子供は流産だったと聞かされました。女の子だったそうです」

「お気の毒に。お察しします」

「主人とは見合いで結婚して、七年になります。それなりに仲睦《むつ》まじくしてきたつもりですが、なかなか子宝に恵まれなくて——半ばあきらめかけていた頃にやっとできた子供ですから、わたしはもちろん、主人の喜びようは並大抵のものではありませんでした」

「流産を知った時のご主人の反応は？」

「それはもう、こっちが見ていて辛くなるぐらい、気落ちしていました。もともと、父親になりたい意識の強い人でしたから。それだけならまだしも、事故と流産の後遺症が重なって、もう二度と子供は産めないと先生に告げられて……。あの人にとっては、わたしの足が動かなくなったことより、そっちの方がショックだったかもしれません。自分もそうでしたから。その頃はまだ、リハビリさえ頑張《がんば》れば、また元のように歩けるようになると思っていたので。でもそれから徐々に、もう一生子供ができないということが、わたしたち夫婦の上に重くのしかかってきて——」

「というと?」

「わたしを見る主人の目が、少しずつ変わってきたんです。入院している間は、気づきませんでした。自分のことで精一杯だったし、向こうも気を使っていたんでしょう。ところが、退院してしばらくすると、急に主人が冷淡な態度を示すことが多くなって。最初は、足の不自由なことが夫の負担になっているせいかと思いましたが、やがて、そうでないことを思い知らされました。ある日、ささいなことで主人と口論になったことがあって、その時、捨て台詞みたいにこう言われたんです。子供が死んだのは、おまえが不注意だったからだ。身重の体で、人込みの中をほっつき歩いたりしなければ、今頃自分は一児の父親だったはずなのに、と」

「そんなひどいことを」

同情のつぶやきを洩らす一方で、久能にはひとつ思い当たることがあった。二度目に対面した時、鳥飼俊輔は子供の有無を聞かれて、動揺の色を隠せなかったのだ。子供のできないことが夫婦生活のネックになっているのではないか、と久能が想像したのも、まちがいではなかったことになる。

「その日を境に、わたしたちは夫婦として、完全に終わってしまいました。それ以来、リハビリにもちっとも身が入らなくなって。二度と口に出しませんが、主人の顔を見れば、わたしが子供を殺したと思っているのが、ありありとわかるんです。もちろん、足のことがあるので、主人も直接暴力に訴えるような真似《まね》はしません。そのかわり、もっと陰湿な形で、ことあるごとにわたしを責めるんです。こちらにも負い目がありますから、面と向かって歯向かうわけにもいきません。外に出かけて気晴らしをする気力もないし、ただもう毎日、わが家にいながら、針のむしろの上で暮らしているようなものです」

「そういう状態になってから、離婚しようという話は出なかったのですか？」

「わたしの方からそれを持ちかけたことはあります。もっと若い女の人と再婚して、元気な赤ちゃんを産んでもらったらと。ですが、主人は血相を変えて、そんなことをしたら、自分が悪者になるばかりだと言うんです。そうやって甘いことを言いながら、本心ではたっぷり慰謝料をふんだくろうって魂胆だろう？　そんな手に乗るものか、と」

泥沼である。なまじ剛胆さに欠ける男だけに、妻に対する憎悪と猜疑《さいぎ》心に歯止めをかける術《すべ》を知らないのだろう。だがそれだけでは、鳥飼の殺意を証明することにはならない。

「仮にご主人があなたの殺害を企てているとして、この切り抜きと地図を隠していたこと以外に、何か兆《きざ》しのようなものがあったんですか？」

久能がたずねると、千秋は迷うことなくうなずいて、

「去年の暮れ、いきなり主人が新しい生命保険に入り直さないか、と切り出したんです。自分の身にもしものことがあったら、わたしの面倒を見ることもできない。将来のことを考えたら、もっと高額の保障が必要だからと」

「しかしご主人が加入するだけなら、何の問題もないでしょう。むしろ、和解の提案のように聞こえますが」

「わたしも最初はそう思いました。ところが主人は、お互いを受取人に指定して、夫婦で一緒に保険に入るべきだ、その方が契約上のメリットが多いからと言うんです。それを聞いて、おかしいなと思いましたが、自分は車椅子で養ってもらっている身ですから、楯突きようがありません。結局、主人の望み通りの保険に夫婦で加入することになって」

「もう契約書にサインしたんですか？」

「はい。年が明けてからすぐに」

「なるほど」

久能は腕を組んで、千秋の供述を頭の中で整理した。離婚には同意できないが、妻の死によって、高額の保険金を手に入れることはいとわないということか。流産をきっかけに生じた妻への憎悪と、死亡保険金という経済的な利益。鳥飼俊輔が妻を殺害しようと企てるには、十分すぎる動機だった。

三度にわたる不可解な自首と、地図上に引かれた一本の直線——鳥飼俊輔の意図には、まだはっきりつかみかねるところもあるが、三月十九日、新宿区中井二丁目の自宅において、妻の千秋の身に何らかの危険が迫っていることだけは、まちがいないようである。

「——わかりました。正式な保護要請の手続きをしてください。こちらもできる限りの手を打ちましょう」

「ありがとうございます」

千秋はほっとしたような面持ちで、久能に向かって頭を下げた。


鳥飼千秋を乗せたタクシーが走り去るのを見送って、久能は刑事部屋に戻った。千秋の保護要請の手続きをしている間に、時刻は午後四時を回っていた。

鳥飼俊輔は、まだ相談室に足留めしてある。千秋が来ていたことを悟られないよう、もうしばらく時間を稼がなければならない。鳥飼と話をする前に、新大塚駅の轢死事件の捜査状況について、仲代の報告を聞くことにした。

仲代はデスク端末をインターネットに接続して、どこかのホームページを読んでいた。久能が注意すると、仲代は心外そうにかぶりを振って、

「サボっちゃいませんよ。塚本公彦のウェブ日記を読んでいたんです」

「ウェブ日記？　だって、本人は七日に死んでるんだろう？」

「まだ三日しか経ってませんから。更新が止まっただけで、サーバーにアップしたデータは、削除されないで残ってます。大塚署の担当者に話を聞くついでに、日記のアドレスを教えてもらったんですが、一昨日ぐらいからアクセスが集中しているらしいですね」

「どうして？」

「目ざといやつが見つけて、どこかの掲示板に書き込んだみたいです。自殺した学生の実名日記が読めるサイトという触れ込みで」

「いやな世の中だな。それで、何か役に立つことでも書いてあるのか？」

「それがあるような、ないような」

仲代はブラウザ画面をスクロールして、トップの最新の日記を表示した。最終更新の日付は、三月六日。塚本公彦が電車に轢かれて死ぬ前日の記述である。

「3月6日　修論進まず。疲労困憊《こんぱい》（今週の平均睡眠時間＝2時間）。ときどき意識がぼーっとなるんだけど、そんなときは何もかも投げ出して、どこか遠いところへ行きたくなる……って、大丈夫か？∨オレ」

三月分の記述は、どれも似たり寄ったりの内容だった。仲代の報告によれば、塚本公彦は御茶の水のＭ＊＊大学工学部に通う大学院生で、修士論文の提出期限が目前に迫っていたという。連日連夜の実験に追われて、先月からかなり無理をしていたらしい。

「――大塚署の調べでは、七日の朝、塚本公彦は研究室に出かけるために、自宅の最寄り駅の新大塚から丸ノ内線で、御茶ノ水へ向かおうとしていたそうです。六日の夜も遅くまで研究室に残っていたらしく、帰宅してからもあまり寝てなかったんじゃないかと」

と仲代が言う。久能は端末のディスプレイを横目に見ながら、

「なるほど。日記を読む限り、塚本が心身ともに疲れきっていたのはまちがいない。電車を

待っている間に、ふっと魔が差したか、あるいは単に足下《あしもと》がふらついて、ホームから転落したとしてもおかしくはないだろう。大塚署の判断は？」

「自殺とも事故とも決めかねているようですね。朝のラッシュ時を過ぎて、乗客のまばらな時間帯だったので、目撃者もいないそうです。誰かが背後からこっそり忍び寄って、塚本をホームから突き落とすことも不可能ではないでしょうが、日記を読んでもキャラが薄いというか、あんまり人の恨みを買いそうな男じゃありませんね」

「ネット上のトラブルとかは？」

仲代は首を横に振って、その可能性を一蹴すると、

「とりあえず、過去一ヵ月の日記をさかのぼってチェックしましたが、ほとんど自宅と研究室の往復で、浮いた話のひとつもない。しいて挙《あ》げれば、先月下旬、研究室のコンパで新宿の居酒屋に行った際、隣りのテーブルで飲んでいたサラリーマンとあやうく喧嘩になりかけたことぐらいですが――」

久能は鼻でうなずいてから、おもむろに仲代の肩に手を置いて、

「こんな日記を読んで暇をつぶすより、もっと有意義な時間の使い方がある。今から新宿区役所まで行って、鳥飼俊輔のアリバイをきちんと確かめてきてくれないか？　七日の午前中だけでなく、千住仲町公園の殺しと田端で自殺があった日のアリバイも一緒に」

仲代は不満そうに唇をへの字に曲げて、

「土曜の四時ですよ。区役所は閉まってるんじゃないですか？」

「窓口はそうかもしれないが、誰もいないってことはないだろう。俺たちだって、こうして働きづめなんだから。結果がわかり次第、携帯の方に連絡をくれないか」

「携帯に？　何か急ぐわけでも？」

「まあな。鳥飼の奥さんから、すこぶる面白い話が聞けたんでね。旦那の行動に、はっきりした目的と一貫性があることがわかった。これから鳥飼本人を締め上げるのに、手持ちの材料が多いに越したことはないからな」

「鳥飼の自首に、はっきりした目的と一貫性が——？」

仲代は目を丸くした。にやりとしながら、久能は出口の方へ顎をしゃくって、

「まずアリバイ調べの方が先だ。帰ってきたら、ゆっくり聞かせてやるよ」


「お忙しいところ、何度もご迷惑をかけて、申し訳ありません」

鳥飼俊輔は殊勝な顔をして、久能を迎えた。長い間待たされたのに、抗議めいたそぶりすら見せないのは、厄介者《やっかいもの》扱いされていることを承知しているからだろう。

三度目の対面になる。鳥飼を前にして、久能は初めからつれない態度を装った。さっきまで妻の千秋と会っていたこと、三つの事件に地理的な一貫性があること、そして千秋が鳥飼の殺意に気づいていることは、おくびにも出さない。こちらの手の内は見せないで、しばら

く泳がせておくつもりだった。

　鳥飼の身柄を拘束できるだけの証拠はまだそろっていないし、こちらの動きを知られたら、かえって千秋の身に危険が及ぶ可能性がある。早まって手出しをしなければ、三月十九日が来るまで、鳥飼は行動を起こさないはずだった。

「三月七日、地下鉄丸ノ内線の新大塚駅のホームから、大学院生を線路に突き落としたそうですね。所轄に問い合わせて、事件の詳細を確認しました。お話をうかがいましょうか？　まず被害者の塚本公彦と、あなたの関係からですが――」

「深い関係はありません。それまでに一度しか会ったことがないんです」

「一度きり？　なぜそれだけの相手を」

「自分のプライドを守るためです。あいつは公衆の面前で、私を辱《はずかし》めた。そのことがどうしても許せなかったんです」

「それはいつ、どこで？」

「先月の二十三日、場所は新宿の『赤丸屋』という居酒屋チェーンの店です。仕事帰りに同僚と酒を飲みにいったのですが、たまたま隣りの席に坐った学生のグループがひどく騒ぎ始めて。ちょっと注意したところ、中のひとりが私にからんできました」

　思わず久能は眉をひそめた。どこかで聞いたような話である。

「その学生はすでに泥酔状態でしたが、店中に聞こえるような大声で、私のことを罵倒しました。あんたみたいな穀潰《ごくつぶ》しのオッサンが、日本を駄目にしてるんだとか何とか、支離滅裂なことを言って。こちらもついかっとなって、二言三言、言い返したのが火に油を注いだようです。向こうはさらにエスカレートして、私のプライドを傷つけるような誹謗《ひぼう》中傷を連呼した。心配した同僚が河岸《かし》を変えようと言って、私をその場から引き離してくれたので、それ以上の騒ぎにはなりませんでしたが」

「すぐにその場を離れたのなら、どうやって相手の身元を？」

「私と同僚が店を出る時、そいつが自分で言いました。逃げるのかよ、オッサン。こっちは逃げも隠れもしないぜ。文句があったら、M＊＊大学工学部の城山研究室まで来るがいい。この塚本公彦サマが、いつでも相手になってやる、と」

久能は頭を抱えて、嘆息した。急ごしらえで話をでっち上げたのだろうが、今まで以上に馬鹿馬鹿しくて、とても聞くに耐えない。

鳥飼は今の話で、馬脚を現したようなものだ。新聞で事件を知ってから、さっきのホームページにアクセスしたにちがいない。今日自首するためには、マスコミの詳しい報道が間に合わず、ネット上で事件に関する情報を検索しているうちに、塚本公彦のウェブ日記にたどり着いたのだろう。そこで見かけたエピソードを脚色し、さも自分の体験のように話しているだけで、新大塚駅の事件と無関係なのは一目瞭然だった。

鳥飼はさらに犯行に関する供述を続けたが、久能はただ機械的に質問をはさみ、答を手帳に引き写すのみで、聴取に集中することはできなかった。すでに千秋の話を聞いた後では、鳥飼の自供が一週間後に控えた殺人への布石にすぎないことがわかっている。

だが、仮に鳥飼が本気で妻の殺害を計画していたとして、それに先だって虚偽の自白を三度も繰り返したのなぜだろう？　久能は解せなかった。狼が来たと何度も嘘をついて、誰からも相手にされなくなった羊飼いの少年のように、四度目に妻を殺したことを告白すれば、もはや警察が真に受けないとでも思っているのだろうか？　しかし、そんな手前勝手な思惑は成り立たない。これまでの三つの事件と、千秋殺しとでは、鳥飼と被害者の関係がまったく異なるからだ。千秋が事前に相談に来なかったとしても、警察はその場で鳥飼俊輔を逮捕するだろう。

それとも、四つの事件の犯行現場を作為的に一直線上に並べることで、ありもしない連続殺人というイリュージョンをこしらえ、それによって、警察の目を自分からそらそうという魂胆なのか？　だが、それも無理な計画というほかない。少なくとも第一、第二の事件に関しては、まったく疑う余地のない真相が明るみに出ているのだから。鳥飼千秋殺しを未解決の連続殺人事件の環《わ》のひとつに見せかけ、どこにも存在しないシリアル・キラーに罪をなすりつけることなど、どだい不可能なのである。向こうの手の内は全部わかっているのに、いったい何を考えているのか、肝心なところがさっぱりわからない。

鳥飼の供述は、久能の携帯の着信音でさえぎられた。仲代からで、新宿区役所からかけているという。仲代の声が鳥飼にも聞こえるよう、スピーカー・モードに切り換えてから、聞き込みの結果を聞いた。

「まず七日のアリバイですが、鳥飼俊輔は普段と同じように定時に出勤して、昼休みの時間まで一度も外に出ていません。十時二十分頃には、課内で複数の人間と一緒でした。新大塚駅のホームから、塚本公彦を突き落とすことは絶対に不可能です」

鳥飼に目をやると、無意識のしぐさのように、眼鏡を外した。次はまぶたをこすり始めるだろう、久能はそう思いながら、

「二月二日の夜と、十四日の午後のアリバイは？」

「それも確認ずみです。当直の警備員の証言によれば、二日の夜は、十一時過ぎまで残業していたと。十四日も同様で、その日の午後、鳥飼が早退したという記録はありません。区役所を出たのはもっと遅い時間だそうです」

「ご苦労だった。寄り道しないで、すぐ帰ってこいよ」

久能は携帯をたたんで、ポケットにしまった。鳥飼は眼鏡をかけ直している。

「今のお聞きになりましたね？　七日の事件はもちろん、それ以外の二件に関しても、百パーセント確実なアリバイが成立しています。あなたがやったということはありえない」

鳥飼は無言で目を伏せる。目の周りが赤くなっていた。そのまま、長い沈黙が続く。

時計を見ると、五時になっていた。鳥飼千秋はすでに帰宅して、切り抜きと地図が入った

封筒を夫の机の抽斗に戻し、外出した形跡もすっかり消してしまった頃だろう。もうこれ以上、鳥飼俊輔を引き止めておく理由はない。

今、この場でたずねることもなかった。たとえたずねたとしても、久能の求める答は返ってこないだろう。

「仏の顔も三度、という諺《ことわざ》をご存じですね？　これが最後で、もう四度目はありません。どうぞお引き取りください」

鳥飼俊輔は唇を堅く閉じたまま、ゆっくりと左右に首を振った。やがて、静かに体を持ち上げて久能に一礼すると、何も言わずに相談室から出ていった。

久能が刑事部屋に引き上げると、またデスクの電話が鳴った。内線で、今度は法月警視からである。科警研の模擬火災実験の報告書はまだか、とせっつかれた。

「今、せがれが部屋に来ていて、実験の結果を早く知りたがってるんだ。書面がまだなら、とりあえず口頭でいいから、結果を教えてやってくれ」

「すぐ行きます。ついでにもうひとつ、別件で相談したいことがあるんですが。たぶん、息子さんの専門分野だと思います」

「――綸太郎の？　わかった。待っている」

Ⅳ 「結」の章

「お前の迷路には三本、よけいな線がある。ギリシアの迷路を知っているが、これは一本の直線だ。その線のなかで、じつに多くの哲学者が迷った。刑事が迷ったって、ちっともおかしくない。シャルラッハ、生まれかわってまたおれを追うときは、A点で犯罪を犯すふりをしろ（あるいは犯せ）。それから、A点から八キロ離れたB点で二番目の犯罪を、A点とB点から四キロ離れていて二点の中間にあるC点で、三番目の犯罪を犯すんだ。そしてそのあと、A点とC点から二キロ離れていてやはり中間にあるD点で、おれを待て。いまトリスト・ル・ロワでおれを殺そうとしているように、このD点でおれを殺すんだ」

（J・L・ボルヘス「死とコンパス」一九四二年）

＊

「おかしな話ですね。奥さんの疑惑が当たっているとして、その鳥飼という男、これからどうするつもりなんでしょう？」

三週間前、鳥飼俊輔が千住署に出頭してから、今日に至るまでのいきさつを久能が念入りに語り終えると、法月綸太郎はそんな感想を洩らした。話に夢中になっている証拠に、さっきから何度も差し入れのコーヒーに口をつけようとする。ペーパーカップの中味は、とうに空っぽなのに。

それは父親の法月警視も同じだった。くわえタバコで、久能がコピーした犯行計画地図に見入っているところは、すでに板橋区の放火殺人のことなど念頭にないようだ。

「どうするもこうするも、十九日の月曜に中井二丁目の自宅で女房を殺して、また性懲りもなく、私が殺しましたと名乗り出るつもりなんだろう。これまで通り、でたらめな話をこしらえて、門前払いを期待してるのさ。そいつは区役所に勤めているんだろう？　常習クレーマーの対応マニュアルは、どこの役所でも似たようなものだから」

本気でそう思っているのだろうか？　久能はかぶりを振って、

「でも、こっちはそんな手には乗りませんよ。どんなに支離滅裂な供述をしても、今までとは事情がちがう。その場で鳥飼を逮捕して、拘留期限いっぱい締め上げれば、いずれ泥を吐くでしょう。よほどの馬鹿でない限り、それぐらいのことは想像がつきませんか？」

警視はフンと鼻を鳴らして、タバコの灰をはじき落とすと、

「警察を見くびっているんだよ。ここのところの不祥事続きで、悪しきお役所イメージが定着してしまったせいでな。捜査一課の刑事を煙に巻くぐらい、ちょろいもんだと高をくくっているにちがいない。まあ、それがそいつの命取りになるって寸法だが」

久能は異論を唱えるかわりに、息子の方に目をやった。父親の想像力の欠如には前から慣れっこになっているというように、綸太郎は肩をすくめて、

「一直線上に並んだ三つの事件ですが、鳥飼俊輔以外の同一犯人による無差別連続殺人でないということは、百パーセント確実ですか？　もしかしたら、鳥飼は警察の見落とした手がかりを元に、犯人のもくろみを嗅ぎつけて、便乗殺人を企んでいるのかも」

「九十九パーセント、ありえないですね。最初の二件については、きっちり片が付いているし、三番目の事件も、自殺か事故でまずまちがいないでしょう」

「残りの一パーセントは？」

「一連の事件の背後に、他人の心を自由自在に操れる魔術師みたいなやつが潜んでいたら話は別です。地図のパターンに沿《そ》って被害者を選びながら、代理殺人や自殺を仕向けている可能性ですね。その場合は鳥飼自身も、マインドコントロールの犠牲者だということになるかもしれませんが」

「おいおい、それじゃあ映画や小説の筋書きじゃないか。俺がプロデューサーか編集者なら、そんな陳腐な設定は、即刻書き直しを命じるところだな」

「ずいぶん古くさいことを言いますね、お父さん。もう二十一世紀だというのに。フィクションさながらの荒唐無稽《こうとうむけい》な犯罪は、現実にいくらでも例があるじゃないですか」

「そんなことは、おまえに言われるまでもない」

法月警視はタバコの煙を綸太郎の顔めがけて吹きかけながら、

「だが、仮に鳥飼が安っぽいコピーキャットみたいな便乗殺人を企んでいるとしたら、何度も嘘の自首を繰り返すというような回りくどい手は使わなかったはずだ。新聞社かＴＶ局に犯行声明文を送ってマスコミを動かした方が手っ取り早いし、はるかに高い効果が見込める。そうしなかったのは、鳥飼が古くさい物の考え方をする人間だからだよ」

なるほど、と久能は思った。警視の指摘はいいところを突いている。鳥飼が単に便乗殺人の線を狙っているなら、自分の素性を明かして、嘘の自白をするメリットはない。

綸太郎も同感のようだった。

「今のは一本取られたな。お父さんの目もまるっきり節穴ではないようだ——ちなみに、もしこれが小説もどきの筋書きだとしたら、狙われているのは鳥飼夫人ではなく、あなただということになりかねないんですけどね、久能警部」

「——私を狙って？」

久能が首をかしげると、綸太郎はもっともらしい口ぶりで、

「ボルヘスの短篇にそういうプロットがあるんです。最終的な犯行現場に宿敵の刑事をおびき寄せるために、連続殺人に地図上の直線パターンを与えるという方式が」

「でも、鳥飼俊輔に恨みを買うような覚えはありませんが」

「無茶なことを言うなよ、綸太郎。警部が本気にしかけてるじゃないか」

と警視がたしなめる。綸太郎は頭を掻いて、前言を撤回した。

久能は密かに安堵の息を洩らした。警視の言いぐさではないが、一瞬それを真に受けそうになったのである。そうでなくても、鳥飼が自分に接する態度には終始、なんとなく得体の知れないところがあったからだ。

そうしている間に、法月警視はタバコを消して、手元の用箋に何か書きつけると、

「与太話はそれぐらいにして、もっと現実的な対応策を検討しよう。ちょっとこれを見てくれないか。鳥飼俊輔の行動を時系列に沿って、整理してみたんだが」

久能は綸太郎と競うように、デスクの上に頭を寄せた。

二月　二日　磯部朋代殺害（A事件）
　　十四日　飯島達雄自殺（B事件）
　　十七日　鳥飼、磯部殺しを自白（A自白）
　二十四日　鳥飼、飯島殺しを自白（B自白）
三月　七日　塚本公彦死亡（C事件）
　　十日　鳥飼、塚本殺しを自白（C自白）
　十九日　鳥飼千秋殺害予定？（D事件？）

「この表を見ると、いくつか気になる点がありますね」

と綸太郎が言った。

「まず目につくのは、事件と事件の時間的隔たりです。Ａ事件とＢ事件の間隔は十二日、Ｂ事件とＣ事件では二十一日、そして、Ｃ事件からＤ事件の予定日までは、また十二日のインターバルが置かれている。妻殺しの決行日が三月十九日に設定されているのは、鳥飼俊輔が犯行日時のパターンを考慮して、Ａ―Ｂ事件間の経過日数を当てはめることにしたからでしょう。だとすると、ＢからＣ事件が起こるまでの二十一日間のインターバルは、えらく中途半端な数字だということになります」

そうですね、と久能は相槌を打った。綸太郎は続けて、

「次に鳥飼俊輔が虚偽の自白を行った日付ですが、最初の二回は二週続けて出頭しているのに、三回目は間が空いて、半月後まで姿を見せていない。これもパターンを崩しています。三番目もそれと関連がありますが、事件が発生してから鳥飼が自首するまでの日数差ですね。Ａ事件は十五日、Ｂ事件では十日、Ｃ事件は三日と、だんだん間隔が短くなっています。さらにここで見逃せないのは、鳥飼が最初に出頭した二月十七日の時点で、Ａ事件はもちろん、Ｂ事件もすでに発生しており、順次マスコミの報道がされていたという点ですね。一方、Ｃ事件は二度目に出頭してＢ事件を自白してから十一日後に起こったわけですが、前の週にブランクがあったにもかかわらず、鳥飼はあわてふためいて事件の三日後に出頭して

きた。マスコミの詳しい報道が間に合わないので、インターネットで周辺情報を入手したというのは、久能警部の想像通りだと思います。これが何を意味するかというと――」

「おまえに教えてもらうまでもない」

法月警視は息子の熱弁をさえぎると、また新しいタバコに火をつけながら、

「鳥飼俊輔がマスコミの報道を手がかりにして、ありもしない連続殺人ラインを、後知恵でこしらえようとしていたことの歴然たる証拠だろう。おそらく鳥飼は、それ以前から都内で起こった殺人や自殺、あるいは死亡事故の現場を、地図の上に片っ端からプロットしていたにちがいない。A事件の候補は、どれでもよかった。むしろ重要なのは、B事件の方で、A—B両事件の現場を結ぶ直線上に、中井二丁目の自宅が来るような位置関係を備えていなければならない。可能性はほかにいくらでもあっただろうが、鳥飼は千住仲町公園の殺人と田端の自殺に目をつけた。たまたま日数が近かったからだろう。この時点で、鳥飼の計画には最低限の条件がそろったことになる」

「――バラバラに起こった無関係な事件どうしを同一直線上に並べて、ありもしない連続性をこしらえるという発想が出てきたのは、鳥飼が新宿区役所の都市計画部、計画調整課に勤めていたからでしょうね。地図上に線を引っぱって、殺人計画を立案・調整するというのは、まさに彼の仕事の延長線上にある作業ですから」

と綸太郎が注釈を入れた。

「おまえもたまにはいいことを言うじゃないか」

法月警視は目を細めて、タバコの煙をふうっと吐き出すと、

「ＡとＢ、二つの事件が起こった段階で、鳥飼はすぐ妻の殺害に取りかかる手筈《てはず》だったにちがいない。ところが予想していたよりも早く、磯部朋代殺しの真犯人が逮捕されてしまったために、当初の計画は変更を余儀なくされた。犯人が捕まったことには目をつぶるとしても、ダミーの事件が二つだけでは物足りない、と考え直したんだろう。そこで鳥飼はすでに引かれた線上で、新たな第三の事件が起こるのを待つことにした。もちろん、それがいつ、どこで起こるかは、完全に運まかせだったはずだ。新大塚駅の事件がほかに比べて、中途半端な時期に起こったように見えるのはそのせいだし、地図上の×印の位置も若干ずれている。鳥飼が尻に火がついたようにあわてて出頭したのも、あまり自首の間隔が開きすぎると、作為的にダミーの事件を選択していることを見抜かれる危険性が高くなってしまうからだ」

推理作家も顔負けのロジックを披露すると、警視は聞き手の反応を求めるように顎をしゃくった。久能に否やはなかったが、父親にお株を奪われて悔しがっているのか、綸太郎はひとつだけ腑に落ちないことがあるという表情で、

「新大塚駅の事件に鳥飼が関与している可能性は？　日にちが空いているとはいえ、そうそう都合よく、すでに引かれた線上で死亡事故が起こったりするものでしょうか」

「だが、当日の鳥飼のアリバイは完璧だったんだろう？」

と警視が念を押す。久能はうなずいて、

「さっき報告した通りです。そうでなくても、やつにはできっこありません。あれは虫も殺せない男です」

「なら問題あるまい。運まかせといっても、鳥飼の賭け率はそんなに低くなかったはずだ。この線上で人死にが出さえすれば、交通事故でも、あるいは新聞に死亡記事が出ていれば、普通の自然死でも飛びついていたんじゃないか」

「虫も殺せない男、か……」

綸太郎は腕組みしながら、ひとりごとのようにつぶやいた。それを合図に目が遠くなって、自分だけの世界に没入してしまったらしい。警視はやれやれという顔をして、

「しばらくせがれのことは放っといてやれ。それより今後の対応についてだが、今のところ、鳥飼俊輔は厄介な変わり者というだけで、何ひとつ法に触れることをしたわけじゃない。殺人の予備で引っぱるにしても、これだけでは証拠が乏しすぎる。十九日の月曜に現場で張り込んで、鳥飼が女房に手をかけたところを、現行犯でしょっぴくしかなさそうだが……。どうしてもやつの思惑をつかみきれないのが、一抹の不安材料だな。事情聴取の際、ほかに気づいたことはなかったか？」

何か言い落としたことがないか、久能は少し考えてから、

「——そういえば、ひとつ気になることが。鳥飼が二度目に出頭した時です。本題に入る前、精神的にバランスを崩してるんじゃないかと突っ込んだら、やっこさん、手で顔を隠して、笑いを嚙み殺すような表情をしましてね」

「笑いを嚙み殺す？」

「そう見えただけで、目の錯覚だったかもしれませんが」

「フム。そうすると、鳥飼の狙いはそこらへんにあるのかもしれないな」

法月警視は厄介そうに顔をしかめた。久能もすぐにその含みを読み取って、

「犯行後に精神異常を申し立てて、罪を免れるつもりだと？」

「条件はそろってる。やってもいない殺人を何度も自白して、犯行現場が一直線上に並んでいるとほのめかそうとするなんて、正気の沙汰じゃない」

「ですが、あの男はどこから見ても、正常そのものですよ」

「もちろん、そうだろう。刑事責任逃れのための布石を打っているにすぎないのさ。さっきのマインドコントロール云々ではないが、整然と引かれた直線に宇宙意志を感得したとか、そういう電波じみた答弁を準備してるんじゃないか。事情聴取の際、正気を疑われるような発言があったという事実を、してやったりと裁判で持ち出してくるかもな」

「それであの時、笑いを嚙み殺すような表情を？」

「刑事責任逃れっていうのは、あまりピンときませんね」

いきなり綸太郎の声がした。ずっと話は聞こえていたようである。

「仮に精神異常を主張して、無罪を勝ち取ったとしても、奥さんの生命保険金は下りないでしょう。それどころか、保険の契約を強要したことが、殺人の故意を裏付けることになる。最初から責任能力で争うつもりなら、そんな危ない橋は渡りませんよ」

「そうか。保険のことを忘れていたな」

警視は眉間に縦じわを刻んで、ため息をついた。久能にもうまい考えはなかった。議論が出尽くしてしまったように、執務室に沈黙が落ちる。

「――さっき、虫も殺せない男だと言いましたね。あれはどういう意味ですか？」

おもむろに綸太郎が口を開いた。久能は眉を上げて、

「鳥飼のことですか？　文字通りの意味ですよ。仲代も同じ意見でしたがね。奥さんから保護要請があった以上、鳥飼の思うようにはさせませんが、たとえ今日のことがなかったとしても、やつには殺せないでしょう。本人もそのことがわかってるんじゃないか。最初に出頭してきた時、なんとなくリハーサルめいた印象を受けたんです。鳥飼が嘘の自白を繰り返しているのは、そのせいかもしれない。妻殺しという難事業を実行に移す前に、自らを殺人犯の立場に置いて、俺にもできるんだと自己暗示をかけているような」

「久能警部は、なかなかの心理学者ですね」

綸太郎はいたく感心したような口ぶりでそう言うと、

「でもそれを聞いて、ぼくもひとつ思いついたことが。まだ漠然とした仮説の段階ですけど、その線でいくつか調べてもらいたいことがあるんです」

それから九日後の、三月十九日月曜日。久能は事前の打ち合わせ通り、午後七時を過ぎてから、新宿区中井二丁目のマンション「シティハイツ中井」の一室を訪れた。

バリアフリーの玄関で出迎えたのは、車椅子に坐った鳥飼千秋。先ほどまで、介護サービス会社から派遣されたホームヘルパーの女性が部屋にいたが、今はひとりだった。

誰かほかの人間がそばにいる間は、千秋の身に危険が及ぶ可能性は低いし、早い時間帯だと、同じマンションの住人と鉢合わせする恐れもある。夫が行動を起こすとすれば、もっと夜が更《ふ》けて、あたりが寝静まった頃だろう。そう判断してこの時間にやってきたのだが、もちろん、万一の場合に備えて、周辺の監視は怠っていない。いつも通り、区役所に出勤した鳥飼俊輔には、朝から仲代刑事が張りついている。

リビングに通されると、久能は同行した法月警視と綸太郎の二人を千秋に紹介した。綸太郎が来ているのは、この一件の結末を見届けたくて、待機作戦に志願したからである。しかしさすがに、推理作家ですとは言えないので、違法捜査の有無をチェックする市民オンブズマンの一員ということにしておいた。今夜の待ち伏せがイレギュラーなケースであることは千秋も承知していて、その説明でいちおう納得してくれたらしい。食事は？　と聞かれたが、三人とも外ですませていた。

顔合わせがすんだところで、千秋の案内で住居の間取りを調べる。三年前にローンで購入した3LDKの分譲マンションで、車椅子でも部屋の行き来ができるようにリフォームの手が入っていた。LDKを除く部屋割りは、鳥飼俊輔の書斎（予想通り、モデム付きノートパソコンが机の上に置いてあった）と寝室、それに千秋の寝室――。

「立ち入ったことをうかがいますが、ご主人と寝室を分けるようになったのは？」

法月警視がたずねると、千秋は目を伏せるようにして、

「半年前からです。夫の今の寝室は、もともと将来の子供部屋にするつもりでした」

「子供部屋に？　なるほど」

部屋の下見を終えると、四人はリビングに戻り、鳥飼俊輔の侵入経路についてひとしきり議論した。鳥飼は物盗りの犯行に見せかけて、千秋の殺害をもくろんでいるのではないか？だとしたら、自分の家だからといって、馬鹿正直に玄関のドアから入ってくることはありえない。鳥飼の書斎と千秋の寝室の窓は、ひと続きのベランダに面していた。部屋は二階で、ベランダは道路と反対側を向いている。鳥飼が外部の犯行に偽装するつもりなら、暗闇に乗じて地上からベランダによじ登り、窓を壊して室内に侵入するだろう。もし誰かに見つかっても、鍵をなくしたと言えば、申し開きはできる。窓をこじ開ける音で眠っている千秋が目を覚まさないよう、書斎の方から忍び込むというのが、一番ありそうな可能性だった。

リビングの電話が鳴ったのは、午後九時のことである。

千秋が受話器を取り、おざなりな感じのやりとりを交《か》わすのを、久能らは息をひそめて見守った。電話を切ってから、千秋が一同に告げる。

「主人からでした。残業で午前様になるから、先に寝ていてくれと」

「帰りが遅くなる時は、いつもそうやって連絡を？」

「以前はそうでしたが、最近はめったにありません」

「やはり。わざわざ電話を入れたということは、残業にかこつけて何かアリバイ工作を仕組んでいる可能性が高いな」

と法月警視が言う。久能はうなずいて、千秋の顔に目を戻し、

「奥さんは普段通り、お休みになる準備をしてください」

「皆さんは？」

「われわれにはおかまいなく。奥さんの安全は保証しますから、ご安心ください」

「はい。くれぐれもよろしくお願いします」

千秋は心細げに頭を下げると、車椅子のハンドリムに手をかけた。ゴムのタイヤがきしむ音を残して、リビングから姿を消す。

法月警視が立ち上がって、ウーンと大きく伸びをした。無意識のようにタバコをくわえ、その場で一服しようとするのを見とがめて、論太郎がマナー違反を注意する。警視は肩身が

狭そうにキッチンの方へ移動して、換気扇のスイッチを入れた。やっとタバコに火をつけると、灰が散らないようにおそるおそる煙を吐いている。二人とも神経がピリピリしているのだ、と久能は思った。

午後十時半、今度は久能の携帯が鳴った。仲代からである。

「今、区役所から鳥飼が抜け出しました。徒歩で、西武新宿駅方面へ向かっています」

「面が割れているから、あまり近づくな。見失ってもかまわない」

「了解。何かあったら、また連絡します」

久能は念のためマナーモードに切り換えて、携帯をしまう。警視がたずねた。

「鳥飼が動き出したのか？」

「今、職場を出たと。電車で移動するつもりのようです」

「タクシーを使うと、足がつくからな」

含みのある口調で警視が言うと、綸太郎はにやりとして、

「では、こっちも持ち場につきましょうか？」

三人は手はずを再確認すると、それぞれの待機地点に向かった。警視はそのままリビングに残り、綸太郎は鳥飼の寝室へ。もちろん、鳥飼の書斎は無人のまま空けておく。久能は千秋の寝室のドアをノックした。

「どうぞ」

と中から声がする。久能が一礼して寝室に入ると、千秋はすでに介護用ベッドに身を横たえていた。ひとりでも上半身の力だけで体を移せるように、ベッドには可動式の補助バーが設置され、手の届くところに車椅子が寄せてあった。

千秋は寝つかれず、本を読んでいたらしい。部屋の照明は落として、読書用のライトだけついていた。

「今しがた、ご主人が区役所を出たそうです。じきにここへ来るでしょう。手はず通り、私がここで待機します。奥さんは灯りを消して、眠っているふりをしてください」

「部屋に入ったところで、すぐ取り押さえるんですか？」

久能は首を横に振って、

「いや。ご主人にとっては自分の家ですから、不法侵入で捕まえることはできないし、そうでなくても、夫婦間の暴力沙汰は立件がむずかしいんです。ですから、明らかな殺意を持って具体的な行為に着手したところを、現行犯で取り押さえるしかない。そうすれば、ご主人も言い逃れはできないでしょう」

千秋は不安を隠しきれない表情で、

「本当に大丈夫でしょうか？　わたしを守っていただけますか？」

「大丈夫、私がついています。危険はありません」

「わかりました。あなたを信じます」

千秋は読書用ライトを消して、上掛けにもぐり込んだ。久能は闇に目が慣れるのを待ってから、物陰に身をひそめる。そのまま、石のように動かなくなった。

三十分ほど経ったろうか。外のベランダから物音がする。やがて、窓越しにキイキイという音が聞こえてきた。隣りの書斎の窓をガラス切りで切っているらしい。

予想通りだ。久能は静かに息を吸い込んだ。

続いて、書斎のサッシ窓を開け閉めする音。暗闇の中を人が歩き回っている気配が伝わってきたかと思うと、かすかなきしみ音を立てながら、寝室のドアがゆっくりと開いた。暗闇に慣れた久能の目に、スキーマスクに顔を包んだ小柄な男の姿が映る。

きしみ音を嫌ったのだろう、男はドアを開けたまま、まっすぐ千秋のベッドに歩み寄った。枕元にひざまずくと、手袋をはめた手で眠っている女の口をふさぐ。声にならない息を洩らして、千秋がもがいた。男は用意したガムテープをちぎって口に貼り、次に上掛けをはぎ取って、女の両手をぐるぐる巻きにする。

久能は息を止めたまま、その場を動かなかった。

女の体の自由を奪うと、男は矢継ぎ早に懐《ふところ》からザイルのような紐を取り出した。ベッドに飛び乗り、女の上に馬乗りになると、迷わずザイルを首に巻きつける。両端をしっかり握って、いつでも縊《くび》り殺せる態勢だった。

だが、それでも久能は動かない——。

久能だけではなかった。ザイルを握ったまま、スキーマスクの男も凍りついたようになっていた。今までの俊敏な動きが嘘のように。幾度も肩を震わせたが、不思議と腕に力が入らないのだ。

やがて、寝室の中に奇妙な声が響き始めた。男が嗚咽《おえつ》する声だ。天井を仰いで、頭を激しく前後に振ると、いきなり男はザイルを手放し、両手で顔を覆った。嗚咽の声は止まらずに、だんだん大きくなっていく。やがてそれが、意味のある言葉に変わった。

「できない、俺にはできない……」

男はそう叫びながら、自分の手でスキーマスクをはぎ取り、馬乗りになった女の胸に頭を押しつけた。叫び声が急にかすれて、押し殺したうめき声のようになる。

「許してくれ、千秋、俺を許してくれ……」

とんだ茶番である。久能は呼吸を再開すると、すっくと立ち上がって、部屋の灯りのスイッチを入れた。突然、まばゆい光に包まれて、ぎょっとなったように男が振り向く。メーキャップを半分落としたピエロのような顔。鳥飼俊輔だった。

「奥さんの上から降りなさい」

久能が命じると、鳥飼は素直に従った。憑《つ》き物が落ちたように、両手をだらりとぶら下げて。眼鏡をかけてないせいで、よけいに滑稽《こっけい》な顔に見える。

ベッドに歩み寄り、千秋の口と両手に貼られたガムテープをはがしていると、部屋の外に足音がして、法月警視が寝室に飛び込んできた。遅れて綸太郎も現れる。

荒い息をつきながら、千秋が何か言おうとした。久能はかぶりを振って、その言葉を押しとどめた。身を起こしながら振り向いて、夫の方に言う。

「何もかも筋書き通りだったようですね」

鳥飼は目に涙をためたまま、無言でうなだれた――虫も殺せない男。

現場の状況をすばやく確認すると、法月警視が目で久能に合図した。久能はうなずいて、背広の内ポケットに手を入れる。中から逮捕令状を取り出し、被疑者の顔の前に広げてこう告げた。

「――鳥飼千秋さん、あなたを塚本公彦殺害の容疑で逮捕します」

被疑者の取り調べがやっと一段落して、久能は休憩がてら、大塚署のロビーに降りていった。日付は火曜日に替わり、午前二時を回っている。通例なら朝を待って取り調べを始めるところだが、鳥飼千秋は一刻も早く、真実を吐き出してしまいたがっていた。

ロビーの椅子には先客がいた。法月警視と綸太郎の親子である。父親はもうもうとタバコを吹かし、息子の方はペーパーカップのコーヒーを飲んでいる。

「夫の方は自供を始めましたか?」

久能がたずねると、法月警視はうんざりしたような表情で、首を横に振り、

「いや。塚本公彦は自分が殺したの一点張りで、取りつく島もない。アリバイがあるのに、あんなに強情だとは思わなかったよ。さっぱりらちが明かないから、後のことはここの署員にまかせて、退散してきた。で、そっちの女房の方は？」

「至って順調です。一切合財《がっさい》、ぶちまける気になってますよ。車椅子なしでも歩けることがばれた時点で、すっかり観念したようですね」

「これはぼくのおごりです。足の方はどれぐらい治ってるんですか？」

自販機で買ってきたコーヒーを差し出しながら、綸太郎が聞いた。久能はありがたく頂戴して、

「健常者と同じってわけにはいきませんが、短い距離ならこなせると。去年の六月の事故で歩けなくなったのは事実ですが、その後犯行を決意してから、密かに自宅でリハビリを続けていたそうです。これ見よがしに車椅子で警視庁に現れたものだから、古くさい手口にもう少しで引っかかるところでしたよ。まあ、それが狙いだったんでしょうが」

「三月七日の朝の足取りは？」

「タクシーで新大塚駅の近所まで行って、塚本を待ち伏せ、犯行をすませてから、またタクシーを拾って自宅に戻った。ホームから塚本を突き落とすのは、簡単だったらしい。見るからにふらふらした足取りで、注意力も散漫だったと言ってます」

「さっきここの刑事課長から聞いた話では、すでに何名か目撃者が見つかってるそうだ」

法月警視が少し疲れの見える口ぶりで言った。年齢は隠せない。タバコを吹かしているのは、眠気覚ましのためでもあるようだ。

「さすがに突き落とすところを見たやつはいないが、駅構内で鳥飼千秋らしい人物を目撃した証人がいると。千秋を乗せたタクシーの運転手もじきに見つかるだろう。その証言も加えれば、状況証拠は固いな。車椅子のイメージに頼りすぎて、意外に犯行はずさんな感じがする」

「犯行がずさんな点は、夫の行動でカバーするつもりだったそうです。ただ自供を聞いた印象では、鳥飼千秋自身は、どこかで自分の犯行と発覚することを望んでいたようなふしもありますね。塚本殺しの動機が、流産した子供の復讐だったからでしょう」

久能がさりげなく付け加えると、綸太郎は目尻をぎゅっと引き締めて、

「じゃあ、やっぱり六月の池袋駅の転倒事故には、塚本公彦がからんでいたんですね。池袋は丸ノ内線の始発駅だから、そんなことじゃないかと思っていたんですが」

「ええ。鳥飼千秋がつまずいたのは、ホームの階段を下りるところで、塚本に強く押しのけられたせいだったと。普通の体ならともかく、見れば妊婦とわかる相手にそんな無神経なことをしただけでも罪に値するのに、自分のせいで彼女が怪我《けが》をしたのも知らん顔で、さっさとその場から立ち去ったことが、どうしても許せなかったそうです」

「しかしホームの人込みの中で、一瞬すれちがっただけの相手でしょう。鳥飼夫妻はどうやって塚本公彦のことを突き止めたんですか？　それともうひとつわからないのは、なぜ事故から九ヵ月も経って、急に復讐を実行に移したかということです。それについて、彼女は何か言ってましたか」

「ホームの階段で無理やり押しのけられた時、相手の顔は見ていたそうです。ただ事故のショックからでしょう、退院してしばらくするまで、そのことは忘れていたらしい。ところが、去年の九月、何かのきっかけでフラッシュバックが起こった。自分をつまずかせた若い男の顔をはっきり思い出しただけでなく、彼女が新宿から乗ってきた山手線の電車の同じ車両で同じ男を見かけていたことまで、記憶によみがえったというんです」

「でも、相手の顔だけでは、どこの誰とはわからないでしょう？」

「そこなんですよ」

久能はにやりとしながら、人差し指をピンと立てて、

「鳥飼千秋はその男が電車の中で、パソコンの参考書を読んでいたのを覚えていました。『ホームページ作成者のためのＨＴＭＬ入門』という題名だったそうです。男は学生風のいでたちだったので、仕事ではなく、趣味で自分のホームページを開設しているにちがいない。だとしたら、たぶん日記をつけているだろう。そう考えた千秋は、夫のノートパソコンでネット上を検索することにした――転倒事故の起こった日付と、池袋駅というキーワード

だけを頼りに」

綸太郎は信じられないというように目を丸くして、

「それで検索したら、膨大な数のサイトが引っかかるでしょう。文字通り、干し草の中で針を探すような作業だ。そもそも目指す相手が、期待通りの日記を付けているかどうかさえ、あやふやなのに」

「その目もくらむような作業を、鳥飼千秋はたったひとりでやり通したんです。死んだ子供の仇を討つことだけが、彼女の生きがいになっていたようですね。検索に引っかかったサイトをひとつひとつつぶしていって、塚本のウェブ日記にたどり着いたのは、十一月に入ってからだそうです。事故当日の日記の記述や、そのほかのさまざまな条件を勘案して、塚本公彦を転倒事故の犯人と断定すると、彼女はそれと並行して、一時はあきらめかけていた足のリハビリに再び取り組み始めた。もちろん、自分の手で塚本に報復するために。子供の復讐という明確な目標があったせいでしょう、歩行機能の回復は予想以上に早かったようですね」

「なるほど」

綸太郎は腕を組むと、ふと傍《かたわ》らの父親に目をやった。法月警視はいつのまにか、こっくりこっくりと椅子の上で舟を漕《こ》いでいる。綸太郎はやれやれという顔をして、指の間から火のついたタバコをそっと抜き取ると、灰皿の中でもみ消した。

「それで、鳥飼俊輔が妻の復讐に加担する意志を固めたのも、同じ頃ですか？」

「千秋の供述によると、そのようですね。最初、千秋は夫には内緒で、自分だけで塚本を殺そうと考えていたようです。ところが、鳥飼はパソコンのブラウザの閲覧履歴から、塚本公彦のウェブ日記が小まめにチェックされていることに気づき、妻が塚本公彦を殺害するために、懸命に足のリハビリに励んでいることを見抜いてしまった。鳥飼は、おまえに手を汚させるわけにはいかない、自分が塚本を殺してやると言ったそうです」

「夫婦の仲が完全に冷えていたという千秋の話は、真っ赤な嘘だったわけですね。思った通りだ。自宅に至れり尽くせりのリフォームを施しているのを見れば、鳥飼が障害を持った妻のことをどれだけ気にかけているかは、一目瞭然ですから」

そのことは久能もとうに気づいていた。三月十日の時点では、千秋の迫真の演技をすっかり鵜呑みにしていたのだが、鳥飼夫妻の夫婦仲について、密かに内偵を始めると、その印象はがらりと変わった。周囲の口から出てくるのは、二人の仲睦まじさを裏付ける証言ばかりだったからである。

「――夫の申し出を聞いて、千秋は涙が出るほど嬉しかったそうです。しかし彼女は、鳥飼のことを誰よりもよく知っていた。彼には殺せない、土壇場でためらってしまうだろう。そう思っただけでなく、お腹を痛めた子供を奪われ、二度と子供を産めない体にされた怒りと哀しみを埋め合わせるには、自分の手で塚本公彦を殺すしかない。彼女は繰り返しそのことを強調して、鳥飼を説得したようです。最後は鳥飼の方も、妻の気持ちの前に折れるしかなかった。でも、だからといって、おまえに塚本殺しの全責任を押しつけるわけにはいかない。万一、犯行が露見したとしても、すべての罪は自分がかぶる。鳥飼はそう言ったそうです」

綸太郎はやっと腑に落ちたような顔をして、

「ということは、今回の一連の筋書きも、すべて鳥飼の考え出したことだったんですね。嘘の自白を繰り返して、疑いを自分に集中させながら、妻の殺害を計画しているかに見せかけて、本命の塚本殺しを無関係な背景に埋もれさせる。さらに妻との不仲を装うことで、共犯の疑いをそらす布石まで打っていた。ありえない連続殺人ラインを地図上に引くところからしてそうですが、どうも手が込みすぎていると思ったら、そういうことか。妻の代わりに手を下すことができないという引け目がどこかにあって、必要以上に自分の罪をクローズアップするような犯行計画を立ててしまったんでしょう。結果的に、度を越した計画が裏目に出て、自分で自分の首を絞めることになったのはもちろんですが」

「奥さんへの引け目か。あなたの方こそ、なかなかの心理学者ですね」

久能は前に言われたお世辞を、そのまま綸太郎に返してから、

「池袋駅の転倒事故の復讐であることを塚本に思い知らせるために、新大塚駅のホームで殺すことは最初から決めていたそうです。鳥飼は自宅と新大塚駅を結ぶ延長線上で、自分の計

画に適した事件が起こるのを待っていたようですね。ですから、磯部朋代殺しと飯島達雄の自殺が相次いだ時点で、計画に必要な条件はすべてそろっていたことになります」

「本命の塚本殺しを、三月七日に決行した理由は？」

「あまり日にちがそろいすぎると、かえって疑いを持たれる恐れがある。そういう思惑もあったようですが、何よりも決定的だったのは、やはり塚本のウェブ日記だったと。鳥飼夫妻は、修士論文が思うようにはかどらなくて、精神的に参っているという塚本の記述を毎日チェックしながら、自殺か事故で死んだように見える一番いいタイミングをうかがっていたわけですね。むしろ塚本の殺害に成功した段階でその後の計画を中止していたら、鳥飼千秋の犯行だということはわからなかったかもしれない。大塚署では当初、事件を殺人と見ていなかったし、新聞でも自殺ないし事故の線で報道されていたんですから。どうしてわざわざ屋上屋を架して、池の底の泥をかき回すようなことをしたのか？」

「鳥飼夫妻にしてみれば、警察の動きを知る術はないですからね。新聞報道が当てにならないことは、千住仲町公園の事件で身にしみていたんでしょう。確実を期すために、危険は承知で虎穴に入るような挙に出るほかなかった。そもそも鳥飼の筋書きそのものが、途中で中止できるようなシロモノではありませんでした。さっきも言ったように、これは鳥飼俊輔が自ら、架空の罪を一身に引き受けるために作り上げたいびつな計画です。一度始めたが最最後、今夜の狂言で幕を引くまで、途中で止める気はなかったでしょう」

「なるほど。今のところ、千秋の供述からわかったのはそれぐらいですが、それにしても、十九日の時点で、よくそこまで鳥飼俊輔の計画の青写真を見通すことができましたね。話を聞いただけなのに、さすがです。どうしてわかったんですか?」

「それというのも、あなたのおかげですよ、久能警部」

と綸太郎は言った。その意味がわからずに、久能が首をかしげると、

「鳥飼俊輔は、虫も殺せない男だと言ったでしょう。あれでピンときたんです。もし誰よりも鳥飼自身がそのことをわかっているとしたら、そもそも最初から、鳥飼は妻を殺すつもりなどまったくなかったのではないか? 実際、鳥飼はそういう形で、一連の筋書きに終止符を打とうとしたぐらいですからね」

「たしかに。夫婦喧嘩は犬も食わないじゃあるまいし、あれはひどい茶番だった」

もっとも向こうの意図に気づいていなければ、犯行を断念した鳥飼はおとがめなしで、無罪放免されていたはずである。鳥飼俊輔の筋書きでは、そうなる予定だったのだろう。中止犯は刑の減軽、免除の対象となるのだし、結局、彼自身は誰も殺していないのだから。久能はそう思ったが、あえて口には出さなかった。

「——もし鳥飼の意図が千秋殺しにないのなら、本当の狙いはいったい何だろう? そう考えた時に、新大塚駅の事件の発生日が中途半端なことにあらためて気がついたんです。親父さんは偶然の事故だと言いましたが、ぼくにはそうは思えなかった。そこでぼくは、もう一

度ボルヘスの短篇のことを思い出したんです」

「ボルヘスの短篇というと？」

「あなたが狙われているかもしれないと言って、ぼくが引き合いに出したやつですよ。その短篇には、ユダヤ教の神の御名を示す四文字語《テトラグラマトン》のことが書いてある。残念ながら、ＡＢＣＤじゃないですけどね。そこからぼくは、日本人であるぼくらにとって、もっとなじみのある四字熟語のことを連想した――『起承転結』というやつですが、鳥飼俊輔の計画も四つのそれぞれ独立した事件から構成されている。ということは、ひょっとすると、鳥飼が企んでいる筋書きでも、見せかけのパターンが崩されるのは、四番目の『結』に相当する事件ではなく、三番目の『転』に相当する事件ではないか、と考えたわけです。そこから鳥飼俊輔が、自分自身を盾にしてまで隠そうとしている本命の被害者と実行犯の正体を割り出すのは、文字通り一直線の作業です――」

　そこでいったん言葉を切ると、綸太郎はにっこりしながらこう付け加えた。

「ねえ、警部。こいつは本当に、簡単な推理じゃありませんか？」


（了）

（三四五ページの地図の作成にあたっては、ワイドミリオン『首都１００ｋｍ圏道路地図』を使用した）

本書に収録の作品はすべて書き下ろしです。

「ＡＢＣ《エービーシー》」殺人事件《さつじんじけん》

有栖川有栖《ありすがわありす》｜恩田《おんだ》 陸《りく》｜加納朋子《かのうともこ》｜貫井徳郎《ぬくいとくろう》｜法月綸太郎《のりづきりんたろう》

2001年11月15日第1刷発行

発行者——野間佐和子

発行所——株式会社 講談社

東京都文京区音羽2-12-21 〒112-8001

電話 出版部 (03) 5395-3510
販売部 (03) 5395-3626
業務部 (03) 5395-3615

Printed in Japan

デザイン—菊地信義

製版——信毎書籍印刷株式会社

印刷——信毎書籍印刷株式会社

製本——株式会社千曲堂

講談社文庫

定価はカバーに表示してあります

落丁本・乱丁本は小社書籍業務部あてにお送りください。送料は小社負担にてお取替えします。なお、この本の内容についてのお問い合わせは文庫出版部あてにお願いいたします。 (庫)

ISBN4-06-273277-7

講談社文庫刊行の辞

二十一世紀の到来を目睫に望みながら、われわれはいま、人類史上かつて例を見ない巨大な転換期をむかえようとしている。

世界も、日本も、激動の予兆に対する期待とおののきを内に蔵して、未知の時代に歩み入ろうとしている。このときにあたり、創業の人野間清治の「ナショナル・エデュケイター」への志を現代に甦らせようと意図して、われわれはここに古今の文芸作品はいうまでもなく、ひろく人文・社会・自然の諸科学から東西の名著を網羅する、新しい綜合文庫の発刊を決意した。

激動の転換期はまた断絶の時代である。われわれは戦後二十五年間の出版文化のありかたへの深い反省をこめて、この断絶の時代にあえて人間的な持続を求めようとする。いたずらに浮薄な商業主義のあだ花を追い求めることなく、長期にわたって良書に生命をあたえようとつとめるところにしか、今後の出版文化の真の繁栄はあり得ないと信じるからである。

同時にわれわれはこの綜合文庫の刊行を通じて、人文・社会・自然の諸科学が、結局人間の学にほかならないことを立証しようと願っている。かつて知識とは、「汝自身を知る」ことにつきていた。現代社会の瑣末な情報の氾濫のなかから、力強い知識の源泉を掘り起し、技術文明のただなかに、生きた人間の姿を復活させること。それこそわれわれの切なる希求である。

われわれは権威に盲従せず、俗流に媚びることなく、渾然一体となって日本の「草の根」をかたちづくる若く新しい世代の人々に、心をこめてこの新しい綜合文庫をおくり届けたい。それは知識の泉であるとともに感受性のふるさとであり、もっとも有機的に組織され、社会に開かれた万人のための大学をめざしている。大方の支援と協力を衷心より切望してやまない。

一九七一年七月

野間省一